Barbara Erlenkamp

Sommerzauber auf der kleinen Insel

Weitere Titel der Autorin

Das kleine Café an der Mühle

Über die Autorin

Andreas J. Schulte ist freier Journalist und Autor. Christine Schulte hat bereits in ihrer Schulzeit zusammen mit einer Freundin ihren ersten Roman verfasst und arbeitet heute als technische Redakteurin. Das Ehepaar lebt mit seinen beiden Söhnen seit 25 Jahren in einer alten Scheune zwischen Andernach und Maria Laach. Unter dem Pseudonym Barbara Erlenkamp schreiben sie zusammen moderne, humorvolle Frauen- und Unterhaltungsromane. 2018 ist ihr erster Roman »Das kleine Café an der Mühle« erschienen.

Barbara Erlenkamp

Sommerzauber auf der kleinen Insel

be HEARTBEAT

beHEARTBEAT

Vollständige ePub-to-Print-Ausgabe des in der Bastei Lübbe AG erschienenen eBooks »Sommerzauber auf der kleinen Insel« von Barbara Erlenkamp

beHEARTBEAT in der Bastei Lübbe AG

Covergestaltung: Maria Seidel, atelier-seidel.de
Unter Verwendung von Motiven von © © iStockphoto.com: zoom zoom | Thomas-Soellner | JWackenhut | Apple ZoomZoom
Satz: 3w+p GmbH, Rimpar
Druck: Books on Demand GmbH, Norderstedt

ISBN 978-3-7413-0117-9

www.be-ebooks.de
www.lesejury.de

Für alle Leserinnen und Leser, die mit ihrem Lob und ihrer Begeisterung dafür gesorgt haben, dass »Barbara Erlenkamp« ein zweites Buch geschrieben hat.

»Zerreiß deine Pläne. Sei klug und halte dich an Wunder.«

(Mascha Kaléko)

Prolog

Hinter ihnen die Lichter, vor ihnen nichts als das Meer. Das Herz klopfte ihr bis zum Hals.

»Das ist ein ganz besonderer Abend. Ich werde diesen Moment nie vergessen.« Seine Stimme klang rau. Sie standen nebeneinander am Wasser.

»Hör nur, es ist so still«.

Nur ab und zu schlug eine kleine Welle leise ans Ufer.

Vorsichtig bewegte sie ihre Hand. Sie konnte seine Wärme spüren. Gleich, gleich würden ihre Finger sich berühren. Seine Nähe sorgte für ein sanftes, aufregendes Kribbeln. Ihr ganzer Körper sehnte sich nach diesem Gefühl, nach seiner warmen Haut. Sie wandte sich zu ihm. In der nordisch hellen Juninacht sah sein blondes Haar beinahe silbern aus.

»Mads?«

»Ja, Charlotte?«

»Mads? Ich muss dir etwas sagen.«

Sein Gesicht war jetzt so nah, dass sie seinen Atem spüren konnte. Eine zarte Brise, die ihre Wangen streifte. Verlangen lag darin.

»Charlotte … das ist ein wunderbarer Name. Er passt so gut zu dir.«

»Mads, bitte hör zu, das ist mein letzter Abend hier. Morgen fahre ich wieder nach Hause.«

So, nun war es heraus. Seine Hand umfasste vorsichtig ihren Nacken, seine Finger strichen leicht über ihr offenes Haar.

»Was willst du mir denn damit sagen?«

»Na ja, ich meine, du und ich – das hat keine Zukunft, oder? Ich fahre morgen zurück nach Deutschland. Und du – sag mal, gibt es da jemand Besonderen in deinem Leben?«

Er lachte leise. »Du redest nicht um den heißen Brei herum, das mag ich. Und wenn du es ganz genau wissen willst – ja, da ist tatsächlich ein Mädchen, das ich sehr mag.«

»Ist das was Festes mit euch?«

»Ach, Charlotte. Ich weiß es nicht. Ehrlich. Bis vor einer Woche hätte ich diese Frage sofort beantwortet. Aber … aber dann habe ich dich getroffen.«

Mads neigte leicht den Kopf, und seine Lippen hauchten einen ersten Kuss auf ihre Haut. Ein Kuss wie ein Versprechen. Ein Versprechen und eine Aufforderung.

»Ja, wahrscheinlich hast du recht: Das mit uns hat keine Zukunft. Aber ich will auch gar keine Zukunft, ich will diesen Abend. Diesen einen Abend mit dir. Die Erinnerung kann uns keiner nehmen.«

Sie schluckte. Genau dasselbe hatte sie vor kaum einer Stunde zu ihrer besten Freundin gesagt. Heute Abend und nur heute Abend, das war es, was zählte.

Vier Monate später …

Sie war schwanger. Daran gab es keinen Zweifel. Gespürt hatte sie es ja schon viel früher, aber jetzt hatte es auch Dr. Gerster bestätigt. Sanft strich sie sich über den Bauch. Heute Abend würde sie Mads anrufen. Er hatte ein Recht darauf, es zu erfahren. Sie würde zu ihm zurückkehren, und diesmal würde sie für immer bleiben.

In der kleinen Küche, die sie sich mit Danni teilte, lag die Post auf dem Esstisch. Gedankenverloren sah Charlotte die Briefe durch. Zwischen zwei Prospekten befand sich ein Umschlag aus Dänemark. Voller Neugier riss sie ihn auf. Auf einer Doppelkarte prangten zwei goldene Ringe, darunter standen in schwungvoller Schreibschrift die Namen Mads und Lise.

Charlotte klappte hastig die Karte auf. Sie musste den dänischen Text nicht lesen, um zu wissen, was da stand. Das Foto des glücklich lächelnden Brautpaars verschwamm vor ihren Augen. Charlotte ließ die Karte fallen, schloss die Augen und weinte.

Allein in dieser kleinen Küche, weit weg vom Strand und dem endlos scheinenden Meer, zerriss ihr die Erinnerung an diesen einen Abend das Herz.

Morgens um sieben

Wer hatte eigentlich das Gerücht in die Welt gesetzt, dass morgens um sieben die Welt noch in Ordnung war? Britta Hoffmann hatte nachgesehen, daher kannte sie die Antwort: Schuld war ein Spielfilm aus den Sechzigerjahren, basierend auf einem Familienroman von Eric Malpass.

Nein, morgens um sieben war die Welt nicht in Ordnung! Jedenfalls nicht für Britta, wenn sie im Bus auf dem Weg zur Arbeit saß und nur knapp vier Stunden geschlafen hatte.

Vier Stunden! Ihre Augen brannten, sie sah wahrscheinlich furchtbar aus. So früh am Morgen konnte sie unmöglich irgendetwas in Ordnung finden. Sie hasste es, wenn sie morgens nicht wenigstens in Ruhe eine Tasse Milchkaffee trinken konnte. Aber selbst dafür war heute keine Zeit geblieben.

Und doch: Sie schloss die Augen und fühlte sofort eine wohlige Entspannung. Eigentlich durfte sie sich nicht beschweren. Sicher, sie war müde und unausgeschlafen, aber auch stolz und zufrieden. Sie lächelte still in sich hinein. Die Präsentation, an der sie den ganzen Abend und die Stunden nach Mitternacht gearbeitet hatte, war endlich fertig. Dirk Strehlau würde nicht schlecht staunen. Zwei Tage vor dem großen Meeting – und alles war ausgearbeitet. Zwei Tage, das war die Reserve, die sie für sich sicherheitshalber eingeplant hatte. Zeit, um Änderungen einzuarbeiten, neue Bilder einzusetzen, die Kalkulation ein letztes Mal durchzurechnen. Um ihre eigenen Ansprüche zu erfüllen, war zwar eine Nachtschicht nötig gewesen, aber es hatte sich gelohnt. Wozu setzte man sich sonst Ziele? Eben: um sie zu erreichen.

«Na, Fräulein, Sie haben aber schon gute Laune, so früh am Morgen.«

Die Stimme riss sie aus ihren Gedanken. Ein älterer Herr nickte ihr freundlich zu. Offenbar sah man ihr die Freude über die abgeschlossene Präsentation deutlich an.

»Lassen Sie sich bloß nicht die gute Laune verderben. Denken Sie daran, mit einem Lächeln besiegen Sie das Grau des Tages.«

Er stand mit einem Schnaufen auf und drückte auf den Halteknopf.

»Einen schönen Tag noch, Fräulein.«

»Ja, ähm, Ihnen auch.« Sie war immer noch tief in Gedanken. Schnell holte sie ihr blaues Notizbuch und den Bleistift aus der Handtasche.

Memo an mich
»Mit einem Lächeln besiegst du das Grau des Tages.«

Das ist doch mal ein Satz, der es lohnt, aufgeschrieben zu werden, dachte Britta und lächelte weiter in sich hinein.

Weil sie das Notizbuch schon mal zur Hand hatte, konnte sie ebenso gut auch gleich die To-dos für heute notieren:

1. *Einkaufen: Vollmilch-Joghurt, Lachs*
2. *Wintermantel aus der Reinigung holen*
3. *Geburtstagskarte für Bernd besorgen*
4. *Geschenk für Bernd*

Sie überlegte kurz. Dann schrieb sie hinter den letzten Punkt:

4. Rotwein?

Rotwein als Geschenk – das war ja nicht gerade originell. Sie traf Bernd, den langjährigen Lebensgefährten ihrer Mutter, eigentlich viel zu selten, um wirklich einen tollen Einfall zu haben. Unschlüssig blätterte Britta in ihrem Notizbuch zurück. Ein Dutzend Seiten weiter vorn fand sie die Lösung. Da stand es ja:

Bernd macht Whisky-Tasting

Was für ein Glück, das musste sie sich schon vor Wochen, nach einem der seltenen Telefonate mit ihrer Mutter, aufgeschrieben haben.

Entschlossen strich sie »Rotwein« durch und ergänzte stattdessen einen neuen Punkt:

4. Whisky für Bernd kaufen

Sie klappte das Notizbuch zu und lehnte sich zufrieden zurück. Ja, die Idee mit dem Whisky gefiel ihr.

Draußen vor dem Busfenster erwachte einer der ersten richtigen Frühlingstage. Vielleicht würde es heute sogar schon so mild werden, dass sie in der Mittagspause in der Sonne sitzen konnte.

Mittagspause – ach, Himmel, sie war ja mit ihrer Mutter verabredet. Sie hatten sich in den letzten Wochen nur ganz selten gesehen, und ihre Mutter hatte darauf bestanden, Britta zu treffen; das war schon seit Wochen ausgemacht. Einen freien Abend für die Verabredung hatten sie nicht gefunden. Ein gemeinsames Mittagessen war Britta damals wie ein guter Plan vorgekommen. Jetzt sorgte dieser Plan für ein unangenehmes Kribbeln in ihrem Bauch. Es ist ja nur ein Mittagessen, dachte sie, was soll da schon schiefgehen. Leider konnte sie die leise Stimme in ihrem Kopf, die immer gern Zweifel äußerte, dennoch nicht zum Schweigen bringen.

***

»Natürlich freuen wir uns, wenn Sie morgen früh bei uns vorbeikommen … Nein, mein Team steht Ihnen jederzeit zur Verfügung … Ob ich den passenden Teamleiter –? … Oh, da machen Sie sich mal keine Sorgen. Ich habe schon die richtige

Person im Kopf: Britta Hoffmann. Frau Hoffmann ist eine meiner besten Mitarbeiterinnen, unglaublich gut organisiert. Sie hat bereits vier große Planungsprojekte gemanagt … Ja, genau, auch den Ferienpark im Elsass … Richtig … Ich sage Ihnen, und das bleibt bitte unter uns, in spätestens fünf Jahren werde ich ihr einen Platz in der Geschäftsführung anbieten müssen, wenn ich sie nicht an einen Konkurrenten verlieren will … Eben … Vor allem spricht Frau Hoffmann Dänisch, also … Genau, die besten Voraussetzungen für das Projekt … Gut. Wir sehen uns dann morgen um zehn.«

Dirk Strehlau beendete mit einem Tastendruck das Telefonat und lehnte sich breit lächelnd in seinem Ledersessel zurück. Strehlau, Eulex & Partner, kurz SE&P, hatte in den letzten Jahren den internationalen Consulting-Agenturen mehr als einen Großkunden vor der Nase weggeschnappt. Doch wenn das Bradford-Projekt in Dänemark bei ihnen landen sollte … Strehlau grinste; das wäre der ganz große Wurf für SE&P. Er überschlug die Zahlen im Kopf. Es sollte ja nicht bei dem einen Ferienpark bleiben, allein in Frankreich hatte Bradford International sechs solcher Anlagen in kürzester Zeit errichtet. Der Park auf Læsø würde sicher nur der Anfang sein, aber allein mit diesem «Anfang« hätten er und seine Partner bereits im ersten Quartal das Jahresumsatzziel erreicht.

Mit Bradford International als Kunden könnten sie das ganz große Rad drehen, rechnete sich Strehlau aus. Britta Hoffmann war dafür genau die richtige Projektleiterin. Übermorgen würde er mit ihr nach Köln fahren, um einen weiteren Auftrag an Land zu ziehen. Sollte mich nicht wundern, wenn Britta die Charts für die Präsentation schon fertig hätte, dachte der Agenturchef. Er selbst nutzte die Deadline lieber voll aus, aber Britta war ganz anders. Gut so. Dann hatte sie gewiss auch morgen Vormittag Zeit, wenn Paul Satzmann, der Deutschlandchef von Bradford International, vorbeikommen würde.

***

Sie liebte die kurze Strecke von der Bushaltestelle zu der großen Jugendstilvilla, dem Firmensitz von SE&P. Nie empfand sie den Fußweg als unangenehm oder störend. Selbst bei Regen strahlten die alten Villen etwas Ehrwürdiges aus, diese Zeugen längst vergangener Tage. Für Britta waren die alten Häuser und die knorrigen Bäume der Allee der Beweis dafür, dass es Dinge gab, die Bestand hatten. Manchmal, wenn im Herbst leichter Nebel durch die Straßen zog, die Vorgärten verhüllte und die Großstadt vergessen machte, glaubte sie sogar, den Hufschlag von Droschkenpferden hinter sich auf dem alten Pflaster zu hören.

Auch heute früh tat ihr das Laufen gut. Auf dem Bürgersteig standen vereinzelte Pfützen, denen sie geschickt auswich. In der Nacht hatte es geregnet. Ein Anflug von Übermut regte sich in ihr. Wie wäre es, wie früher mit beiden Füßen mitten in die größte Pfütze zu springen? Das tat sie natürlich nicht. Aber der Gedanke, es zu können, ließ sie leise auflachen. In der frischen Aprilluft lag ein Hauch von Frühling. Ein noch unerfülltes Versprechen auf das, was kommen würde.

Britta blieb vor dem großen, schmiedeeisernen Tor stehen. Ein mit alten Sandsteinplatten gepflasterter Weg führte durch einen Vorgarten zum Haupteingang ihrer Agentur. Der feuchte Rasen rechts und links des Wegs war übersät von gelben Inseln – mehrere Dutzend Osterglocken. Britta öffnete das Tor und nahm sich beim Anblick der Osterglocken vor, heute Mittag ein paar Blumen für ihren Schreibtisch zu kaufen.

In der Agentur war es noch still. Dirk Strehlau und Sandra, seine Sekretärin, waren zwar immer sehr früh da, aber die übrigen Kolleginnen und Kollegen würden erst gegen neun eintreffen. Britta mochte die Ruhe in der großen Villa. Sie fuhr ihren Rechner hoch und checkte die Mails.

Nichts, was sie sofort beantworten musste. Sie hasste es, von Mails überrascht zu werden, die während ihres Wegs zur Arbeit eintrafen. Britta entspannte sich und stand auf. Den Flur hinunter, Richtung Kaffeeküche, lag das Büro von Dirk Strehlau. Die Tür zum Vorzimmer war fast immer offen. Britta steckte den Kopf hinein.

»Guten Morgen, Sandra. Bin da.«

Sandra Lercher schaute von ihrem Monitor auf und lächelte: »Morgen, Britta! Du bist aber früh dran. Schalte doch schon mal die Kaffeemaschine ein, ich bin gleich bei dir.«

»Gut, beeil dich, ich habe eine Menge zu tun.«

Es gab zwei Morgenrituale: erstens das Checken der Mails, zweitens der kurze Plausch in der Kaffeeküche mit ihrer Freundin und Arbeitskollegin Sandra.

Britta holte zwei Tassen aus dem Geschirrschrank und roch vorsichtshalber an der Milchpackung, bevor sie den Schlauch der Espressomaschine hineinsteckte.

»Bist du mit dem Auto gekommen, oder fährt so früh schon ein Bus bei dir ab?«

Sandra betrat die Kaffeeküche.

»Natürlich habe ich den Bus genommen. Warum sollte ich hier im Viertel herumkurven und nach einem Parkplatz suchen?«

»Wenn du mich fragst, ist es nur noch eine Frage der Zeit, bis du deinen eigenen Stellplatz hinterm Haus hast. Jeder in der Geschäftsführung hat schließlich seinen eigenen, namentlich gekennzeichneten Stellplatz, darauf solltest du unbedingt bestehen. Nicht, dass unsere Chefs glauben, sie könnten dich über den Tisch ziehen.«

Britta mochte Sandra wirklich, aber in letzter Zeit ging sie ihr mit den ständigen Hinweisen auf die wahrscheinlich schon bald zu erwartende Beförderung langsam, aber sicher, auf die Nerven.

»Sandra! Bitte, hör auf. Wenn man dich so reden hört, könnte man glatt denken, dass ich bereits morgen befördert werde.

Außerdem weiß ich gar nicht, ob es mir wirklich gefallen würde, mich jeden Morgen mit meinem Auto durch den Frankfurter Berufsverkehr zu quälen. Mit dem Bus bin ich wahrscheinlich doppelt so schnell. Auf einen eigenen Stellplatz kann ich gut verzichten.«

»Aber Britta, es geht doch nicht um den Stellplatz, sondern um das, was er repräsentiert. Das gehört einfach dazu. Genau wie dein eigenes Büro samt einer sündhaft teuren Espressomaschine. Das ist sozusagen der Ritterschlag.«

Die Busfahrt zur Arbeit, vor allem aber der Spaziergang durch das Villenviertel sorgten jeden Morgen dafür, dass sich Britta entspannt in die Arbeit stürzen konnte. Das würde sie ganz sicher nicht für so etwas Unwichtiges wie einen Stellplatz mit ihrem Namen opfern.

»Sag mal, Britta, hörst du mir überhaupt zu?«

Die zuckte zusammen.

»Was?«

»Ich sagte, dass du nicht gerade wie das blühende Leben aussiehst. Aber du warst ja mit deinen Gedanken Lichtjahre entfernt. Hast du einen neuen Lover, der dich mit seinen verruchten Sexspielen um den Schlaf gebracht hat?«

Sandra kicherte, sie wusste genau, dass es für Christopher noch keinen Nachfolger gab.

»Wenn du es genau wissen willst: Ich habe die halbe Nacht gearbeitet und die Präsentation für Köln fertig gemacht. Und die ist richtig gut geworden.« Okay, das klang selbst in Brittas Ohren ein bisschen angeberisch, aber sie war schließlich stolz darauf. Sandra stieß einen tonlosen Pfiff aus.

»Meine Güte, da sieht man mal wieder, wozu der Mensch fähig ist, wenn er nicht die halbe Nacht von einer quengeligen Dreijährigen wach gehalten wird.«

Sandra hatte zwei Kinder, drei und fünf Jahre alt, und sie und ihr Ehemann wechselten sich mit den Arbeitstagen ab.

»An den Tagen, an denen du arbeiten musst, ist doch Jochen dran«, erwiderte Britta.

»Klar, mein Göttergatte musste aufstehen, aber glaub nicht, dass ich gut schlafen kann, wenn Emmis Angstschreie durchs Haus gellen, weil sie glaubt, dass Monster unter ihrem Bett hausen.«

Britta musterte Sandra und musste sich neidvoll eingestehen, dass man ihr den fehlenden Schlaf nicht ansah.

»Übrigens, ich hab gerade den Rest eines Telefonats mitbekommen«, Sandra vergewisserte sich mit einem Schulterblick, ob sie auch wirklich allein waren, »es wird einen neuen großen Auftrag geben, und Dirk hat dich ins Spiel gebracht. Würde mich nicht wundern, wenn du das nächste Großprojekt übernehmen darfst.«

Britta winkte ab. »Abwarten – erst mal werde ich froh sein, wenn ich den heutigen Tag hinter mich gebracht habe.« Den heutigen Tag, oder besser gesagt die Mittagspause mit meiner Mutter, ergänzte sie im Stillen.

Mittagspause mit Mutter

Zum wiederholten Mal prüfte sie die Uhrzeit. Schon Viertel vor eins. Ihre Mittagspause hatte sie von halb eins bis halb zwei eingetragen. Niemand würde Anstoß daran nehmen, wenn sie länger als eine Stunde in der Pause bliebe. Aber darum ging es ja gar nicht. Es ging darum, dass ihre Mutter nicht pünktlich war. Darum, dass sie nicht nur heute nicht pünktlich war, sondern dass sie es noch nie geschafft hatte, zur abgesprochenen Uhrzeit zu einer Verabredung aufzutauchen. Das gehörte einfach nicht in ihren Kosmos.

Dass Bernd das ertragen konnte! Britta jedenfalls brachte es regelmäßig auf die Palme. Dabei ging es ihr noch nicht einmal um die Wartezeit. Es war schließlich ein Ausdruck von Wertschätzung, wenn man eine Verabredung einhielt. Ihre Mutter war da anders – zehn Minuten mehr oder weniger bringen keinen um, lautete eine ihrer Lebensweisheiten.

Sie würde jetzt hier noch genau fünf Minuten–…

«Hallo, Britta, mein Schatz, da bist du ja schon.«

Charlotte Hoffmann strahlte über das ganze Gesicht. Um den Hals trug sie einen groß geblümten Seidenschal, dazu eine gelb geblümte Tunika, Leggings und dunkelgelbe Strümpfe. Bei jeder anderen hätte diese Kombination seltsam, ja lächerlich, ausgesehen. Doch zusammen mit dem dunkelroten Lippenstift und der strengen schwarzen Lesebrille war der Gesamteindruck umwerfend. Sogar die große Stofftasche, die sie über der Schulter trug, passte farblich zum Kleid. Es hatte keinen Sinn, mit Charlotte über eine Viertelstunde Wartezeit zu diskutieren, also schluckte Britta ihren Ärger hinunter und lächelte sie ebenfalls an. Es war eher ein gequältes Lächeln, aber ihre Mutter schien das nicht zu bemerken.

»Lass dich ansehen, Kind. Grundgütiger, du siehst aus, als hättest du die ganze Nacht durchgetanzt.« Sie hakte sich bei Britta unter und lachte dann glucksend. »Durchgetanzt ... Sag nichts, ich weiß schon: Wahrscheinlich hast du die halbe Nacht an irgendeiner Präsentation für einen Kunden gearbeitet. Wirklich, Britta, du bist alt genug, um selbst Entscheidungen zu treffen, aber ich würde dir wünschen, dass du mal dunkle Augenringe hast, weil dir ein Traummann den Kopf verdreht hat. Ein Traummann, keine Excel-Tabelle.«

»Ach, Mama, fang bitte nicht wieder damit an. Mir macht meine Arbeit Spaß, und ich mache sie gut, ist das so schwer zu verstehen?«

Sie waren gerade einmal drei Minuten zusammen, und schon befanden sie sich wieder an dem Punkt, an dem sie in den letzten Jahren so oft gelandet waren: Britta, ihre Arbeit und der ewige Stress, die falsche Ernährung; fehlte eigentlich nur noch ...

«Sag mal, was macht eigentlich Christopher?«

Na bitte. War ja klar. Streitthema Nummer drei. Nein, diesmal würde sie sich nicht darauf einlassen. Also wechselte sie das Thema, ohne auf die Frage einzugehen.

»Da drüben hat ein französisches Bistro neu eröffnet. Ich war letzte Woche mit ein paar Kollegen dort. Der Koch ist großartig.«

Nachdem sie das Bistro betreten hatten, dauerte es nur Augenblicke, bis Pascal, der Besitzer, sie entdeckte und freudestrahlend begrüßte.

»Ah, Mademoiselle Hoffmann, ich freue mich, Sie wieder als Gast in meinem Bistro begrüßen zu dürfen. Willkommen im ›Chez Pascal‹. Sagen Sie nichts, ich sehe doch die Ähnlichkeit: Sie haben Ihre etwas ältere Schwester mitgebracht.«

Pascal verbeugte sich vor den beiden Frauen und hauchte jeder einen Kuss auf die Hand. Britta musste ihre Mutter gar nicht erst anschauen, um sicher zu sein, dass sie sich geschmeichelt fühlte. Es war nicht das erste Mal, dass man Mutter und Tochter für Schwestern hielt. So war das eben, wenn der Altersunterschied lediglich achtzehn Jahre betrug und die Tochter praktisch ein jüngeres Abbild der Mutter war.

Britta musste zugeben, dass Charlotte mit ihren achtundvierzig Jahren ausgesprochen attraktiv war. Sie führte seit mehreren Jahren eine sehr erfolgreiche Yogaschule. Es war ihr gelungen, die Reichen und Schönen der Stadt von Yoga zu überzeugen, lange bevor Achtsamkeit und Körperbewusstsein ein neuer Trend geworden waren. Charlotte hatte sich mit ihren knapp ein Meter siebzig den schlanken, durchtrainierten Körper einer Zwanzigjährigen bewahrt. Und obwohl ihr langes lockiges Haar schon ein wenig mit Grau durchsetzt war, hätte man sie für zehn Jahre jünger halten können. Insgeheim war Britta schon ein wenig stolz darauf, dass ihre Mutter auf sich und ihr Äußeres achtete.

Ich kann mich glücklich schätzen, ihre Gene geerbt zu haben, dachte Britta. Nur dass meine Haare nie lockig waren.

Ein Schwall französischer Sätze sorgte dafür, dass Britta wieder im Hier und Jetzt ankam. Pascal klatschte erfreut in die Hände und antwortete in rasantem Tempo, sodass Britta keine Chance hatte mitzukommen. So gut war ihr Schulfranzösisch dann doch nicht.

Ihre Mutter sah Brittas fragenden Gesichtsausdruck und lächelte. »Ich habe gerade Monsieur Pascal für seine wundervolle Einrichtung gelobt. Das letzte Mal habe ich solche herrlichen Holztische in der Provence gesehen. Es ist dir doch recht, dass ich die Speisekarte abgelehnt habe? Ich habe ihn gebeten, uns einfach mit ein paar Vorschlägen seines Kochs zu überraschen.«

»Ach, Mama, ich habe doch nur eine Stunde Mittagspause, in der Agentur gibt es unglaublich viel zu tun. Ich kann es mir nicht leisten, den halben Nachmittag hier im Bistro zu verbringen.«

Charlotte Hoffmann wandte sich auf Französisch an Pascal.

Der Bistrobesitzer verbeugte sich erneut. »Also gut, dann werde ich nur ein paar kleine Köstlichkeiten aus der Küche servieren lassen – petit à petit. Und, Madame, erlauben Sie mir die Bemerkung: Ihr Französisch ist exzellent.«

Britta verdrehte hinter Pascals Rücken die Augen.

»Hast du das gehört, Schatz, mein Französisch ist exzellent. Ich hab dir schon immer gesagt, dass man mit Französisch mehr anfangen kann. Aber du musstest ja unbedingt Dänisch lernen. Ich frage dich, wie viele dänische Restaurants es wohl hier in Frankfurt gibt!« Charlotte Hoffmann grinste über das ganze Gesicht.

»Ja, sehr witzig, Mama. Gibt es sonst noch etwas, das du an mir auszusetzen hast? Dann könnten wir das gleich klären und hätten danach Ruhe beim Essen.«

Charlotte griff nach Brittas Hand. »Himmel, bist du dünnhäutig geworden. Ich wollte dich doch nur ein bisschen aufziehen.«

»Tschuldigung, Mama, ich hab in der letzten Nacht nur ganz wenig Schlaf bekommen. Das ist zwar keine Entschuldigung, aber … na ja, es tut mir leid.«

»Also hast du tatsächlich wieder so viel zu tun, dass du vergisst, auch mal an dich selbst zu denken.«

»Es macht mir Spaß, und meine Arbeit wird geschätzt – das kann ja nicht jeder behaupten.«

»Ich will nur, dass du glücklich bist und dass du dich nicht von deinen Chefs ausnutzen lässt.« Charlotte beugte sich vor und kramte in ihrer Tasche.

»Schau mal, was ich dir mitgebracht habe. Du hast doch früher immer diese endlosen Listen in Notizbücher geschrieben.«

Britta schnappte nach Luft. Ihre Mutter konnte unmöglich wissen, dass sie bis heute nicht damit aufgehört hatte. Charlotte zog ein altes, abgegriffenes Notizbuch aus dem Stoffbeutel und schlug es irgendwo in der Mitte auf. »Hier, Britta, da warst du ungefähr fünfzehn.« Sie überflog die Seiten, während Britta über den Tisch langte, um ihr das Notizbuch abzunehmen.

»Mama, lass das doch, das ist peinlich.«

Doch Charlotte zog ungerührt das Notizbuch aus Brittas Reichweite. »Schau mal hier, das ist süß. ›Ich möchte später, wenn ich erwachsen bin, am Meer leben. Und dann habe ich mein eigenes Hotel am Strand.‹ Na ja, davon bist du ja ziemlich weit entfernt, oder?«

»Jetzt lass das doch. Das ist privat, wieso hast du das überhaupt mitgebracht?«

»Hab ich beim Aufräumen gefunden. Hier, nimm es mit nach Hause. Nimm die ganze Tasche mit. Übrigens wolltest du mir doch gerade noch von Christopher erzählen.«

Britta seufzte leise. Ihre Mutter hatte zwei Eigenschaften: Sie konnte mit wildfremden Menschen innerhalb weniger Minuten Freundschaft schließen, und sie hatte ein Gedächtnis wie ein Elefant, wenn es um heikle und unangenehme Themen ging.

»Ich wollte dir gar nichts von Christopher erzählen. Wir sind im Moment, also … wir …«

»Das habe ich mir gedacht. Eure Beziehung ist in einer Sackgasse. Aber da kann man was machen. Hast du beispielsweise schon einmal über Dessous nachgedacht? Wenn ich überlege, was mein durchsichtiger Spitzen-BH bei Bernd … der ist ganz verrückt danach, vor allem, wenn ich dazu meine hochhackigen Pumps …«

Britta schaute sich hektisch um, ob irgendjemand an den Nachbartischen ihre Unterhaltung verfolgte. »Mama! Bitte! Hör auf«, flüsterte sie eindringlich, »glaubst du wirklich, dass ich mit meiner Mutter in aller Öffentlichkeit über die Vorzüge von Reizwäsche diskutieren will? Und was du trägst oder nicht trägst, um Bernd den Kopf zu verdrehen, will ich gar nicht wissen.«

Charlotte lachte leise: »Ach, Britta, Kind, du musst wirklich lockerer werden.«

»Nein, muss ich nicht«, zischte Britta. »Und wenn du es genau wissen willst, dann ist meine Beziehung mit Christopher nicht in einer Sackgasse. Wir haben keine Beziehung mehr – so einfach ist das. Und das liegt nicht daran, dass mir Strapse fehlen. Christopher hat ein Traumangebot von einer Firma bekommen, die ihn für die nächsten drei Jahre als Finanzberater nach Dubai geschickt hat. Dubai in den Vereinigten Arabischen Emiraten, verstehst du, nicht ein Dorf in der Nähe von Ingelheim. Ich könnte mir noch so viele Spitzen-BHs kaufen, es würde nichts bringen.«

Zum Glück tauchte in diesem Moment Pascal mit zwei Tellern und einer großen gemischten Vorspeisenplatte auf. Britta riss wütend ein großes Stück Baguette auseinander und bestrich eine Ecke energisch mit Kräuterbutter.

Woran lag es nur, dass ihre Gespräche in den letzten Jahren regelmäßig eskalierten, fragte sie sich, während sie verärgert kaute. Vielleicht war es dieses ewige »Du musst lockerer werden«, das sie auf die Palme brachte. Was ihr aber noch mehr zu schaffen machte, war ein anderer Gedanke: Was, wenn ihre Mutter recht hatte?

Meeting mit Paul Satzmann

Dirk Strehlau lehnte sich zurück, der graue Designerstuhl gab seiner Bewegung folgsam nach. Paul Satzmann und er, das war genau eine Wellenlänge. Schnell, fast sportlich war die Vorstellungsrunde abgelaufen. Er hatte ihm einen kurzen Überblick über die Agentur gegeben, Fragen beantwortet, und im Gegenzug hatte Satzmann die Strategie von Bradford International umrissen.

Bisher hatten die anderen Teilnehmer nur schweigend zugehört. Sandra tippte mit atemberaubender Geschwindigkeit auf ihrem Laptop. Dirk mochte es, wenn die Besprechungsergebnisse sofort nach dem Meeting fertig protokolliert waren.

Paul Satzmann schaltete einen Beamer ein. Klares Signal: Ich habe Ihnen alles über Bradford International erzählt, jetzt geht es ans Eingemachte. Dirk Strehlau konzentrierte sich wieder auf seinen Gast, nun kam der wirklich spannende Teil.

»Wie Sie wissen, hat Bradford International in acht europäischen Ländern bereits Ferienparks eröffnet. Wir betreiben diese Parks über eine Tochterfirma. Doch bevor wir damit gutes Geld verdienen können, müssen wir investieren, den richtigen Standort für unser Konzept finden. Das gilt auch für unsere Pläne in Dänemark – für uns der erste Schritt, um den skandinavischen Raum zu erschließen.«

Den skandinavischen Raum erschließen. Dirk wechselte einen Blick mit Britta, die zog eine Augenbraue hoch und lächelte. Keine Frage: Auch sie hatte begriffen, dass das hier der ganz große Wurf werden konnte.

Auf der Leinwand erschien ein Foto von einem Holzhaus, dunkelrot mit weißen Fensterrahmen und weißen Leisten an den Hausecken. Dirk kannte solche Häuser aus den Petterson-und- Findus-Bilderbüchern seiner Tochter. Kleine Häuser, bei denen jeder Schweden-Fan ins Schwärmen geriet.

»Ja, das sieht aus wie in einem schwedischen Bilderbuch, ich weiß, und genau das wollen wir auch erreichen.« Satzmann grinste in die Runde. »Wir sind zwar in Dänemark und nicht in Schweden, aber die Dänen haben eben nicht diese typischen Häuser, die jedes Kind kennt. Also, was soll's – das ist doch nur ein unbedeutendes Detail. Skandinavien ist schließlich Skandinavien.«

Dirk bemerkte, dass er automatisch nickte, obwohl er fand, dass die letzte Behauptung reichlich gewagt war. Aber Paul Satzmann trat ausgesprochen überzeugend auf.

»Ein Ferienpark mit diesen Häusern«, fuhr Satzmann fort, »das ist unsere Idee, und diese Idee muss mit Leben gefüllt werden. Wer soll hier Urlaub machen? Wen wollen wir ansprechen? Wir brauchen geeignete Flächen, die Unterstützung der örtlichen Behörden, Baupläne, Genehmigungen, Werbekampagnen – das ganze Programm. Wie würden Sie bei den nächsten Schritten vorgehen?« Paul Satzmann sah zu Britta hinüber. Sie setzte zum Sprechen an, doch ihr Kollege Daniel war schneller.

»Ja, das ist doch wie bei dem großen Projekt im Elsass. Dort haben wir …« Britta schaute ihn unbewegt an, runzelte nur leicht die Stirn.

Dirk wartete gespannt ab. Daniel war voreilig und unerfahren, aber er ließ sich begeistern, wollte Erfolg haben. Und nicht nur das: Daniel hatte auch ein phänomenales Gespür für Zahlen. Trendverläufe und Statistiken konnte er fast im Schlaf berechnen. Auf der anderen Seite wirkte Daniels Verhalten oft merkwürdig unreif.

Dirk hatte ihn bewusst mit in das Meeting genommen. Bei aller Unerfahrenheit hatte Daniel genug Potenzial, und dass er heute dabei war, war auch ein Test für Britta. Sie musste sich gegenüber Newcomern wie Daniel vor einem Klienten durchsetzen, wenn sie die Karriereleiter weiter hinaufsteigen wollte. Schließlich wusste jeder in der Agentur, dass Daniel bei dem Elsass-Projekt nicht dabei gewesen war. Zu diesem Zeitpunkt hatte er noch gar nicht bei SE&P gearbeitet.

Paul Satzmann lehnte sich interessiert vor. »Ja, Herr, ähm, Herr Bitterfeld?« Daniel holte Luft. Jetzt würde er improvisieren müssen. »Ja, also, die Baupläne … die Genehmigungen … Ich könnte mir vorstellen, dass eine Werbekampagne über Social Media sehr gut laufen würde. Mit Video Content. Und Instagram ist für die Zielgruppe total im Kommen, und …«

Dirk schüttelte unmerklich den Kopf und seufzte leise. Nein, das würde kein Test für Brittas Durchsetzungsvermögen werden. Daniel hatte seine Chance gehabt, und er hatte sie vertan, das konnte Dirk an Satzmanns abschätzigem Lächeln sehen.

Der warf einen Blick in die Unterlagen vor ihm. »Herr Bitterfeld, Ihre Ausführungen sind sehr … ähm, interessant, aber ich sehe hier, dass das Projekt im Elsass vor zwei Jahren abgeschlossen wurde. Und Sie haben vorhin in der Vorstellungsrunde gesagt, dass Sie jetzt ein knappes Jahr hier im Unternehmen arbeiten.«

Über Daniels Hals kroch eine verräterische Röte. Er sank in sich zusammen und murmelte: »Ja, Herr Satzmann, ich arbeite seit letztem Juni hier.«

Treffer, versenkt, dachte Dirk Strehlau.

Paul Satzmann nickte knapp und wandte sich Britta zu.

»Frau Hoffmann, wenn Sie jetzt so freundlich wären … Sie hatten damals die Projektleitung?«

Sandra schaute von ihrem Laptop auf, wechselte einen Blick mit Britta.

Nein, Britta zeigte keine Anzeichen von Nervosität, bemerkte auch ihr Chef. Und er glaubte zu wissen, warum: Jede Wette, dass Britta Hoffmann sich in der letzten Nacht intensiv mit Bradford International und den Aktivitäten der Firma beschäftigt hatte.

»Ich denke, Herr Satzmann«, sagte Britta mit genau der richtigen Mischung aus Professionalität und Freundlichkeit, »dass wir noch eine Menge Arbeit vor uns haben. Das Elsass-Projekt hat gezeigt, wie wichtig es ist, alles gründlich zu planen und die Details nicht aus dem Blick zu verlieren. Aber ich kann Sie beruhigen: Bei SE&P ist Ihr Projekt in den richtigen Händen.«

Unter Brittas Lächeln schmolz Paul Satzmann geradezu dahin, der Mann war Wachs in ihren Händen, stellte Dirk begeistert fest. Den Auftrag hatten sie im Sack.

***

»Ich sage dir, das wird nicht der einzige Auftrag bleiben. Herrn Satzmann und Bradford International haben wir restlos überzeugt.« Sandra schaute in der Kaffeeküche ihre Freundin bewundernd an. »Wie du ihn um den Finger gewickelt hast. Du, das hat Dirk aber auch bemerkt.«

Britta stand am offenen Fenster und blickte gedankenverloren auf die Frühlingsblumen im Garten. Sandra hatte recht. Zwei Stunden lang hatten sie sich die Köpfe heißgeredet, Möglichkeiten geprüft und verworfen, die Ideen waren nur so hin und her geflogen.

Und jetzt war es mit Handschlag besiegelt: Sie würde das neue Projekt leiten, ein ganzes Feriendorf entwickeln, von den ersten Ideen bis zur Eröffnung. Und nicht irgendein Feriendorf in irgendeinem Land. Nein, es ging um Dänemark, genauer gesagt um die Insel Læsø. Wie viele Wochen ihres Lebens hatte sie schon in Dänemark verbracht, zahllose Urlaube am Meer, seit sie alt genug war, allein zu verreisen.

Aber dieses Feriendorf-Projekt hat nichts mit deinen Urlauben zu tun, ermahnte sie sich, das ist jetzt Arbeit. Richtig anspruchsvolle, herausfordernde Arbeit. Sie fühlte sich nach diesem Meeting so erschöpft wie nach zwei Stunden Training im Fitnessstudio. Würde sie das schaffen? Das Projekt im Elsass war schon aufwendig gewesen, aber nichts im Vergleich zu dem, das sie jetzt übernommen hatte. Schließlich musste sie immer im Hinterkopf behalten, dass es Folgeprojekte geben konnte.

Sandra machte sich hinter ihr am Kühlschrank zu schaffen. »Die Luft im Konferenzraum war ja zum Schneiden. Dass da niemand mal ein Fenster öffnet. Ich muss jetzt unbedingt was trinken.« Britta drehte sich zu ihrer Freundin um. Sandra lächelte. »Das Meeting war anstrengend, aber du warst wirklich spitze.« Ihr Blick fiel auf das Haltbarkeitsdatum des Orangensafts, den sie gerade öffnen wollte. »Igitt, der ist ja schon im Februar abgelaufen, und zwar im Februar Zweitausendund – was steht da? Himmel, können die das Jahr nicht mal richtig deutlich drucken, also 2018 sieht anders aus. – Britta, wie gesagt, du warst spitze. Wie du auf alle Fragen von Satzmann sofort eine Antwort hattest – ich wünschte, ich könnte das auch. Und das dumme Gesicht von Daniel, als ihm klar wurde, dass er das Projekt als dein Assistent begleiten soll … Ich glaube, der hatte sich schon als Projektleiter gesehen. Was bildet er sich eigentlich ein?«

Britta nickte. »Ja, jetzt kann er erst mal lernen, wie alles läuft. Für den Anfang lasse ich ihn die Anreise organisieren und das Hotel auf der Insel buchen, schließlich ist in Dänemark dann Hochsaison, und unser Aufenthalt liegt in den Sommerferien einiger Bundesländer. Das hab ich gerade schon im Kalender geprüft.« Sie seufzte und schaute hoch. »Wir haben bis Juli so viel zu tun – bis dahin ist es nur noch ein knappes Vierteljahr. Und Bradford ist ja nicht unser einziger Kunde.«

»Komm, du schaffst das! Ich meine, wenn es jemand hinkriegt, dann du.«

Sandras Vertrauen in ihre Fähigkeiten war offenbar grenzenlos. So muss eine Freundin sein, dachte Britta. Aber die

Selbstzweifel blieben. Nur noch bis Juli … Dann gab sie sich innerlich einen Ruck. Sie würde einfach anfangen und Schritt für Schritt vorgehen. Eigentlich gar nicht so schwer.

Drei Monate später

Nein, schwer war es nicht gewesen – nur unglaublich viel, dachte Britta, als sie mit ihrem Mercedes-SLK ein Caravan-Gespann überholte und danach wieder auf die rechte Spur einscherte. Aber das war Geschichte, jetzt war sie mit Daniel unterwegs nach Læsø. Die erste lange Fahrt, die sie mit ihrem Sportwagen unternahm.

Das knallrote Cabrio war der einzige Luxus, den sie sich in den letzten Monaten geleistet hatte. Okay, ein Cabrio zu kaufen, wenn man lieber jeden Tag mit dem Bus zur Arbeit fuhr, war schon ein bisschen … ja, was eigentlich? Britta lächelte, als sie an den Kauf dachte. Sie war nur zufällig an dem Autohaus vorbeigekommen, und da hatte der Wagen hinter der riesigen Glasscheibe des Showrooms gestanden. Spontan war sie hineingegangen, und keine halbe Stunde später war der Kauf perfekt gewesen. Anzahlung mit der Kreditkarte – fertig. Das hatte sich so verwegen angefühlt, fast, als hätte sie etwas Verbotenes getan.

Sie hatte nicht lange nachgedacht, keine Preise verglichen, keine Fragen notiert, die noch geklärt werden mussten. Sie staunte insgeheim immer noch über sich selbst.

Und jetzt war sie in ihrem Traumauto nach Dänemark unterwegs. Leider war das Wetter zu unbeständig, um das Verdeck zu öffnen, aber Britta sah sich im Geiste schon die Insel erkunden, den Wind im Haar und die Sonne im Gesicht. Vergiss nicht, du bist nicht auf Læsø, um Urlaub zu machen, ermahnte sie sich.

Obwohl – nach den letzten drei Monaten hätte sie sich durchaus ein wenig Erholung verdient. Im Großen und Ganzen hatte bisher alles gut geklappt. Es hatte ein paar Probleme gegeben, aber bei welchem Großprojekt gab es die nicht? Der Læsø-Ferienpark hatte in der Agentur absolute Priorität. Dirk Strehlau hatte dafür gesorgt, dass sie jede Unterstützung bekam, die sie brauchte. Alle wussten, was von diesem Auftrag abhing.

Nun waren die Vorarbeiten abgeschlossen, und es kam darauf an, auf der Insel alles vorzubereiten.

Mit einem Seitenblick auf Daniel stellte Britta fest, dass der ganz vertieft auf sein Tablet starrte, einen Kopfhörer auf den Ohren.

Das war gut so. Die ersten zwei Stunden hatte Daniel nämlich ununterbrochen geredet. Dann, ohne dass Britta etwas gesagt hätte, hatte er sein Tablet aus der Tasche gezogen, sich den Kopfhörer aufgesetzt – und seitdem war Ruhe. Eine wunderbare Stille erfüllte den Innenraum des Autos. Eine Stille, die es Britta erlaubte, ihren eigenen Gedanken nachzuhängen.

«Hej!«

Britta blickte überrascht zur Seite. Daniel reagierte nicht, sondern schaute mit gerunzelter Stirn auf seinen Computer.

»Hej, jeg vil købe denne ko.«

Britta lachte laut auf. So laut, dass Daniel nun hochblickte und den Kopfhörer abnahm.

»Was denn? Hast du was dagegen, dass ich mich vorbereite? Ich finde es unglaublich wichtig, wenigstens ein paar grundlegende Sätze in der Landessprache zu beherrschen – das kann ein entscheidender Vorteil sein.« Daniels Tonfall schwankte zwischen beleidigt und gönnerhaft.

Britta grinste. »Ja, da gebe ich dir vollkommen recht. Ich weiß nur nicht, ob wir wirklich in die Verlegenheit kommen werden, eine Kuh kaufen zu müssen.«

»Häh?«

»Du hast gerade gesagt: Hallo, ich möchte gern diese Kuh kaufen.«

»Blödsinn. Das hier ist ein Sprachkurs von einem YouTuber, der mehr als zweihundertfünfzigtausend Abonnenten hat. Der kennt sich mit Dänisch richtig gut aus. Hier, pass auf, das braucht man in einem Restaurant oder einer Bar: Du har store ben, hvad med en sæl? Vil du gerne se min hårde hemmelighed?«

Britta staunte mit offenem Mund ihren Kollegen an, der sich mit einem zufriedenen, selbstsicheren Lächeln zurücklehnte.

»Jetzt sagst du nichts mehr, oder?«

Britta prustete los und hätte dabei fast das Lenkrad verrissen.

»Was gibt es denn da zu lachen?«

»Du … du hast gerade gesagt: Du hast tolle Beine, wie wäre es mit einem Seehund? Hvad men en sæl. Was soll das denn bedeuten? Vielleicht ist ›Seehund‹ unter YouTubern ja ein abgedrehter Cocktail oder so. Aber wie erklärt sich der nächste Satz? ›Möchten Sie mal mein haariges Geheimnis sehen?‹ Dein haariges Geheimnis – iiihh, nimm mir die Bilder.«

»Echt jetzt? Das ist nicht dein Ernst!« Daniel musterte sie mit einem misstrauischen Blick. »Du nimmst mich doch nicht auf den Arm? Ich meine, woher willst du das alles so genau wissen?«

»Acht Semester Dänisch an der Uni.«

»Im Ernst? Wow, das wusste ich ja gar nicht.«

Du weißt einiges nicht, dachte Britta, behielt das aber für sich. Daniel schien aufrichtig interessiert zu sein.

»Ich mag Dänemark sehr, weißt du.«

»Aber wie kommt man dazu, ausgerechnet Dänisch zu lernen?«

Britta überlegte kurz. Sie könnte jetzt alles Mögliche sagen: es sei Zufall gewesen. Der Wunsch, sich im Urlaub mit den Menschen vor Ort zu unterhalten. Ihre Liebe zu dem Land.

Sie entschied sich für den allerwichtigsten Grund, auch wenn sie noch vor einer Viertelstunde nicht im Traum daran gedacht hätte, ausgerechnet mit Daniel darüber zu reden.

»Mein Vater war Däne, er starb vor meiner Geburt bei einem Autounfall.«

»Wirklich? Dann hast du eine dänische Familie?«

»Nein, da gibt es niemanden. Mein Vater war Waise, und mehr weiß ich eigentlich auch gar nicht.«

»Aber verrückt ist das schon.«

Daniel lehnte sich zurück und setzte sich den Kopfhörer wieder auf. Die wummernden Bässe waren trotzdem nicht zu überhören. Ihr Kollege hatte seine Dänisch-Ambitionen wohl zu den Akten gelegt. Britta drehte das Radio lauter.

Noch ein, zwei Stunden, dann kann Daniel mal fahren, dachte sie. So übel ist der gar nicht, vielleicht bin ich mit meinem Urteil zu voreilig gewesen.

***

Ihre milde Stimmung löste sich zwei Stunden später in nichts auf. Und dazu war nur ein einziger Satz nötig. Der Satz fiel kurz vor Lüneburg.

Daniel hatte die Kopfhörer wieder abgesetzt, beugte sich nach vorn, um die Musik aus dem Autoradio leiser zu stellen, und sagte beiläufig: »Wahnsinn, was wir in dieser kurzen Zeit auf die Beine gestellt haben. Ich finde, wir haben die Vorbereitung für diesen Trip richtig gut hinbekommen. Das hat der Chef gestern auch gesagt.«

Es war der alte selbstgefällige Tonfall, der in Brittas Kopf eine Warnglocke läuten ließ. »Was hat Dirk denn genau gesagt?«

»Na ja, dass er die Arbeit großartig findet. Und dann habe ich ihm schon mal kurz die wichtigsten Punkte aus dem neuen Konzept vorgestellt.«

»Sag mal, spinnst du?« Britta atmete tief ein und aus, das half ihr aber nicht, ruhig zu bleiben. Ihr brandneues Konzept, an dem sie bis letzte Woche noch gefeilt hatte! Das Konzept, zu dem Daniel rein gar nichts beigetragen hatte.

»Wie kommst du überhaupt an die Unterlagen, die waren doch nur auf meinem Rechner?«

»He, reg dich nicht auf. Du hast doch gesagt, dass wir ein Team sind, und du warst nicht da, als ich den Chef getroffen habe. Dein Rechner ist ja nicht mit einem Passwort geschützt; das ist übrigens sehr nachlässig …«

Britta schnappte nach Luft.

Das wollte, nein, das konnte sie einfach nicht hinnehmen.

»Du warst an meinem Rechner! Sag mal, was fällt dir eigentlich ein? Ich schreibe mir die Finger wund und rackere mich ab, damit du dich mit fremden Federn schmückst. Hast du sie noch alle?«

Statt einer Antwort zuckte ihr Beifahrer nur unschlüssig mit den Schultern. Schuldbewusst sah anders aus. Er wirkte eher schlecht gelaunt. So übel ist der gar nicht, von wegen, empörte sich Britta im Stillen. Wenn man nicht aufpasst, entpuppt er sich als linke Bazille, als richtig karrieregeil. Einfach an meinen Rechner zu gehen! Unverschämtheit! Sie spürte, wie ihr linkes Augenlid nervös zu zucken begann. Am liebsten hätte sie ihrem Kollegen noch auf ganz andere Weise die Meinung gesagt, aber die Mühe konnte sie sich sparen. Der würde sich nicht so schnell ändern.

»Okay, hör zu, darüber reden wir später noch mal. Direkt heute Abend, bei unserem Zwischenstopp. Du hast dich doch um die Anreise gekümmert. Also, wo werden wir übernachten?«

Daniel schaute aus dem rechten Seitenfenster. Beiläufig, fast schon lässig, sagte er: »Hotel? Ich habe gar kein Hotel gebucht.«

»Wie bitte?!«

»Ich sollte doch die Route raussuchen. Laut Google sind das bloß tausend Kilometer. Die kann man doch leicht an einem Tag fahren, warum sollten wir also übernachten? Guck mal, da vorn kommt schon die erste Ausfahrt nach Lüneburg, wir sind schon fast an der Grenze.«

»Daniel, das ist jetzt nicht wahr!« Ihr Kollege schrumpfte unter Brittas wütendem Blick regelrecht zusammen. Seine lässige Selbstgefälligkeit bröckelte sichtlich.

»Du hast kein Hotel gebucht? Was hast du dir denn dabei gedacht? Nein, warte, lass mich raten: Du hast überhaupt nicht nachgedacht. Wir sind ja ein Team, da reicht es, wenn ich denke. Von wegen! Du bist in diesem Team der Assistent. Ich erwarte von dir, dass du die Sachen erledigst, so wie es abgesprochen ist. Darauf muss ich mich verlassen können.«

»Ach komm, jetzt reg dich nicht so auf. Es ist doch noch früh am Nachmittag.«

»Ich rege mich so sehr auf, wie ich will. Und wenn es dir nicht passt, kannst du in Lüneburg den Zug nach Hause nehmen. Dirk hat dafür sicher vollstes Verständnis, bestimmt darfst du gleich die nächsten Aufgaben in den Sand setzen.«

Jetzt sah Daniel aus wie ein geprügelter Hund.

»Sorry. Ich meine, ich wusste ja nicht, dass du das so ernst nimmst. Nein – falsch. Ich wusste, dass du alles ernst nimmst, aber es sind wirklich nur tausend Kilometer. Ich fahre dann auch mal, ich kann dich ja ablösen.«

»Ja, wird auch Zeit.«

»Gut, beim nächsten Rasthof übernehme ich.«

Wer hätte ahnen können, dass auf dem nächsten Rasthof sämtliche Parkplätze von Sattelschleppern belegt sein würden?

Britta blieb nichts anderes übrig, als wutschnaubend weiterzufahren.

***

Daniel hatte zwar die Kilometerzahl geprüft, aber im Routenplaner übersehen, dass allein auf der A7 sieben Baustellen aufeinanderfolgten. Sieben Baustellen. Jede Baustelle ein Stau.

Sie krochen im Schritttempo über die Autobahn Richtung Norden. Selbst im beschaulichen Dänemark herrschte Feierabendverkehr.

Jetzt noch übernachten? Lieber nicht, dachte Britta. Augen zu und durch. Diese Fahrt war furchtbar, aber immerhin würden sie früher auf der Insel sein.

Sie warf einen bitteren Seitenblick auf den Beifahrersitz. Daniel schnarchte mit offenem Mund. Na ja, wenigstens redete er nicht.

***

Das Auto rollte auf den Parkplatz am Fährhafen. Das letzte Stück hatte sich quälend lang hingezogen. Britta war müde. Daniel war müde. Während der vergangenen zwei Stunden hatten sie kaum ein Wort gewechselt.

Als sie das Abfertigungsgebäude der Læsø-Fährlinie sah, keimte in Britta eine böse Vorahnung auf. Der Pavillon war vollkommen dunkel. Kein Licht, keine wartenden Menschen, niemand hinter dem Fahrkartenschalter.

»Bleib sitzen, ich klär gerade mal was, Daniel.«

»Wo willst du denn hin?«

Britta sparte sich die Antwort und stieg aus. Sie streckte sich, schloss kurz die Augen und atmete einmal tief durch. Links von ihr ankerte eine große, alte Militärfregatte, rechts ein Fährschiff, das auf seine Abfahrt nach Schweden wartete. Hier roch es nach altem Fisch und Diesel, aber die Luft schmeckte salzig, die Schreie der Möwen, das Platschen des Wassers an die Hafenmauer und der Wind vom Meer versetzten sie in Urlaubsstimmung.

»Læsøfærgen. Velkommen ombord«, verkündete ein großes Werbeplakat. Ja, sie wäre jetzt gern an Bord der Læsø-Fähre willkommen, nur befürchtete Britta, dass sie dafür zu spät waren. Und ihre Befürchtungen bewahrheiteten sich nach dem Studium des Fahrplans am Abfertigungsgebäude. Abfahrt der letzten Fähre: zwanzig Uhr dreißig. Sie hatten das Schiff um eine gute halbe Stunde verpasst.

Leise schimpfend ging Britta zurück zum Auto und nahm ihr Gepäck aus dem Kofferraum. Daniel war mittlerweile auch ausgestiegen und schaute sich um.

»Und, wann kommt die Fähre?«

»Heute jedenfalls nicht mehr. Das letzte Schiff ist um halb neun abgefahren. Wir müssen hier übernachten und nehmen dann morgen früh die erste Fähre.«

»Die erste? Wann fährt die denn?«

»Um kurz vor acht, wir sollten also um sieben hier sein, um die Tickets zu kaufen.«

»Um sieben?«

Angesichts von Daniels entsetztem Gesicht verspürte Britta eine gewisse Genugtuung. Das war ein kleiner Ausgleich für die ewig lange Anreise, so gewann sie einen halben Tag zusätzlich auf Læsø.

»Um sieben. Und jetzt suchen wir ein Hotel. Hol deine Sachen aus dem Kofferraum. Ich lass den Wagen für die Nacht hier auf dem Parkplatz.«

»Wenn du meinst. Aber sieben ist echt sehr früh«, maulte Daniel, traute sich jedoch nicht, lauter zu protestieren.

***

Mit dem Koffer in der Hand schaute er sich wenige Minuten später um.

»Wie wäre es mit dem Hotel da drüben? Schau mal, wir übernachten im Seemannsheim, das klingt doch gut. Urig irgendwie.«

Britta fehlte die Kraft, um sich aufzuregen.

»Eher nicht. Aber bitte, geh ruhig in dieses ›urige‹ Hotel. Der Name sagt alles, ich stelle mir vor, dass da Seeleute schlafen, und zwar höchstwahrscheinlich in Gruppenschlafsälen. Vielleicht lernst du ja einen großen haarigen Seemann kennen, der dein Freund werden will. Ich für meinen Teil werde dort drüben einchecken.«

Entschlossen nahm Britta ihren Koffer und ging los. Hotel Jutlandia war ein hohes, breites Gebäude auf der gegenüberliegenden Straßenseite. Sicher nicht Brittas erste Wahl für einen längeren Dänemark-Urlaub, aber jetzt versprach das warme goldene Licht der Empfangshalle ein heißes Vollbad, ein Abendessen und ein weiches Bett. Seemannsheim! Daniel hat sie ja nicht alle, dachte Britta erbost.

***

Memo an mich

»Planung heißt, den Zufall durch den Irrtum zu ersetzen.« Peter Ustinov soll das mal gesagt haben. Er hatte ja so recht!

1. Vertraue niemals einer Planung, wenn Daniel sie gemacht hat ... NIEMALS!!

2. Ein Stau ist nur ein Stau.

3. Prüfe die Übernachtungsbuchung für Læsø.

Vielleicht hatte die Insel ja auch ein Seemannsheim. Wer konnte schon wissen, was Daniel alles »urig« fand? Besser sie prüfte sofort, wo sie übernachten würden.

Sie fuhr ihren Laptop hoch. Tatsächlich, in einer der Mails, die Daniel ihr geschickt hatte, war die Buchungsbestätigung eines Hotels. Schnell überflog sie die Buchungsdaten und öffnete dann den Link zur Hotel-Website. Ja, das sah nett aus und sehr gemütlich. Besprechungsraum? Auch vorhanden. Die Adresse? Zentral gelegen in Byrum, also mitten auf der Insel, wie ein schneller Blick auf die Karte verriet. Praktisch. Schließlich waren sie auf Dienstreise. Britta holte tief Luft. Warum fühlte sich alles nur so enttäuschend an? Das Hotel war vollkommen in Ordnung …

Sie schloss kurz die Augen. Glitzernde Wellen. Der Duft von Heidekraut in der Abendsonne. Warmer Sand unter den bloßen Füßen. Ein frischer Sommerwind. So kannte sie Dänemark aus ihren Urlauben. Sie fuhr hoch. So würde es dieses Mal eben nicht sein. Dieses Mal musste sie arbeiten. Es ist ein Projekt wie jedes andere auch, ermahnte sie sich. Du wirst diesen Ferienpark auf den Weg bringen, die Absprachen vor Ort machen, der Kunde wird glücklich sein und die Agentur mit Folgeprojekten überhäufen.

Britta lächelte. Wie das alles klang. Sie hatte schon drei Parkprojekte umgesetzt, das letzte sogar als Projektleiterin. Auf Læsø würde es sicher nicht anders laufen als zuvor.

Sie würde das Projekt auf der Insel professionell durchziehen, ohne Überraschungen. Zumindest der letzte Gedanke war der Irrtum ihres Lebens, aber das konnte Britta ja nicht ahnen, als sie die Leselampe über ihrem Bett ausschaltete.

Andy hat Sonnenbrand

Die Überfahrt war schön. Britta hatte nach kurzer Zeit an Bord der Fähre herausgefunden, dass es eine Stille-Lounge für Pendler gab. Dort war Sprechen verboten – der perfekte Ort, wenn man mit jemandem wie Daniel reisen musste. Um acht Uhr morgens fiel es ihr nach der langen, anstrengenden Fahrt am Tag zuvor nicht schwer, einfach nur mit geschlossenen Augen dazusitzen und sich auf dem Handy ihre Lieblings-Playlist anzuhören. Das gleichmäßige Wummern der Schiffsmotoren war beruhigend. Irgendwann nickte sie ein, und erst eine Stunde später wurde sie wach, als ihr jemand leicht auf den Arm tippte. Es war Daniel, er wisperte: »Britta, wach auf, wir sind gleich da«, und reichte ihr einen Pappbecher mit Kaffee.

Das sollte wohl ein Friedensangebot wegen der Anfahrt gestern sein. Angebot angenommen, dachte Britta zufrieden. Dankbar nippte sie an dem Becher. Der Kaffee war süß und schmeckte ein wenig nach dem Buchenholzstäbchen, mit dem sie ihn umgerührt hatte. Aber er war stark und heiß.

»Ich geh raus aufs Deck, Daniel. Man kann bestimmt schon die Insel sehen. Kommst du mit?«

»Ach nö, ich wollte dir nur den Kaffee bringen. Drüben im Fernsehraum läuft eine coole Spielshow.«

»Dann treffen wir uns auf dem Parkdeck am Auto.«

»Ist gut.«

Britta stieg mit dem heißen Kaffee in der Hand vorsichtig die Treppe zum Außendeck hoch. Die Fähre stampfte im Wellengang, aber das machte ihr nichts aus. Sie liebte es, auf einem Schiff zu sein und die Wellen zu spüren.

Auf dem Außendeck hatten sich schon ein paar Touristen zusammengefunden, die mit ihren Kameras und Handys Fotos schossen. Ein klares Anzeichen dafür, dass Læsø bereits zu sehen sein musste.

Britta ging Richtung Bug und beugte sich über die Reling.

Da war sie, die Insel.

Ein langgestreckter Landstreifen mitten im Meer, über dem sich ein sommerlich blauer Morgenhimmel wölbte. Britta konnte die ersten Häuser erkennen. Das musste der Ort sein, wo die beiden Fähren der Læsø-Linie ankamen und abfuhren: Vesterø Havn.

Ein weiß verputzter, rechteckiger Kirchturm überragte die geduckten, sonnengelb gestrichenen Häuser. Und im Hafen, direkt neben Dutzenden Segeljachten, stand eine lange Reihe schwedisch-rot gestrichener Holzhäuschen. Diese Häuschen, die Morgensonne, der Sandstrand, der sich vom Jachthafen aus an der Insel entlangzog … egal, was sie vor dem Einschlafen gedacht hatte, jetzt keimte in Britta doch Urlaubsstimmung auf. Es war dieses Brauseprickeln, eine Mischung aus Vorfreude und Spannung. So mussten Ferien in Dänemark beginnen. Britta ließ alle anderen um sich herum hektisch fotografieren. Sie lehnte nur an der Reling, den Fahrtwind im Gesicht, und genoss diesen ersten Gruß, mit dem die Insel ihre Besucher willkommen hieß. Ein warmherziges, sonniges, typisch dänisches Willkommen. Gute Laune stieg in ihr auf wie Luftbläschen in einem Sekt. Am liebsten hätte sie laut losgelacht. Und dann wurde ihr klar: Obwohl sie noch nie auf Læsø gewesen war, liebte sie schon jetzt dieses Inselpanorama.

Genüsslich trank sie ihren Kaffee, der ihr nun noch viel besser schmeckte als eben unten in der Lounge.

***

Hotel Jacobsgård in Byrum. An der Hotelrezeption musste Britta einen Moment warten. Sie ließ den Blick durch die Lobby wandern. Die frisch gekalkten Wände waren strahlend weiß, wirkten jedoch in dem alten Gebäude in Verbindung mit den dunklen Deckenbalken warm und einladend. Dazu trugen auch die bequemen dunkelbraunen Ledersessel bei, die überall in kleinen Gruppen standen. Durch eines der Sprossenfenster konnte man in den weitläufigen parkartigen Garten hinaussehen, wo mehrere Sitzgruppen aus Tischen und Holzstühlen warteten. Drüben am Fenster saßen drei ältere Damen und steckten die Köpfe über einem Reiseführer zusammen. Bunte Regenmäntel, faltige, braun gebrannte Gesichter, Dauerwellen in zartem Violett, Lippenstift, schwerer Goldschmuck, Gesundheitsschuhe – Britta wandte sich mit einem leichten Schaudern ab. Am Tisch daneben saß eine fünfköpfige Familie, alle in teurer Freizeitkleidung, und redete – wie seltsam – kein Wort miteinander. Jeder tippte und las völlig versunken auf seinem Smartphone.

Und dort? Britta schmunzelte. Das war ganz bestimmt ein Brite, wahrscheinlich auf Geschäftsreise: Ein kleiner, untersetzter Mann, sicher schon über fünfzig, die schütteren rotblonden Haare ließen einen Schimmer von Grau erkennen. Er trug helle sommerliche Baumwollhosen und trotz der Wärme ein hellblaues Oberhemd mit einer sehr konservativen diagonal gestreiften Krawatte in dunklen Blautönen. Gut, sie war nur locker gebunden, aber da war es wohl jemandem sehr wichtig, zu zeigen, dass er nicht zum Vergnügen hier war. Der Eindruck wurde allerdings ein wenig durch die flammend rote Stirn und die verbrannte Nase geschmälert. Das sonnige Wetter hatte dem hellhäutigen Mann schon sehr zugesetzt.

Ein Poltern hinter Britta kündigte Daniel an. Schnaufend ließ er die beiden Koffer auf den Boden knallen. Ihr Kollege tat gerade so, als hätte er eine Höchstleistung vollbracht. Zwei Koffer und eine Tasche aus dem Auto hundert Meter in die Lobby tragen – aber hallo, das sollte ihm mal einer nachmachen! Britta verdrehte die Augen.

Ohne etwas zu sagen, griff Daniel an ihr vorbei und hieb drei-, viermal auf den Knopf der silbernen Glocke, die auf der Theke stand. «Wartest du etwa immer noch, Britta? Was ist denn das für eine Rezeption? Kein Mensch da.«

»Daniel!«, zischte Britta wütend. »Lass das, du benimmst dich unmöglich.«

Der sonnenverbrannte Mann hatte sich inzwischen aus seinem Clubsessel erhoben und war an Brittas linke Seite getreten. Auch er schaute erwartungsvoll in die Richtung, aus der sicher bald ein Rezeptionsmitarbeiter kommen würde. Beiläufig sagte er auf Englisch: »Hi, wohnen Sie auch hier im Hotel? Ich heiße Andy Wilson.«

»Britta Hoffmann«, murmelte Britta und lächelte zurückhaltend. Was wollte der denn? Das war doch hoffentlich kein Annäherungsversuch?

»Das Wetter war hier in den letzten Tagen sehr sonnig.« Andy Wilson deutete mit einem schiefen Lächeln auf sein verbranntes Gesicht.

Ach so, dachte Britta. Konversation übers Wetter, er will nur höflich sein. Sie tauschten ein paar allgemeine Sätze aus, bis endlich eine sehr jung aussehende weißblonde Frau in Hoteluniform hinter der Theke zum Vorschein kam. Sie warf den drei Gästen einen fragenden Blick zu – offenbar war sie unschlüssig, wen sie zuerst bedienen sollte. Die Entscheidung wurde ihr von dem Sonnenverbrannten abgenommen: »Ich habe nur eine ganz kurze Frage.« Er wandte sich höflich Britta zu. »Erlauben Sie, dass ich mich vordränge?«

»Bitte, nur zu.« Jetzt hatte sie ohnehin keine Wahl mehr.

»Können Sie mir bitte sagen, wo die nächste Apotheke ist? Ich brauche unbedingt was gegen meinen Sonnenbrand.« Die junge Frau lächelte mitfühlend und beschrieb ihm den Weg zum nahe gelegenen Supermarkt. Dort könne man auch Medikamente kaufen oder diese zumindest bei einer Apotheke auf dem Festland für den nächsten Tag bestellen.

Wilson bedankte sich, nickte Britta zum Abschied lächelnd zu und verschwand pfeifend aus der Lobby. »Ain't no sunshine«, erkannte Britta, und nicht mal schlecht gepfiffen.

Fünf Minuten später hielten sie und Daniel die Schlüsselkarten zu ihren Zimmern in der Hand.

»Was hast du heute noch vor?«, fragte Daniel.

»Ankommen.«

»Ja, und dann? Hier ist doch nichts los. Das erste Meeting ist am Montag. Du könntest doch mit mir zusammen im Auto rumfahren und –»

»Nein, Daniel. Wir haben eine klare Aufgabenverteilung: Du kümmerst dich um die Vertragsdokumente, die Protokolle und die Absprachen mit dem Turistbüro. Außerdem möchte Dirk, dass du mir die aktuellen Übernachtungszahlen besorgst.«

»Aber heute ist doch erst Samstag!«

»Sicher, und darüber bin ich sehr froh. So kann ich mich auf der Insel ein bisschen umsehen, ohne schon Zeitdruck mit den Meetings zu haben. Du hast deine Aufgaben, ich habe meine. Ich will mir einen eigenen Eindruck von der Insel verschaffen. Ich muss wissen, wie sie auf Touristen wirkt und was wir hier aufbauen können. Sei mir nicht böse, aber dabei möchte ich ganz für mich sein. Das geht nicht, wenn wir die ganze Zeit zusammenhängen.«

»Aber ich bin doch ohne eigenes Auto hier. Soll ich mir vielleicht einen Leihwagen nehmen? Sonst muss ich ja die ganze Zeit im Hotel bleiben, das könnte ziemlich langweilig werden. Wer weiß, ob die überhaupt WLAN haben.«

»Keine Sorge, deine Onlinevideos kannst du dir anschauen.« Britta deutete auf ein Schild, das darauf hinwies, dass Gäste einen kostenlosen WLAN-Zugang bekommen konnten. »Und wenn du dich umsehen willst, mietest du dir eben ein Fahrrad, das geht sogar hier im Hotel.« Britta war unerbittlich. »Oder du nimmst den Bus, der ist sogar kostenlos, habe ich im Reiseführer gelesen.«

»Na, toll. Jetzt sind wir mehr als eine Woche hier auf Læsø. Ein ödes Wochenende liegt vor uns, dann fünf Tage Arbeit, und nächstes Wochenende sind wir immer noch hier.«

»Ja, und danach haben wir beide den Montag frei, das ist doch gar nicht schlecht. Wir können ja heute Abend um sieben zusammen essen gehen, aber bis dahin bin ich unterwegs. Tschüss, Daniel.«

Erbsen und Erdbeeren

Læsø ohne Daniel, wie wunderbar, dachte Britta mit einem Anflug von schlechtem Gewissen. Sie schaute sich in ihrem Hotelzimmer um. Die Einrichtung gefiel ihr: ein weiß gebeizter Schreibtisch, ein lichtes Blau an den Wänden, die Decke holzvertäfelt. Das absolute Highlight war das Himmelbett mit dünnen, weißen Spitzenvorhängen. Wer auch immer dieses Zimmer eingerichtet hatte: Ihm war die Gratwanderung zwischen romantischem Landhausstil und modernem skandinavischem Design gelungen. Ja, bei der Hotelauswahl hatte Daniel tatsächlich alles richtig gemacht.

Britta beschloss, den Koffer später auszupacken. Jetzt wollte sie sich umziehen und dann endlich die Insel erkunden. Im Büro trug sie oft Jeans, ihre Lieblingsbootsschuhe und Blusen. Hier reichten ihr ein weißes T-Shirt mit feinen roten Streifen, die sandfarbenen Bermudashorts und Sandalen.

Sie würde ihr Cabrio erst einmal stehen lassen, um zu Fuß vom Hotel in den SuperBrugsen, den Supermarkt in Byrum, zu gehen. Sie wollte sich ein paar Kleinigkeiten als Imbiss besorgen, zu einem der vielen Strände fahren und dort in aller Ruhe ein Picknick genießen. Das hatte sie sich verdient!

Später würde sie noch ein bisschen herumfahren, aber jetzt wollte sie erst einmal einkaufen und sich bewegen. Wollte die Sommersonne im Gesicht und den Inselwind im Haar spüren.

Britta brauchte keine zehn Minuten bis ins Zentrum von Byrum. Man musste nur die Straße entlanggehen, um kurze Zeit später mitten im Ort zu sein. Hier gab es – so konnte man auf verschiedenen Hinweisschildern erfahren – ein Heimatmuseum, die Schule und die Inselverwaltung. Britta schlenderte an einer Kneipe vorbei, die für den Abend Livemusik ankündigte. Vor ihr lagen ein kleiner Platz und die wahrscheinlich einzige Boutique des ganzen Ortes. Britta reichte ein Blick ins Schaufenster: maritime Souvenirs, etwas Outdoormode und Segelbekleidung, ein paar ausgewählte Haushaltsartikel und Geschenke. Alles war sehr geschmackvoll, es gab viel dänisches Kunsthandwerk, mit einigen wenigen Kompromissen in Richtung »Das gefällt Dänemarkfans«. Auf einem großen Blechschild stand »Ich habe Meerweh«. Ja, genau so fühlte sie sich. Sie wollte schon weitergehen, als ihr ein Kleid auf dem Ständer vor der Tür ins Auge fiel. Britta nahm das dünne T-Shirt-Kleid und hielt es hoch, um es zu begutachten. Hübsch, wirklich hübsch, vor allem, wenn man es mit einem Sommerpulli über den Schultern und weißen Chucks kombinierte. Genau das Richtige, um einen Sommertag am Meer oder auf einem Segelboot zu verbringen. Britta beäugte das Preisschild; wahrscheinlich bezahlte man hier für alles viel mehr als auf dem Festland. Doch der Preis war okay.

Aber zum Segeln würde sie in der nächsten Woche ganz sicher keine Zeit haben; ihr Terminplan war bereits gut gefüllt, und sie musste damit rechnen, dass noch zusätzliche Treffen und Ortsbegehungen hinzukamen.

Komm, vergiss für heute die Arbeit, ermahnte sie sich selbst mit einem kleinen Seufzen, sonst kannst du den freien Tag nicht genießen und dich auch gleich an den Laptop setzen.

»Die Farbe würde dir gut stehen!«

Mit dem Kleid in der Hand drehte sich Britta überrascht um. Eine junge Frau fuhr mit dem Rad vorbei und winkte ihr lächelnd zu. Durch das dänische »Du« wirkte die Art, wie sie sie ansprach, gleich vertraut. Britta wusste, dass man sich in Dänemark nur sehr selten siezte. Jemanden mit »Du« anzureden, bedeutete nicht wie in Deutschland, dass man sich kannte. Nett klang es auf jeden Fall, aber der Kommentar zum Kleid … Vielleicht hatte die Frau auf dem Rad nur freundlich sein wollen.

«Na, hast du was in deiner Größe gefunden?« Ein Verkäufer schaute aus der Ladentür und lächelte aufmunternd.

»Das Kleid ist wirklich hübsch, aber ich werde wohl wenig Gelegenheit haben, es zu tragen«, antwortete Britta ganz automatisch in ihrem besten Dänisch.

»Na ja, vergiss das Hafenfest nicht. Dazu würde es doch prima passen.«

Im Laden klingelte ein Telefon. Der Verkäufer sah sich gezwungen, sein vielversprechendes Verkaufsgespräch abzubrechen, und nickte Britta auffordernd zu. »Probiere es gern an, drinnen sind ja die Umkleidekabinen.«

Britta atmete auf, als der Verkäufer im Laden verschwand. Schnell hängte sie das Kleid zurück und ging weiter Richtung Supermarkt.

Eines musste Britta zugeben: Der Verkäufer hatte den Dreh raus, wie man neue Kundinnen ansprach. Höflich, aber auch so, als würde man sich schon ewig kennen. »Drinnen sind ja die Umkleidekabinen«, als ob sie das wissen konnte.

Während sie durch den Sonnenschein spazierte, wurde ihr etwas Ungewöhnliches klar: Sowohl die Frau auf dem Fahrrad als auch der Verkäufer hatten sie ganz selbstverständlich auf Dänisch angesprochen. Von ihren bisherigen Aufenthalten in diesem Land wusste Britta, dass Touristen normalerweise erst einmal auf Englisch angesprochen wurden. Aber vielleicht war das auf Læsø anders. Aufmerksam und freundlich waren hier jedenfalls offenbar alle.

Vor ihr bog ein Transporter auf den Supermarktparkplatz ein, der auch eine Automatentankstelle beherbergte. Britta blieb stehen, damit der Wagen direkt zur Zapfsäule durchfahren konnte. Der Fahrer hupte kurz und winkte ihr durch das offene Fenster zu.

»Lieben Dank und einen schönen Tag. Du solltest bei dem tollen Wetter am Strand sein«, rief er ihr grinsend zu.

Ja, das habe ich auch vor, dachte Britta. Meine Güte, die Inselbewohner nahmen aber wirklich regen Anteil am Wohlergehen der Touristen.

***

Ohne nachzudenken, strich Britta mit der linken Hand über eine Erdbeere. Zart und flüchtig stieg der unverwechselbare Duft auf. Es war unglaublich. Zu Hause in Deutschland war die Erdbeerzeit so gut wie vorbei, aber hier in Dänemark standen im Supermarkt noch ganze Paletten voll reifer Früchte. Und das waren nicht irgendwelche Erdbeeren, die halb unreif in irgendeinem Gewächshaus gepflückt worden waren, nein, es waren kleine, dunkelrote, die wie Walderdbeeren dufteten. Perfekt! Britta stellte eines der Schälchen in ihren Einkaufswagen und ließ ihren Blick weiter über die Regale und Tische wandern. Da drüben – waren das etwa frische Erbsen? Die mochte Britta fast noch lieber als Erdbeeren. Man konnte sie einzeln aus den Schoten herauspicken und roh essen.

Eine ältere Dame nickte ihr zu. »Die kannst du ruhig kaufen.« Britta schaute hoch. Wie zuvorkommend von der Frau, sie so anzusprechen. Sicher hatte sie bemerkt, dass sie nicht von hier war. »Mein Mann hat gestern auch welche mitgebracht, und sie waren wirklich gut.«

»Vielen Dank für den Tipp, dann werde ich sie auch versuchen.«

»Einen schönen Tag noch.«

»Ähm, ja, danke.«

Britta füllte eine große braune Papiertüte mit den Schoten. Erdbeeren und Erbsen – nicht gerade das klassische Picknick. Vorn an den Kassen gab es Brote und Kuchen. Bei dem Gedanken an Blätterteig mit Pudding und Zuckerguss oder eine warme Zimtschnecke lief Britta das Wasser im Mund zusammen. Und so wanderten wenige Augenblicke später mehr Kalorien in ihren Einkaufswagen, als sie in Deutschland an zwei, drei Tagen gegessen hätte. Das Kuchenstück in der Aluform hieß »Dagmar-Tarte«. Es bestand hauptsächlich aus Zucker, Pudding und knusprigem, süßem Teig mit Schoko- und Zuckerguss, und es befand sich – da war sich Britta sicher – ganz oben auf der schwarzen Liste der Weight-Watchers. Aber mal ehrlich – wen interessierte das heute? Das hier war ihr erster Tag in Dänemark, da durfte sie auch mal über die Stränge schlagen. Zum Glück musste sie sich um ihr Gewicht keine Sorgen machen. Vielleicht gehe ich morgens ja sogar mal joggen, aber heute ist diese süße Kalorienbombe genau das Richtige, dachte sie zufrieden.

Britta schreckte zusammen, als ihr eine Männerstimme ins linke Ohr dröhnte. Jemand stand direkt hinter ihr und sang lauthals nach der Melodie eines bekannten dänischen Schlagers: »Hej, du süße Zimtschnecke! Welcher Westwind hat meine Prinzessin denn so früh an die Kuchentheke geweht?«

Sie wirbelte herum.

»Was fällt Ihnen ein? Also, ich muss schon sagen, Sie haben mich vielleicht erschreckt!«

Vor ihr stand ein älterer Mann, der entsetzt zurückzuckte und unter Brittas wütendem Blick in sich zusammensackte. Das breite Grinsen in seinem sonnenverbrannten Gesicht verschwand mit einem Schlag.

»Oh, heilige Seekuh. Sie … also du …, das tut mir leid. Ich habe wohl … also, Sie sind es nicht …«

Britta wurde aus dem hastigen Gestammel nicht richtig schlau, dafür sprach die Schnapsfahne Bände, die ihr gerade in die Nase zog. Der Schlagerkönig hatte sich offenbar schon mehr als einen Frühstücksaquavit hinter die Binde gegossen.

»Ich muss mich entschuldigen, Fräulein.«

Sprachs, deutete ein linkisches Nicken an und flüchtete in Richtung Tiefkühltheke.

Kopfschüttelnd schaute Britta ihm nach. »Süße Zimtschnecke« und »Prinzessin« – fast schon wieder komisch. Sie beschloss, ihren Einkauf möglichst rasch zu beenden, um endlich an den Strand zu kommen. Was fehlte noch? Genau, Sonnenmilch. Die hatte sie in der Eile vor der Abreise nicht mehr kaufen können. Und etwas zu lesen. Eine Zeitschrift vielleicht. Es gab sogar ein kleines Regal mit Büchern, keine riesige Auswahl, aber die Nummern eins bis zwanzig der Bestsellerlisten waren alle vorrätig. Auf Platz eins stand, genau wie zu Hause, der neue Roman von Ken Follet. Hier natürlich in der dänischen Übersetzung, diesen Titel konnte sie aber auch auf Dänisch leicht verstehen.

Die Nummer zwei: Roman Susedahl. Von dem Autor hatte sie noch nie gehört. Sie nahm das Buch zur Hand und übersetzte den dänischen Titel in Gedanken ins Deutsche: »Die muschelbäuchigen Schwestern von Jerup«. Britta blieb grübelnd stehen. Weiteres Nachdenken brachte keine neuen Erkenntnisse. Vielleicht eine Art dänischer Insiderwitz, überlegte sie. »Die muschelbäuchigen Schwestern von Jerup« – so schlecht konnte ihr Dänisch doch nicht geworden sein. Eben als sie das Buch mit einem Seufzen zurück ins Regal stellen wollte, eilte eine etwa gleichaltrige Frau vorbei, tippte ihr leicht auf den Arm und sagte lachend: »Hej, das hast du doch schon gelesen. Kirsten fand es übrigens auch super.«

Britta fuhr herum, sah jedoch nur noch den mit einer Jeansjacke bekleideten Rücken und einen glatten blonden Zopf, bevor die Frau nach draußen verschwand.

Okay, das reichte jetzt, Freundlichkeit gegenüber Fremden hin oder her. Sicher, Læsø war nur eine kleine Insel, und bestimmt gingen hier alle sehr vertraut miteinander um. Aber die Frau eben hatte mit ihr gesprochen, als würden sie sich gut kennen. Und wer war diese Kirsten? Eigenartig. Kopfschüttelnd ging Britta zur Kasse und bezahlte ihre Einkäufe.

***

Der Rest des Tages verlief ohne große Zwischenfälle. Britta genoss ihr Picknick an einem der vielen Strände, sie fuhr einen Teil der

Insel ab, machte einen Abstecher zum Jachthafen in Østerby Havn und kehrte rechtzeitig ins Hotel zurück, um sich mit Daniel zum Abendessen zu treffen. Große Lust hatte sie zwar nicht, den Abend mit ihrem Kollegen zu verbringen, aber versprochen war versprochen. Und ja, sie hatte ihm gegenüber immer noch Gewissensbisse. Nachdem sie sich für das Abendessen umgezogen hatte, wartete sie in der Hotelhalle auf Daniel. Als er die Treppe herunterkam, sah er ganz unglücklich aus.

»Alles in Ordnung mit dir?«, fragte Britta.

»Ja, schon.«

Britta holte einmal tief Luft. Die Gewissensbisse begannen sich schon wieder in Ärger zu verwandeln. Ganz ruhig bleiben, sagte sie sich.

»Was ist denn los? Hattest du einen schlechten Tag?«

»Och, nö. Also … Ich meine, hier gibt es kein deutsches Fernsehprogramm. Die reden alle Dänisch. Und das WLAN funktioniert auch nicht richtig, ich musste doch tatsächlich einen Hotspot über mein Handy aufbauen, und noch nicht mal das war ausreichend, um das nächste Level von Doomday-Fighter zu spielen. Wenn das jetzt die ganze Woche so weitergeht, flieg ich aus der aktuellen Challenge raus.«

Hätte ich doch besser nicht nachgefragt, dachte Britta. Sie wollte weder Einzelheiten über Doomday-Fighter noch irgendetwas über eine Challenge wissen.

»Dass man in Dänemark auch im Fernsehen Dänisch spricht, ist ja nicht so ungewöhnlich«, erwiderte sie.

»Aber zu Hause empfange ich ja auch englische Sender.« Daniel brachte dieses Argument mit so viel Nachdruck vor, dass Britta sich beherrschen musste, um nicht laut loszulachen. Sie strich die Themen »Fernsehempfang in Dänemark« und »Zugangsmöglichkeiten ins World Wide Web« von ihrer persönlichen Gesprächsliste. Stattdessen fragte sie: »Hast du dir denn die Insel oder zumindest die Umgebung angeschaut?«

»Klar, war ja nicht schwer. Es gab ein paar Videos auf YouTube.«

»Das ist nicht dein Ernst, Daniel. Du kannst hier kostenlos mit dem Bus herumfahren oder dir ein Fahrrad mieten und das Meer sehen, stattdessen hockst zu den ganzen Tag in deinem Hotelzimmer und schaust dir Videos an?«

»Hier drin war es halt nicht so heiß, und wenn sich andere schon die Mühe machen, ein tolles Video zu drehen, muss ich ja nicht selbst losziehen.«

Okay, damit war auch das Thema »Inselbesichtigung« abgehakt.

»Dann schlage ich vor, wir fahren jetzt nach Østerby Havn; ich bin heute schon einmal kurz da gewesen. Direkt am Hafen gibt es ein Fischgeschäft mit Imbiss, das fangfrischen Fisch auf der Speisekarte hat. Du magst doch gebackenen Fisch, oder?«

»So wie diese Fischstücke in Backteig, die aus der Tiefkühltruhe, die man nur noch aufbacken muss?«

»Ja, so ähnlich, nur besser.«

»Warum nicht, die kaufe ich mir oft, das ist in Ordnung, oder ich esse einen Burger.«

»Das ist ein Fischgeschäft, Daniel, kein Burger-Restaurant.«

»Hab ich schon verstanden, aber die müssen sich hier ja auch nach den Touristen richten. Es wird schon Burger auf der Karte geben.«

Junge, Junge, dachte Britta, als sie mit dem Auto die Landstraße entlangfuhren. Wenn Dirk das alles mitbekommen hätte, würde er Daniel nur noch im Archivkeller einsetzen, um Rechnungen einzuscannen. Ein Tag ohne Internet und Fernsehen, und ihr Kollege mutierte zum jammernden Teenager. Dazu diese dämlichen Bemerkungen über das Essen. Zum Glück war ihr innerer Toleranz-Speicher durch den Tag am Strand randvoll gefüllt. Trotzdem nahm sich Britta fest vor, den Abend so kurz wie möglich zu halten. Wenn erst einmal die Arbeitswoche begann, würde Daniel genug zu tun haben; sie würde ihn schon auf Trab halten.

Zwischen Byrum und Østerby Havn lagen nur wenige Kilometer Landstraße. Über die Dorfstraße von Østerby Havn war ein langes Banner gespannt, das das bevorstehende Hafenfest ankündigte.

Geschickt lenkte sie das Cabrio um einen Gabelstapler herum, der dabei war, Absperrgitter in einer Ecke des Parkplatzes aufzustapeln. Wahrscheinlich gehörte das zu den Vorbereitungen für das Hafenfest. Als Britta den Wagen geparkt hatte, nahm sie das Gespräch wieder auf. »Daniel, wenn wir gleich drüben in dem Fischrestaurant sind, dann fragst du bitte nicht nach Burgern oder beschwerst dich über alles Mögliche.«

»Hey, bist du jetzt sauer, oder was? Du klingst ja wie meine Mutter. Ich bin hier auf der Insel, um einen Job zu erledigen.«

»Gut, dann verhalte dich auch so.«

Als Britta mit Daniel im Schlepptau an den Segeljachten vorbeiging, die im Hafen ankerten, fragte sie sich, ob sie nicht zu grob zu ihrem Kollegen gewesen war. Er versetzte sie in ein ständiges Wechselbad der Gefühle. Seine Ignoranz konnte sie von null auf hundert bringen, und Augenblicke später verspürte sie Schuldgefühle, weil sie so emotional reagiert hatte. So viel zu dem gut gefüllten Toleranzspeicher.

Ich muss einfach Abstand gewinnen, dachte Britta entschlossen. Was Daniel treibt, kann nicht mein Problem sein; soll er sich doch zum Affen machen. Und ich werde jetzt eine große Portion gebackenen Fisch und Kartoffelsalat essen und dieses Essen genießen, egal, was Daniel bestellt.

Doch schon fünf Minuten später war dieser Vorsatz dahin. Er verflüchtigte sich in dem Moment, als Daniel lauthals auf Englisch Ketchup forderte. Andererseits war das besser, als wenn er sich auf Dänisch eine Seekuh bestellte oder sein haariges Geheimnis anpries – man musste eben auch das Positive sehen.

Britta beschloss im Stillen, nichts weiter dazu zu sagen. Schließlich war Daniel ihr Arbeitskollege. Sie leitete das Projekt, das bedeutete aber nicht, dass sie bei ihrem Assistenten einen Erziehungsauftrag zu erfüllen hatte.

Das Restaurant bot Sitzplätze auf einer Außenterrasse: Drinnen bestellte man an der Theke den Fisch, draußen wurde gegessen, mit Blick auf den Hafen und das Meer.

»Oh Mann, ist das kalt hier.«

Tja, dachte Britta bei sich, vielleicht hättest du dir einen Pulli mitnehmen sollen, abends kann es am Wasser schon mal kühl werden. Sie sah die Gänsehaut auf Daniels Armen und spürte bei diesem Anblick – nichts. Außer vielleicht einer angenehmen Gleichgültigkeit. Ihr Kollege war schließlich alt genug, auf sich selbst aufzupassen.

Einige Seemöwen hatten sich auf dem Dachfirst des nächstgelegenen Gebäudes niedergelassen. Ihre Silhouette hob sich scharf gegen den hellen Abendhimmel ab. Weitere flogen knapp über dem Wasser und tauchten ab und zu nach Nahrung.

Auf ihrem Tisch lag ein bierdeckelgroßer Plastikchip, der hektisch blinkte. »Unser Essen ist fertig. Ich geh schnell rein und hole die Teller«, schlug Britta vor.

Fünf Minuten später genoss Britta den ersten gebackenen Fisch in diesem Sommer. Sorgfältig trennte sie mit der Gabel ein Stückchen ab, pustete kurz darauf und schob es sich in den Mund. Sie freute sich über das Gefühl, als die goldbraune, knusprige Kruste nachgab. Der Geschmack war einfach mit keinem anderen Fischgericht zu vergleichen.

Sie träufelte etwas Zitronensaft auf ihren Fisch.

»Und, was hast du heute noch so gemacht?«

»Hier.« Daniel schob ihr einen Zettel hin. »Ich hab die aktuellen Anmeldungs- und Übernachtungszahlen besorgt, die wolltest du doch haben.«

»Aber die Zahlen für diese Woche sind doch noch gar nicht veröffentlicht«, wandte Britta ein.

»Weiß ich, aber ich war ja heute den ganzen Tag online, da hab ich auch die Chatfunktion vom Turistbüro ausprobiert und lange mit einer Mitarbeiterin gechattet. Sanne ist ihr Name. Sie hat mir die aktuellen Zahlen für die ganze Woche gegeben, die Zahlen haben sie dort ja immer sofort.«

Zum ersten Mal flackerte so etwas wie Anerkennung in Brittas Blick auf. Vielleicht war Daniel doch nicht nur ein Trottel.

»Das ist toll, dann haben wir übermorgen eine gute Grundlage.«

Daniel schaute hoch. »Ich hab's noch quergecheckt, die Zahlen passen auch IRL.«

»Passen wie?«

»IRL – in real life, auf Deutsch: im wirklichen Leben. Guck mal.« Er ließ den Blick über den belebten Hafenplatz wandern und lehnte sich auf dem Bistrostuhl zurück. »Hier sind genau 68 Personen. Davon sind 41 über 30 Jahre alt. Ungefähr gleich viele Männer und Frauen. Ein Drittel sind Segler, zwei Drittel wohnen in Ferienhäusern. Das sieht man sofort an der Kleidung.«

Britta schaute ihn ungläubig an. »Wie hast du das jetzt so schnell gemacht?«

»Was?«

»Na, diese Zahlen. Hast du dir die gerade ausgedacht?«

»Ausgedacht? Nö, habe ich gesehen. Ich schau hin und weiß die Zahl. Die Gruppe da drüben, das sind elf Leute.«

Britta beeilte sich nachzuzählen, musste dabei zweimal neu ansetzen und schaute am Ende ihren Kollegen verblüfft an. »Das sind wirklich elf.«

»Sag ich doch. Mit Zahlen kann ich gut umgehen. Wusstest du das nicht?« Daniel grinste. »Ich hab so ›ne Art Inselbegabung. Verstehst du? Wir sind hier auf ›ner Insel, und ich hab eine Inselbegabung.«

Er begann über seinen eigenen Witz zu lachen.

Ob ihm bewusst war, dass er dabei sehr seltsame Geräusche machte?, überlegte Britta. Es klang wie eine Mischung aus Ferkelgrunzen und Hustenreiz.

»Und du kannst die Anzahl einfach sehen, du zählst nicht nach?«

»Nein, das muss ich nicht. Die richtige Zahl ist sofort da, in meinem Kopf. Hab ich heute Nachmittag in Vesterø Havn auch so gemacht.«

»Ich dachte, du bist die ganze Zeit im Hotel geblieben?«

»Im Jachthafen steht eine Webcam, die bietet einen guten Überblick. Die Zahlen stimmen, das kannst du mir glauben.«

»Aha, wir haben hier auf der Insel also überwiegend Touristen über 30 Jahre. Was sagt uns das?«

»Ja, ähm, dass es noch enormes Nachholpotenzial gibt, was junge Leute angeht?«

»Nein, Daniel, das sagt uns, dass wir mit unserem Konzept goldrichtig liegen: einem Ferienpark für Familien mit Kindern. Schon jetzt sind viele Familien auf der Insel, aber wir können dafür sorgen, dass sie entspannter ihren Urlaub genießen können.«

Zufrieden aß Britta weiter. Zwischen zwei Bissen bemerkte sie, dass Daniel nachdenklich die Augenbrauen zusammenzog. Er holte kurz Luft, setzte zum Sprechen an, schwieg dann aber doch wieder.

»Wolltest du etwas sagen?«

»Nein, ist schon gut«, winkte Daniel ab, »mir ist nur gerade was durch den Kopf gegangen.«

»Wir sollten uns morgen Nachmittag gemeinsam das Gebiet ansehen, wo der Ferienpark entstehen soll«, schlug Britta vor.

»Morgen Nachmittag?« Daniel grinste zufrieden. »Perfekt, dann kann ich ausschlafen, und für die Arbeit an den Verträgen habe ich danach auch noch genug Zeit.«

»Abgemacht. Wir treffen uns um drei Uhr in der Lobby.« So kann ich mir am Vormittag den Rest der Insel in Ruhe anschauen, überlegte Britta.

Memo an mich
Ich habe Meerweh!

1. Muss mich unbedingt mal beim Lachen aufnehmen ... grunze ich auch?
2. Salzsiederei besuchen
3. Gelände des neuen Parks anschauen
4. Wichtig: LETZTEN FREIEN TAG GENIESSEN! Vielleicht noch mal zum Strand?

Letzten freien Tag genießen, das klang so endgültig, dachte Britta. Sie wollte den Satz schon wieder durchstreichen, ließ es dann aber. Gedankenverloren strich sie sich mit der linken Hand eine Haarsträhne ordentlich hinters Ohr und schaute aus dem Fenster. Obwohl es schon weit nach zweiundzwanzig Uhr war, war es draußen noch nicht richtig dunkel. Dänischer Sommer eben. Britta schloss zufrieden die Augen. Am Montag würde sie mit dem Vertreter der Inselverwaltung zusammenkommen; sie hatte eine umfangreiche To-do-Liste. Also besser noch einmal durchatmen.

Die Salzsiederei

Als kleines Mädchen hatte Britta mit ihrer Mutter einen endlosen Sommer an der französischen Atlantikküste verbracht. Zumindest war er Britta endlos vorgekommen, wahrscheinlich, weil sie mit ihrer Mutter noch nie zuvor im Urlaub gewesen war, weil sie zu zweit lange Tage am Strand verlebten, weil … Britta hatte viele Erklärungen, und jede war passend.

In jenem Sommer lernte Britta etwas Wichtiges, und zwar beim Sandburgenbauen. Sie baute große, sehr große Sandburgen. Und wenn die Sandburg größer war als sie selbst, begann sie, darunter eine Höhle zu graben. Dabei lernte sie, dass manchmal alles in sich zusammenbrach, wenn man nur eine kleine Handvoll Sand wegnahm. Die riesige Sandburg war nur noch ein einziger Trümmerhaufen, weil eine kleine Kinderhand ein wenig Sand entfernt hatte. Eine Kleinigkeit brachte alles ins Rutschen.

Etwas ganz Ähnliches passierte an diesem Sonntag. Nur dass der Auslöser ein einziges kurzes Telefonat war, das lediglich aus ein paar Sätzen bestand; aber diese Sätze waren es, die Brittas Leben ins Rutschen brachten.

Britta ahnte von alldem noch nichts, als sie langsam über die große Wiese der Salzsiederei schlenderte, sich umschaute, die Eindrücke in sich aufsaugte. Ob man wohl mit den Betreibern der Salzsiederei ins Geschäft kommen konnte? Vielleicht ließ sich ein Vorzugspaket für die Ferienparkgäste anbieten, Gutscheine, Rabatte beim Einkauf? In Brittas Kopf flatterten die Ideen herum wie Schmetterlinge über einer Wildblumenwiese.

Mit einem zufriedenen Seufzen setzte sie sich an einen der vielen Picknicktische und kramte die Broschüre heraus, die sie im Hotel mitgenommen hatte. Die Geschichte der Salzsiederei war eine Erfolgsstory wie aus dem Bilderbuch. Allerdings nur deshalb, weil es ausnahmsweise einmal gelungen war, aus den Fehlern der Vergangenheit zu lernen.

Wie kurzsichtig die Menschen doch gewesen waren! Britta schüttelte nachdenklich den Kopf und blätterte die Seiten um.

Im Mittelalter war Læsø für seine Salzsiedereien bekannt gewesen. Das salzige Grundwasser wurde in großen Eisenwannen gekocht. Das weiße Gold brachte Reichtum. Überall auf der Insel wurde Salz gekocht, überall auf der Insel wurden Bäume gefällt und der Wald gerodet. Man brauchte Holz, viel Holz, um die Feuer am Brennen zu halten – bis am Ende kaum noch ein Baum auf Læsø stand und mit der Salzsiederei Schluss war; sie wurde auf Anordnung von höchster Stelle untersagt. Zum Glück erkannten die Menschen später die Fehler ihrer Vorfahren und begannen mit der Aufforstung der Insel.

Britta ließ das kleine Heft sinken und den Blick umherwandern. Obwohl es noch recht früh am Vormittag war, trafen immer mehr Familien ein. Die Eltern sahen sich interessiert um oder strebten auf den kleinen Laden der Salzsiederei zu. Die Kinder eroberten den Spielplatz.

In der Luft vermischte sich der Geruch von sonnenwarmen Kiefernzapfen mit dem Duft von frisch gebackenen Pfannkuchen. Obwohl Britta gut gefrühstückt hatte, lief ihr das Wasser im Mund zusammen. In einer offenen Holzhütte wurden Kaffee, Kuchen und Pfannkuchen mit Zimt und Zucker verkauft. Die Kaffee-Hütte war nur eines von mehreren Holzhäusern hier am Rande des Kiefernwaldes. Ein paar größere Hütten beherbergten die eigentliche Salzsiederei und den Laden: schwarz gestrichene, niedrige Holzhütten, die aussahen, als stammten sie aus einer anderen Zeit. Vergessene Überbleibsel aus früheren Jahrhunderten. So hatte es hier wahrscheinlich schon im Mittelalter ausgesehen. Vor mehr als 25 Jahren hatten drei findige Archäologen die Idee gehabt, nach mittelalterlichem Vorbild wieder mit dem Salzsieden anzufangen. Aus diesem Projekt lebendiger Archäologie wurde ein blühendes, expandierendes Unternehmen. Natürlich holzte man diesmal nicht die halbe Insel ab, sondern nutzte Holz aus eigenen Plantagen.

Mehr als ein Dutzend Angestellte arbeiteten mittlerweile in der Salzsiederei. Læsø-Salz war mit mehr als 65.000 Besuchern pro Jahr ein wichtiges Unternehmen für die Insel geworden. Unser Ferienpark wird sich ganz ähnlich entwickeln, dachte Britta. Unsere Gäste werden nicht nur für mehr Umsatz in den Geschäften der Insel sorgen, wir werden auch neue Arbeitsplätze schaffen. Schließlich brauchte ein Ferienpark Mitarbeiter in der Verwaltung, Servicepersonal, Gärtner, Angestellte für die Kinderbetreuung und das anspruchsvolle Unterhaltungsprogramm … es würden sicher fünfzig bis einhundert neue Stellen zusammenkommen. Und das auf einer Insel, auf der schon ein Projekt mit einem Dutzend Mitarbeitern als Erfolgsstory gefeiert wurde.

Bei diesem Gedanken verspürte Britta Zufriedenheit und Stolz zugleich, am liebsten hätte sie sofort mit irgendjemandem darüber gesprochen. Das ging natürlich nicht, also tat sie das Naheliegendste: Sie stellte sich in die Warteschlange, um einen Pfannkuchen mit Zimt und Zucker zu kaufen.

«Guten Morgen, ich hätte gern einen großen Becher Milchkaffee zum Mitnehmen und einen Pfannkuchen mit Zimt und Zucker.«

Bei ihrer Bestellung drehte sich hinter der Theke ein junger Mann um, der dabei war, aus einem großen Eimer Marmelade in kleine Tonschälchen umzufüllen. Auf sein T-Shirt war der Name Ulf gestickt. Unter der Namensstickerei trug er einen Button, der den Umriss der Insel zeigte und auf dem »Mein Læsø, Finger weg von meiner Insel« stand.

»Wir haben auch Waldbeer-Konfitüre, erntefrisch, wenn dir das lieber ist.« Ulf beendete die Umfüllaktion und war offenbar bereit, neue Bestellungen entgegenzunehmen.

»Erntefrisch?«, fragte Britta und zog lächelnd eine Augenbraue hoch. »Dann habe ich dich wohl gerade bei der Ernte gestört.«

»Ertappt. Aber es gibt wirklich Kunden, die Stein und Bein schwören, dass unsere Marmelade selbst gemacht ist. Als würde es nicht schon reichen, dass wir auf offenem Feuer Salz sieden! Aber die Marmelade ist wirklich okay. Also, wie wär's, jetzt, da ich unser kleines Geheimnis verraten habe?«

Der flirtet doch tatsächlich mit mir, ging es Britta durch den Kopf. Warum auch nicht? Ich bin schließlich hier, um die Insel kennenzulernen, und nicht, um ein Keuschheitsgelübde abzulegen. Wobei dieser kurze Small Talk durchaus alle Ansprüche eines Keuschheitsgelübdes erfüllen würde.

»Hallo, Ulf an Erde, ich meine natürlich: Ulf an die Schönheit hier vor meinem Tresen. Wenn du dich jetzt entscheiden könntest, würde sich die Warteschlange hinter dir sicher freuen.«

Britta drehte sich erschrocken um, tatsächlich standen fünf, sechs weitere Kunden geduldig hinter ihr.

»Nein, nein, ich mag Zimt und Zucker lieber, herzlichen Dank«, versicherte sie hastig.

»Also Zimt und Zucker – hätte ich mir denken können.«

Britta lag schon die Frage auf der Zunge, warum Ulf sich das hätte denken können, aber der hatte sich schon umgedreht und stellte jetzt einen Becher unter den Auslauf einer sehr modernen Espressomaschine, um den Milchkaffee zuzubereiten. Eisenplatten an Ketten über offenem Feuer, aber ein Vollautomat in der Ecke, um Kaffee, Milchkaffee oder Cappuccino zu machen – das passte eigentlich nicht zusammen, schien aber niemanden zu stören. Und Britta war ein gut zubereiteter Milchkaffee allemal lieber als ein langsam dahinköchelnder Kaffee aus einem Eisenkessel, bei dessen Genuss man später den Kaffeesatz zwischen den Zähnen hatte.

Geschickt wendete Ulf die Pfannkuchen auf den drei Eisenplatten. Wie lange man wohl üben musste, damit der Teig nicht anbrannte, überlegte Britta.

»Und – wie lange dauert dein Besuch?«, fragte Ulf über die Schulter hinweg. Na, das war ja mal eine direkte Frage. »Ich, also ähm, ich werde bis zum nächsten Wochenende hier sein.«

»Wirst du denn zum Hafenfest gehen? Sonst sind doch bestimmt alle enttäuscht!«

»Ich wüsste nicht, wer enttäuscht sein sollte«, erwiderte Britta zögernd.

»Echt? Wenn ich drüben auf dem Festland vorbeischauen würde und dort gäbe es ein Hafenfest, und ich würde nicht mit allen hingehen … Ich sag dir, das würde niemandem gefallen.«

Dieses kurze Gespräch, während Ulf einen Pfannkuchen auf einen Teller gleiten ließ und ihn großzügig mit Zimt und Zucker bestreute, verwirrte Britta. Was ging es diesen Mann an, ob sie zum Hafenfest gehen würde oder nicht? Sie hatte ihn schließlich noch nie im Leben gesehen. Seltsam daran war nicht einmal so sehr das, was er sagte, sondern wie er es sagte.

Britta legte einen 100-Kronen-Schein auf den hölzernen Geldteller, nahm das Wechselgeld entgegen und sagte dann: »Ich bleibe nur eine Woche auf Læsø, mehr Zeit habe ich nicht, dann muss ich zurück nach Deutschland. Und heute ist der Tag, an dem ich mich entspannen werde. Wahrscheinlich gehe ich nachher noch ein bisschen an den Strand.«

»Nach Deutschland? Du wohnst in Deutschland?«

Britta nickte. »Ich nehme das mal als Kompliment dafür, dass mein Dänisch noch nicht eingerostet ist.«

Ulf war so überrascht, dass ihm fast der Pappbecher mit dem Milchkaffee aus der Hand gerutscht wäre; ein bisschen schwappte über und verbrannte ihm den Finger. »Autsch, verdammter Mist!«, fluchte er leise, bevor er laut sagte: »Dann wünsche ich dir noch viel Spaß auf Læsø. Weißt du schon, wo du heute hinwillst?«

Natürlich, dachte Britta, und ich werde es dir ganz sicher nicht verraten. »Ach nein, ich will mich einfach ein bisschen umschauen.«

»Entschuldigung, ich will mich ja nicht einmischen, aber wir warten hier schon ganz schön lange auf unsere Pfannkuchen.« Die Frau hinter Britta musterte Ulf säuerlich.

»Ja, natürlich. Bitte entschuldige die Wartezeit.« Ulf zwinkerte Britta zu. Britta konnte nicht anders, sie lächelte ihn an. »Einen schönen Tag noch. Hvide Bakker ist übrigens sehr hübsch, als Strand, meine ich.«

»Danke für den Tipp! Dir auch noch einen schönen Tag.«

Britta balancierte in der einen Hand den Pfannkuchen und in der anderen den Milchkaffee; so trug sie beides zu einem der Picknicktische. Hätte sie sich umgedreht, wäre ihr aufgefallen, dass Ulf einer Kollegin ein Zeichen gab, um sich ablösen zu lassen. Er ging hinter die Kaffee-Hütte, zog sein Smartphone aus der Hosentasche und wählte nach kurzem Nachdenken. »Hi, ich bin's, Ulf. Mir ist gerade was Komisches passiert …«

Eine Handvoll Sand, die eine ganze Burg ins Rutschen bringen kann …

Hvide Bakker

Im Nachhinein hätte Britta nicht einmal sagen können, warum sie Ulfs Tipp befolgte. Letztlich entschied sie einfach aus einer Laune heraus, genau diesen Strand anzusteuern. Hvide Bakker war allerdings ohne Zweifel einer *der* Strände der Insel, in jedem Reiseführer wurde der breite Sandstrand gelobt.

Andererseits besaß Læsø Strände mit einer Gesamtlänge von mehr als achtzig Kilometern, da war ein Strand fast so gut wie der andere. Aber Britta bereute ihre Entscheidung nicht.

Der Weg nach Hvide Bakker führte von der Salzsiederei aus an Byrum vorbei, über schmale Landstraßen und durch dichten Kiefernwald. Es war zauberhaft, wie das Sonnenlicht schräg durch die Bäume fiel und dabei eine ganz eigene Stimmung schuf. Mit offenem Verdeck durch dieses Waldgebiet zu fahren, war ein unerhörter Genuss. Wer immer die Idee gehabt hatte, die Insel wieder aufzuforsten, hatte sich einen Orden verdient, so viel stand fest. Selbst der Fahrtwind fühlte sich heute seidig an.

Der Wald endete, machte einer offenen Heidelandschaft Platz, und dann mündete der Weg in einen großen Schotterparkplatz, der den Strandzugang markierte. Gerade einmal drei weitere Autos parkten hier. Britta beschloss, ihr Lunchpaket, das sie sich vorsichtshalber im Hotel zusammengestellt hatte, erst einmal im Kofferraum zu lassen. Sie war noch satt von dem Pfannkuchen und dem Kaffee und hatte jetzt nur noch den einen Wunsch, mit bloßen Füßen am Strandsaum entlang durchs Wasser zu laufen.

Vom Parkplatz aus führte ein kurzer Weg über Holzbohlen zum eigentlichen Strand. Am Ende des Holzbohlenwegs blieb Britta staunend stehen: Rechts und links von ihr erstreckte sich der weiße, breite Sandstrand. Tatsächlich konnte sie von hier aus kilometerweit laufen, irgendwann würde sie wieder zu dem Fischrestaurant von gestern Abend kommen. So weit wollte Britta aber gar nicht gehen, ihr genügte es schon, einfach unter dem weiten hellblauen Sommerhimmel am Wasser zu sein. Angesichts des strahlenden Wetters hätte Britta erwartet, dass zahlreiche Touristen mit Badelaken und Strandmuscheln ihr Revier absteckten, aber hier waren vielleicht vier, fünf Familien zu sehen. Wer die überfüllten Strände in Italien oder an der französischen Mittelmeerküste liebte, würde auf Læsø hoffnungslos vereinsamen.

Die nächste Stunde über schlenderte Britta am Wasser entlang, bückte sich ab und zu nach einer besonders hübschen Muschel und entdeckte sogar zwischen Tang und Algen zwei pfefferkorngroße Bernsteinstückchen. Im Frühjahr oder Herbst, nach den Stürmen, war Hvide Bakker sicher ein Eldorado für Bernsteinsucher. Britta nahm sich vor, diesen Punkt in die Zusammenstellung der künftigen Freizeitaktivitäten aufzunehmen, die der Ferienpark anbieten konnte. »Suchen Sie mit unseren erfahrenen Führern das Gold der Ostsee«, das klang doch vielversprechend.

Britta erreichte eine Landzunge, die mit großen Felsbrocken und riesigen, glatt gespülten Kieseln übersät war. Sie schaute auf ihre Uhr. Wenn sie jetzt über die Steine kletterte, konnte sie zwar noch weiter den Strand entlanglaufen, musste sich dann aber beeilen, um ihre Verabredung mit Daniel einzuhalten. Nein, besser, sie machte sich auf den Rückweg, um entspannt und ohne Hetze am Auto anzukommen. Unwillkürlich ging sie ein bisschen schneller und hob weniger Muscheln auf.

Zufrieden stellte sie fest, dass sie die Zeit für den Weg zurück zum Parkplatz richtig eingeschätzt hatte. Sie konnte schon die Fahne erkennen, die den Beginn des Holzbohlenwegs markierte, als ihr die einsame Gestalt auffiel, die ihr entgegenkam. Erst nur schemenhaft, dann aber immer deutlicher erkannte Britta, dass eine Frau schnurstracks auf sie zusteuerte. Als diese keine zehn Schritte mehr von ihr entfernt war, blieb Britta wie angewurzelt stehen. Mit vor Staunen offenem Mund starrte sie nach vorn. Hier, mitten auf dem einsamen Strand, hatte sie das Gefühl, in einen lebensgroßen Spiegel zu blicken. Das da vorn war sie, nur trug sie jetzt einen kurzen Rock zum T-Shirt, die Haare waren wie die ihren zu einem Pferdeschwanz zusammengebunden.

Britta war immer ein Einzelkind gewesen, ihre Mutter hatte nur wenig Verwandtschaft, es gab keine Cousinen in Brittas Alter. Verblüfft blinzelte Britta ins Gegenlicht. Nein, das war keine Sonnenspiegelung, kein Trugbild des flirrenden Lichts, sagte ihr der gesunde Menschenverstand. Sie war schließlich in Dänemark und nicht in der Sahara. Jetzt hob ihr Ebenbild die Hand und winkte ihr zu. Auf dem Gesicht der anderen lag die gleiche Verblüffung, das gleiche fassungslose Erstaunen, das Britta verspürte.

Ida

»Hej! I'm Ida Rasmussen, ähm … Sorry, I don't speak English very well …«

»Jeg hedder Britta. Jeg forstår dansk.«

Die Fremde atmete sichtlich auf, als Britta ihr erklärte, dass sie Dänisch könne.

»Oh, prima, ich hatte schon befürchtet, weiter auf Englisch herumstammeln zu müssen. Ich muss mich entschuldigen, dass ich dich einfach hier am Strand überfalle, aber jetzt weiß ich, warum Ulf am Telefon so aufgeregt war.«

Britta brauchte einen kurzen Moment, um zu begreifen. »Ulf? Wer ist Ulf? Du meinst den Pfannkuchenbäcker in der Salzsiederei?«

Die fremde Frau lachte, und selbst dieses Lachen kam Britta vertraut vor. Sie lacht wie ich, durchfuhr es sie. Diese Erkenntnis machte Britta sprachlos. Sie heißt Ida, und sie lacht genau wie ich.

Bei näherem Hinsehen erkannte sie natürlich Unterschiede; Idas Augen waren einen Ton dunkler als ihre, hier gab es ein kleines Fältchen, dort war das Gesicht ein bisschen voller. Um die Nase herum hatte Ida ein paar Sommersprossen. Zwei Frauen, die sich an einem einsamen Strand begegneten und sich auf erstaunliche Art und Weise ähnelten – eine Laune der Natur. Wie viele Menschen sahen irgendwelchen Prominenten ähnlich! Es gab ja sogar »Look alike«-Wettbewerbe. Aber dieses Lachen verblüffte Britta, warf alle möglichen sinnvollen Erklärungen, die ihr in den letzten Augenblicken durch den Kopf geschossen waren, einfach über den Haufen.

Ohne es abgesprochen zu haben, liefen die beiden Frauen nebeneinander zurück in Richtung Holzbohlenweg. Die Fremde namens Ida brach als Erste das Schweigen zwischen ihnen.

»Eigentlich studiert Ulf Maschinenbau, drüben auf dem Festland. Aber jetzt hat er frei, und der Job bei Læsø-Salz wird gut bezahlt.«

Britta schnaubte ungeduldig. Interessierte sie sich etwa für Ulfs Studiengang? Sie hatte ganz andere Fragen. »Mal der Reihe nach: Ulf hat dich angerufen und dir gesagt, dass ich wahrscheinlich hier am Strand bin. Richtig?«

»Ganz genau!«

»Ein Bekannter ruft dich an und sagt ›He, Ida, ich habe eine Frau gesehen, die dir ähnlich sieht‹, und du machst dich direkt auf den Weg?« Selbst in Brittas Ohren klang diese Frage misstrauischer, als sie eigentlich beabsichtigt hatte. Aber das alles hier ging doch nicht mit rechten Dingen zu. Falls Ida ihr die Frage übelnahm, ließ sie sich nichts anmerken. Im Gegenteil: Sie lachte einfach erneut ihr helles Lachen.

»Nein, ich war neugierig, weil ich schon gestern drei verschiedene Leute getroffen habe, die mir alle erklärten, dass sie mich gesehen hätten, oder vielmehr, dass es offensichtlich eine Doppelgängerin von mir auf Læsø gäbe. Als ich Ulfs Anruf bekam, hatte ich eigentlich gerade vorgehabt, in Østerby Havn einzukaufen. Also entschloss ich mich, einen kurzen Abstecher an den Strand zu machen. Natürlich habe ich gehofft, dich zu treffen.« Ida stockte einen Moment verlegen, sie suchte nach Worten, strich sich mit der linken Hand eine lose Haarsträhne hinters Ohr. Britta sah die vertraute Handbewegung. Wer war diese Frau?

»Das ist doch völlig absurd.« Grübelnd sprach Ida weiter. »Wir sehen uns so ähnlich. Als würden wir zu derselben Familie gehören. Aber ich bin mir ganz sicher, dass es keine entfernte Cousine oder eine andere Verwandte in meinem Alter gibt. Ich kenne alle Verwandten meiner Eltern, auch wenn ein paar natürlich in Dänemark verstreut leben.«

»Ich komme aus Deutschland«, stieß Britta hervor. »Ich heiße Britta Hoffmann, bin in Deutschland geboren und lebe in Frankfurt.«

»Das ist doch unmöglich. Ich meine, natürlich, du wirst schon wissen, wie du heißt und wo du wohnst, aber bist du ganz sicher, dass nicht irgendjemand aus deiner Familie … kann es so was geben?«

Hätte irgendjemand Britta all das, was sich in den letzten fünf Minuten ereignet hatte, erzählt, sie hätte es für eine schlechte Komödie gehalten. Solche Geschichten wie die vom »doppelten Lottchen« gehörten in Kinderbücher oder auf die Kinoleinwand. Für das hier musste es doch eine ganz vernünftige Erklärung geben. Britta fiel nur eine einzige ein: »Mein verstorbener Vater war Däne.«

»Dein verstorbener Vater … wie hieß dein Vater?«

»Erik Gunnarson.«

»Kenne ich nicht. Britta, ich hätte einen Vorschlag, der dir vielleicht merkwürdig erscheinen wird, aber mal ehrlich: Das Ganze ist merkwürdig.« Ida schluckte. »Würdest du mich begleiten? Ich glaube, du solltest jemanden kennenlernen.«

»Wen?«

»Den einzigen Menschen, der uns jetzt weiterhelfen kann – meinen Vater!«

Auf dem Schotterparkplatz stand ganz in der Nähe von Brittas Cabrio ein alter Golf. Britta öffnete mit der Fernbedienung ihren Wagen, zögerte dann aber für einen Moment. »Ähm, ich weiß gar nicht … also, wohin müssen wir überhaupt fahren?«

Ida lächelte breit. »Ist das etwa deiner?«

Britta nickte und konnte dabei einen gewissen Stolz nicht verbergen. »Das war der erste, wirklich der erste spontane Kauf, den ich seit Jahren …«

»He, du musst dich doch nicht dafür entschuldigen, dass du mein Traumauto fährst, und noch dazu in der richtigen

Farbe«, unterbrach Ida Brittas Beteuerungen. »Wenn du nichts dagegen hast, fahr ich bei dir mit, und vielleicht könntest du mich ja später wieder zu meinem Auto bringen. Ich meine, das ist zwar umständlicher, aber …«

»Doch, klar, das mach ich gern.«

»Super. Aber du musst das Verdeck aufmachen«, forderte Ida, um mit einem Stoßseufzer nachzuschicken: »Mist, ich fahre im Cabrio, und jede Wette, dass uns kein Schwein sehen wird.«

Østerby Kro

Mads Rasmussen schaute sich besorgt um. Gleich zwei Aushilfen hatten sich heute krankgemeldet, ausgerechnet in der Woche vor dem Hafenfest. Jetzt ging die Saison richtig los, der Umsatz der nächsten Wochen würde ihm durch den Winter helfen. Sein Restaurant war gut gefüllt: Etliche Tische waren mit Gästen besetzt, die ein spätes Frühstück genossen oder bereits ein Mittagessen bestellt hatten.

Heute würde er die zusätzliche Arbeit schon schaffen, aber wenn auch in den nächsten Tagen so viele Gäste kamen – und das hoffte er –, brauchte er dringend Ersatz für die beiden Aushilfen. Vielleicht konnte Lars helfen? Sein Blick fiel auf den jungen Mann, der sich hinter der Theke gerade um die Getränkebestellungen kümmerte. Lars war im letzten Jahr mit der Schule fertig geworden, vielleicht hatte er ja noch ein paar Freunde, die sich in den Sommermonaten mit einem Aushilfsjob etwas dazuverdienen wollten? Mads hasste es, auf andere angewiesen zu sein. Das war aber auch schon der einzige Missklang in seinem Berufsleben, den Rest genoss er in vollen Zügen. Sein Laden brummte, er hatte sich zu einer festen Größe auf Læsø entwickelt. Vor zwei Jahren hatte Mads die Außenterrasse erweitert, eine kleine Bühne für Livemusik im hinteren Teil des großen Gastraumes gebaut und die Kücheneinrichtung modernisiert.

Das hatte viel Geld gekostet, aber in seinen Augen war es gut investiert. Mads liebte sein Lokal. Von seinem Vorgänger hatte er nur den Namen übernommen. Die klassische Einrichtung des gutbürgerlichen dänischen Gasthofs hatte er konsequent entfernt. Wenn er schon den ganzen Tag arbeitete, dann doch bitte in einer Atmosphäre, die ihm gefiel. Mads liebte alte Segelboote und deren hölzerne Schiffsdecks. Und so zogen poliertes Holz und Messingbeschläge, Segeltuchstühle und alte Positionsleuchten im Østerby Kro ein. Für die Cocktail-Lounge hatte Mads sogar in England schwere, alte Ledersessel gekauft. Maritim, mit einem Hauch von englischem Club, kombiniert mit hellen Farben und skandinavischem Design – das war der neue Østerby Kro. Das Restaurant hatte es sogar schon einmal auf die Titelseite einer bekannten Wohn- und Designzeitschrift geschafft. Das Cover hatte sich Mads eingerahmt und in seinem Büro an die Wand gehängt. Teils aus Eitelkeit, teils aus Freude darüber, was er aufgebaut hatte. Er hatte damals eine Ausgabe der Zeitschrift an seine Exfrau geschickt. Aus Trotz, aber auch aus Bosheit, um ihr zu zeigen, was sie verpasste. Im Nachhinein war es ihm ein wenig peinlich gewesen. Aber jeder Mensch hatte das Recht, sich zum Affen zu machen, und er war schließlich kein Heiliger.

Gerade als Mads in die Küche gehen wollte, fuhr ein knallrotes Mercedes-Cabrio auf den Parkplatz. Deutsches Kennzeichen. Na klar, dachte Mads. Angesichts der hohen dänischen Steuern auf Autos waren Mercedes-Modelle auf Læsøs Straßen sehr selten. Er schaute genauer hin. Das war ja Ida, die da auf der Beifahrerseite ausstieg. Wie kam Ida in dieses Cabrio? Und wer war die Fahrerin mit der großen Sonnenbrille und dem Kopftuch? Mads trocknete sich die Hände an einem Handtuch hinter der Theke ab. Jetzt stieg auch die Fahrerin aus. Irgendetwas an ihren Bewegungen kam Mads seltsam vertraut vor.

Mads

»Hej, Ida, ist etwas mit deiner Oma?«

»Hej, Dad, keine Sorge, Oma geht es gut. Eigentlich wollte ich auch gar nicht vorbeikommen. Ist eine lange Geschichte …«

»Ida, wie oft soll ich dir sagen, dass ich es ganz schrecklich finde, wenn du mich ›Dad‹ nennst. Papa, meinetwegen Mads, aber ganz sicher nicht ›Dad‹.«

Ida lächelte breit. Ihr Vater war ziemlich cool für seine fünfzig Jahre, er musste nur noch anfangen, ein bisschen lockerer zu werden.

»Wen hast du da mitgebracht, Ida?«

»Tja, Papa, das gehört zu der langen Geschichte. Ich möchte dir Britta …« Ida brach mitten im Satz ab. Ihr Vater war kreidebleich geworden und starrte mit halb offenem Mund auf die Terrasse, wo Britta stand, jetzt ohne Kopftuch und Sonnenbrille.

«Britta, darf ich vorstellen: Mads Rasmussen, Besitzer des besten Restaurants auf Læsø und mein Vater. Papa, das ist Britta, Britta Hoffmann. Das Verrückte ist, dass sie mir total ähnlich sieht. Genau deswegen sind wir hier bei dir.«

»Hoffmann? Britta Hoffmann aus Deutschland? Ach du heilige Scheiße«, entfuhr es Mads. Einige Gäste in der Nähe schauten ihn neugierig an, zwei zeigten auf die beiden jungen Frauen und fingen an zu tuscheln. Mads aber tat etwas, das er in den letzten zehn Jahren nicht getan hatte. Er trat an die Theke, schenkte sich einen großen Bourbon ein und leerte das Glas in einem Zug. Der Alkohol brannte in seiner Kehle, Mads musste husten. Das war irgendwie keine gute Idee gewesen, aber immerhin half es, den Schreck zu überwinden.

»Papa, kennst du einen Erik Gunnarson?«

Idas Frage überraschte ihn. »Erik? Wie zum Teufel kommst du auf Erik Gunnarson?«

»Ida fragt«, mischte sich Britta zögernd ein, »weil Erik Gunnarson mein Vater ist, mein verstorbener Vater.«

»Erik?« Wider Willen musste Mads grinsen. »Also, das kann ich mir kaum vorstellen. Erik Gunnarson liegt drüben auf dem Friedhof der Østerby Kirke. Ich glaube, er ist vor sechs, sieben Jahren friedlich eingeschlafen, im biblischen Alter von 98 Jahren.«

Mads räusperte sich, suchte nach Worten. Dann fiel ihm etwas ein. »Britta, verrate mir doch bitte, wie alt du bist.«

»Dreißig. Ich bin dreißig Jahre alt.«

Er lächelte schwach: »Dreißig Jahre …«

Mads sah Brittas Verwirrung und holte tief Luft. »Britta Hoffmann. Tatsächlich siehst du deiner Mutter ähnlich. Wie merkwürdig, bei Ida ist mir das nie in den Sinn gekommen, dabei hatte ich neunundzwanzig Jahre lang Zeit, es zu bemerken. Lise und Charlotte waren sich wohl ähnlicher, als ich dachte. Warum hat Charlotte all die Jahre geschwiegen? Erik Gunnarson, na klar.«

»Mads, du kennst meine Mutter?«

Mads schloss die Augen, dann ließ ein Lächeln sein Gesicht strahlen. »Oh ja, ich kenne, das heißt, ich kannte Charlotte Hoffmann. Genauer gesagt kannte ich sie einen kurzen, einen viel zu kurzen Sommer lang. Den Sommer, bevor ich Lise geheiratet habe. Aber ich hatte ja keine Ahnung … ich …« Seine Stimme brach, seine Augen schimmerten feucht. »Wie zum Henker hätte ich ahnen können, dass ich zwei Töchter habe?« Er schüttelte den Kopf. Als wollte er ausprobieren, wie das klang, murmelte er leise: »Das ist meine Tochter Britta.«

Britta

»Wie zum Henker hätte ich ahnen können, dass ich zwei Töchter habe?« Britta erkannte in Mads Augen die Wahrheit seiner Worte. Doch was zu viel war, war zu viel. Die Wahrheit zu erkennen war eine Sache, sie zu akzeptieren eine andere. Regungslos blieb Britta mit hängenden Armen stehen, hörte nichts als ihren eigenen Atem, rau und stockend.

Mit einem verzweifelten Aufschluchzen drehte sie sich schließlich um und stürzte zur Tür. Fort, nur fort. Weg von diesem Mann, der ihr Vater sein sollte, weg von dem Haus, weg von der fremden und doch so vertrauten Frau. Weg, weg, weg!

Blind vor Tränen lief Britta vorbei an erstaunten Touristen und Seglern, die der schluchzenden jungen Frau hinterhersahen.

Da war der Strand. Aus dem Sand stieg die Mittagshitze auf. Britta lief noch wenige Schritte weiter, ließ sich in den Sand fallen und weinte. Sie weinte vor Wut darüber, dass ihre Mutter all die Jahre geschwiegen hatte.

Nein, sie hatte nicht nur geschwiegen, sie hatte sie verraten, belogen und betrogen. Betrogen um einen Vater, den es immer gegeben hatte, einen Vater, der nicht vor ihrer Geburt bei einem Autounfall ums Leben gekommen war. Die ganzen Jahre über hatte sie darum gebettelt, mehr zu erfahren; hatte schließlich akzeptiert, dass ihre Mutter nicht mehr an diesem Lebensabschnitt rühren, nicht den gleichen Schmerz immer wieder von Neuem durchleben wollte.

Brittas Tränen waren Tränen der Hilflosigkeit, der Fassungslosigkeit.

»Wie zum Henker hätte ich ahnen können, dass ich zwei Töchter habe.«

Ein einfacher Satz hatte ihr den Boden unter den Füßen weggerissen.

»Britta! Britta!«

Sie blieb einfach im Sand sitzen, ihre Tränen bildeten kleine dunkle Spuren darin.

Am liebsten wäre sie erneut weggelaufen, aber ihr fehlte die Kraft.

»Britta … es tut mir so leid.« Mads ließ sich neben Britta in den Sand fallen. Er suchte nach Worten. »Es … ach was, nein … Es tut mir überhaupt nicht leid. Ganz im Gegenteil. Ich bin froh, ich könnte platzen vor Glück. Ich könnte schreien, weinen, lachen, und alles nur, weil es dich gibt.«

Sie spürte seine warme Hand auf ihrer Schulter, hörte die Fürsorge in seiner Stimme. Er legte den Arm um sie, und sie ließ es zu, ließ sich in diese Umarmung fallen. Wie sehr hatte sie sich früher danach gesehnt.

»Mads … ich …«

»Schsch! Nicht reden. Du brauchst Zeit. Lass uns einfach nur eine Weile hier sitzen.«

Britta holte mit einem tiefen, zitternden Atemzug Luft.

»Ach, Papa!«

***

Lange saßen sie dort und schauten auf das Wasser. Britta hätte später nicht sagen können, wie lange. Eine Welle nach der anderen rollte ans Ufer, manche brachen sich schon, bevor sie das Land erreichten, andere eilten mit einer kleinen Schaumkrone schräg auf den Strand zu. Wieder andere rollten sanft aus, warteten bis zur letzten Minute, bevor sie die mitgeführten Muschelschalen, den Seetang und das

Treibholz auf dem nassen, glänzenden Sand ablegten. Brittas Atem wurde ruhiger, entschlossen wischte sie sich mit dem Handrücken über die Augen.

Es war Mads, der das Schweigen brach.

»Sag mal, Britta, ist das nicht dein Handy, das man da hört? Ich glaube, da versucht jemand schon seit einer ganzen Weile, dich zu erreichen.«

Unbewusst hatte Britta den Rufton durchaus gehört, sich jedoch geweigert, das Geräusch wahrzunehmen. Widerwillig tastete sie in der Tasche nach ihrem Telefon und schaute auf das Display. Acht entgangene Anrufe. Wer konnte das sein? Daniel! Himmel, es war schon nach vier! Siedend heiß fiel ihr ein, dass sie sich für den Nachmittag, um drei Uhr, mit Daniel verabredet hatte.

»Mads, Papa, ich muss los. Ich … oh, Mist, ich hab einen Kollegen versetzt. Wir … wir müssen reden. Wir …«

»Britta, ich bin ja da. Natürlich müssen wir reden, ich will alles wissen, alles.«

»Heute Abend, ich komme heute Abend zurück.«

»Wann immer du willst. Ich warte auf dich.«

Britta sprang auf, zögerte kurz, dann küsste sie Mads sanft auf die Wange.

»Bis später … Papa. Und bitte sag Ida, es tut mir leid. Ich meine …«

»Schon gut, Töchterchen. Auch Ida wird da sein, wenn du kommst. Ich, Ida und all die anderen.«

»Die … die anderen?«

»Deine ganze dänische Familie«, lachte Mads.

Britta schluckte trocken. Grundgütiger, daran hatte sie ja noch gar nicht gedacht. Hatte Ida nicht von einer Oma gesprochen? Eine Oma! Wen gab es wohl noch?

Mads blieb im trockenen Sand sitzen, völlig entspannt hatte er die Arme auf den angezogenen Knien abgelegt. Mit seinen Lachfältchen um die Augen, dem Dreitagebart und der Sonnenbrille im Haar erinnerte er Britta ein wenig an Mads Mikkelsen, den bekannten dänischen Schauspieler.

»Ich muss wirklich los. Bis später.«

Mads sah ihr nach, wie sie vom Strand zurück zu ihrem Auto lief. Diesmal jedoch war es keine Flucht. Waren das kleine Freudensprünge, die sich in ihren Lauf mischten?

»Farvel, Britta. Bis nachher«, flüsterte Mads und lächelte dann glücklich in die Sonne.

Der Ferienpark

»Daniel, sorry, es tut mir wirklich leid, dass du warten musstest.«

»Mensch, Britta, wo warst du denn? Wir waren doch für drei Uhr verabredet. Weißt du, wie oft ich dich schon angerufen habe?«

»Ich hatte den Ton ausgeschaltet«, log Britta, »und ich bin …, äh, am Strand gewesen. Hab die Zeit vergessen, muss wohl eingeschlafen sein. Ich geh nur schnell in mein Zimmer und, ähm, mach mich frisch. Dauert nicht lange, in fünf Minuten können wir los.«

»Deine Augen sind ja ganz rot und geschwollen. Geht es dir gut?«, fragte Daniel mitfühlend. In seinem Blick funkelte aber auch ein bisschen Neugier.

»Was? Ach, die Augen, nein, ich muss wohl gegen irgendetwas allergisch sein. Die brennen ein bisschen. Also, bin gleich wieder unten.«

Daniel schaute Britta nach, wie sie durch die Halle lief. Die hat es aber böse erwischt, dachte er. Seine Schwester hatte auch immer so verheulte Augen, wenn sie unter einer Heuschnupfenattacke litt. Nur komisch, dass ihm das bei Britta vorher nie aufgefallen war. Sie hatte, seit er sie kannte, noch kein einziges Mal über Heuschnupfen geklagt.

***

»Hallo, hier ist der Anschluss der C-Hoffmann-Yogaschule. Bis einschließlich Dienstag, den 3. Juli, ist unsere Schule geschlossen. Ab dem kommenden Mittwoch bin ich dann wieder persönlich für Sie da. Informationen zum Unterricht und Anmeldungsmöglichkeiten für die neuen Kurse ab September finden Sie auf meiner Webseite www.ch-yoga.de. Herzlichen Dank für Ihren Anruf – und bleiben Sie in Balance.«

Wütend beendete Britta den Anruf. Bleiben Sie in Balance. Klar. Verschweigen Sie Ihrem Kind, dass es einen Vater hat, dann ersparen Sie sich dumme Fragen und Gejammer. So was kann das persönliche Gleichgewicht ganz erheblich stören.

Zu gern hätte sie jetzt ihrer Mutter die passenden Sätze auf den Anrufbeantworter gebrüllt. Aber das Gerät spielte nur die Ansage ab. Ab dem kommenden Mittwoch bin ich dann wieder persönlich für Sie da. Charlotte besaß zwar ein Handy, vergaß aber immer wieder, es einzuschalten. Nun, einen Versuch war es wert.

»Der Teilnehmer ist zurzeit nicht erreichbar. Er wird per SMS über Ihren Anruf informiert.«

Britta warf ihr Handy frustriert aufs Bett. Dann eben nicht. Sie lief ins Bad und schaufelte sich prustend ein paar Hände Wasser ins Gesicht. Am liebsten wäre sie jetzt schon wieder bei Mads und Ida.

Ich schaue mir mit Daniel das Baugelände an, und dann kann ich sie wiedersehen.

Gestern noch hätte sie bei so viel Egoismus Gewissensbisse gegenüber Daniel verspürt, hier und jetzt jedoch war da nur ein Staunen, dass man wütend und überschäumend glücklich zugleich sein konnte.

***

»Da vorn müsste es sein.« Daniel warf einen prüfenden Blick auf den Faltplan. »Ja, genau dort, jetzt links. Ich glaube, wir sind da.«

Britta bremste und stellte den Motor ab. Außer ein paar Vögeln und einem weit entfernten Rasenmäher waren keine Geräusche zu hören, es war vollkommen still im Wald.

»Ganz schön abgelegen hier«, brummelte Daniel beim Aussteigen.

»Ach was, Østerby Havn ist doch nur ein paar Kilometer entfernt.«

»Østerby?«

»Der Ort, wo wir gestern Abend gegessen haben. Auf halbem Weg liegt außerdem der Golfplatz, und von hier bis zum Strand können es nur ein paar hundert Meter sein.« Daniels Unkenntnis hätte sie noch gestern ganz sicher verzweifeln lassen. Aber heute? Britta lauschte in sich hinein. Es war ihr egal. Sollte er doch dumm sterben, das war nicht ihr Problem. Eine neue Form von Zufriedenheit kribbelte in ihrem Bauch. »Nordmarken, so heißt die Gegend hier, ist voll von Sommerhäusern. Bis auf dieses Waldstück, das noch erschlossen werden kann. Ich vermute mal, da drüben, wo der Wald aufhört, kommen nur noch ein Stück Heide und dann schon der Strand. Eigentlich ideal.«

Britta atmete tief durch und schloss kurz die Augen. Schön war es hier. In der Luft lag ein sanfter Hauch von blühenden Heckenrosen und ganz schwach der Duft von warmem sandigem Waldboden.

»Autsch! Mist, hier gibt es Mücken. Ich glaub, mich hat gerade so ein Drecksvieh gestochen.«

»Davon wirst du nicht gleich sterben. Wir sind in Dänemark, da gibt es im Sommer schon mal ein paar Mücken. Schweden ist in der Hinsicht allerdings viel schlimmer.«

Daniel schaute sich um, während er den Stich an seinem Arm rieb.

»Wenn da drüben erst noch Heide kommt, sind wir aber nicht besonders nah am Wasser. Wir werden die Wege ausschildern müssen, und eventuell könnten wir Bollerwagen für Kinder anbieten«, überlegte er.

»Ja, guter Einfall«, lobte Britta. »Kannst du die Ideen schon mal notieren?«

Daniel schien unter Brittas Lob regelrecht zu wachsen und fing an, auf seinem Smartphone zu tippen. »Wollen wir uns jetzt den Bauplatz ansehen?«, fragte er mit neu erwachtem Interesse.

»Unbedingt, dafür sind wir ja hier.«

Die beiden folgten einem Trampelpfad und standen kurz darauf vor einem großen Schild. »Ferienpark Læsø – hier erleben Sie Urlaub«, las Daniel vor. Britta verzog gequält das Gesicht. »Wer hat sich denn diesen Spruch ausgedacht? Ich war der Meinung, wir liefern Bradford International auch die Marketing-Facts. Darüber werden wir noch mal mit Dirk sprechen müssen.«

»Soll ich das auch notieren?«

»Nein, den Spruch kann ich mir auch so merken. Obwohl – du kannst ja schnell ein Foto von dem Schild machen.«

Das Baugelände begann gleich hinter dem großen Schild, ein riesiger freier Platz mit ungleichmäßig verteilten lockeren Baumgruppen und Buschinseln. Am Rand stand ein einzelnes schmuckes schwedisch-rotes Holzhaus.

»Das muss der kleinste Haustyp sein: ein Schlafraum, zwei Personen«, stellte Daniel sachkundig fest.

»Sieht doch sehr nett aus. Schade, dass wir keinen Schlüssel haben, sonst hätten wir uns mal die Raumaufteilung ansehen können.« Britta kannte zwar die Grundrisse, freute sich aber schon darauf, sich die Umsetzung anzusehen. »Morgen fahren wir ja zur Inselverwaltung. Meines Wissens ist dort alles für uns hinterlegt.«

»Wann werden wir denn morgen dorthin fahren?«

»Wir sollen kurz vor neun Uhr da sein. Ich habe für Viertel nach neun den Termin mit den Verantwortlichen vereinbart.«

»Und heute Abend? Gehen wir essen, oder bleiben wir im Hotel? Die Bar soll nett sein.«

»Sorry, Daniel, aber ich werde nur noch einen Spaziergang machen und früh schlafen gehen.«

Britta sah, wie sich Daniels gute Stimmung in nichts auflöste. Fast hätte sie ihm die Wahrheit erzählt, schwieg dann aber doch. Ihre Familie ging Daniel nichts an und sollte privat bleiben.

»Das Hotel hat doch eine gute Speisekarte. Wenn du Hunger hast, kannst du ja dort essen gehen. Und morgen Mittag werden wir in Vesterø Havn essen.«

Die ganze Rückfahrt über war Britta voller Vorfreude auf die Stunden, die vor ihr lagen.

Eine schrecklich dänische Familie

»Britta, da bist du ja endlich!« Ida hatte auf der Veranda des Restaurants gewartet und stürzte nun auf sie zu. »Komm, fast alle sind schon da. Papa hat rumtelefoniert. Ich kann es gar nicht erwarten, dir den Rest der Familie vorzustellen.« Ida griff nach Brittas Hand und zog sie mit sich. »Hast du auch sofort gemerkt, dass wir beide Linkshänderinnen sind? Oh Gott, ich hab so viele Fragen, ich könnte platzen. Aber lass uns erst mal reingehen.« Die beiden Frauen betraten den gut gefüllten Gastraum, in dem drei Bedienungen alle Hände voll zu tun hatten.

Ida steuerte quer durch den Raum eine Glastür an, auf der ein Zettel klebte. »Geschlossene Gesellschaft«, las Britta. Sie brauchte einen kurzen Moment, bis ihr klar wurde, dass mit dieser »geschlossenen Gesellschaft« die Gäste gemeint waren, die ihr Vater extra für sie eingeladen hatte.

Plötzlich wurde ihr bei dem Gedanken, was da auf sie zukam, heiß und kalt zugleich.

»Du zitterst ja, ist alles in Ordnung mit dir?« Ida schaute Britta besorgt an. »Ja, schon«, kam die zögerliche Antwort, »das ist nur alles so viel, ich meine, ich weiß doch gar nicht …«

»Ach, Britta, was glaubst du, wie's mir geht? Ich wollte immer eine Schwester haben, keinen kleinen nervigen Bruder. Und dort hinter der Tür warten lauter Menschen, die sich seit einer Stunde nichts sehnlicher wünschen, als zu erfahren, was die angekündigte Überraschung von Papa ist. Ich kenne ja deine deutsche Familie nicht, aber für deine dänische Verwandtschaft kann ich mich verbürgen – zumindest für die Leute, die heute da sind.«

Ida lachte, und es war ein ansteckendes Lachen, bei dem Britta ihre Nervosität vergaß und selbst anfing zu kichern. »Hab ich das gerade richtig verstanden, ich hab auch noch einen Halbbruder?«

»Ja, Casper, die Nervensäge. Das war jetzt gemein; so habe ich ihn nur genannt, als wir noch Kinder waren. Aber du wirst ihn heute nicht kennenlernen, weil er seit einem Jahr in Straßburg als Assistent in irgendeiner unglaublich wichtigen EU-Abteilung arbeitet. Sein Ego dürfte mittlerweile so groß sein, dass er es morgens beim Aufstehen grüßen muss. Ende der Kurzfassung.«

»Ich kann das alles immer noch nicht glauben, Ida.«

»Ich verspreche dir hiermit hoch und heilig, dass du einen wunderbaren Abend haben wirst. Großes Schwestern-Ehrenwort.«

In Idas Augen schimmerten plötzlich Freudentränen, und auch Britta musste schlucken, um den Kloß im Hals loszuwerden. Sie nahm Ida in den Arm und flüsterte: »Das wollte ich immer mal sagen: großes Schwestern-Ehrenwort.«

***

Als Ida und Britta die Glastür hinter sich schlossen, drehten sich zahllose Köpfe neugierig zu ihnen um. Mads lief ihnen entgegen, umarmte Britta, hob sie hoch und drehte sie einmal im Kreis. Britta quietschte laut vor Überraschung, während Ida lachend rief: »Na toll, da taucht irgendeine Halbschwester auf, und schon ist man abgeschrieben.«

»Hör auf zu maulen, Ida. Denn jetzt hab ich ja die Wahl zwischen zwei fantastischen Töchtern, also sieh dich vor.« Mads lachte über das ganze Gesicht, setzte Britta fürsorglich wieder auf dem Boden ab, ließ aber den einen Arm um sie gelegt, während er mit dem anderen Arm Ida an sich drückte. »Genau das habe ich mir immer gewünscht, ich hätte nur im

Traum nicht daran gedacht, dass dieser Wunsch wahr werden könnte«, murmelte er halblaut, nur für die beiden jungen Frauen hörbar. »Und jetzt, Mädels, Rock ›n‹ Roll.«

Mads drehte sich zu den übrigen Gästen um und rief laut: »Liebe Freunde, liebe Familie, ich habe euch eine Überraschung versprochen, als ich heute Nachmittag angerufen habe, um euch einzuladen. Und hier ist sie – meine Überraschung. Ich möchte euch Britta vorstellen. Diejenigen unter euch, die noch einigermaßen gut sehen können«, Mads grinste übers ganze Gesicht, »werden sofort die Ähnlichkeit zwischen Britta und meiner geliebten Ida erkennen.« Im Saal breitete sich vielstimmiges Gemurmel aus. Britta sah aus dem Augenwinkel, wie immer wieder einige Personen die Köpfe zusammensteckten, auf sie zeigten und den Blick zwischen ihr und Ida hin- und herwandern ließen. Mads fuhr fort: »Vor dreißig Jahren habe ich einen wunderbaren Sommer auf dem Festland, in Brattenstrand, verbracht. Ihr erinnert euch, ich hatte Semesterferien und habe dort in der Imbissbude des Ferienhaus-Gebiets gejobbt. Nun ja, ich muss zugeben, dass ich nicht die ganze Zeit gearbeitet habe.«

»Hört, hört!« Woher dieser Zwischenruf kam, konnte Britta nicht ausmachen. Mads aber lächelte nur und nickte. »Ja, Jasper, das sagt der Richtige. Aber was ich eigentlich erzählen wollte, war, dass ich in jenem Sommer Charlotte, eine junge deutsche Urlauberin, kennengelernt habe. Wir wussten beide, dass aus uns nichts werden konnte, trotzdem verliebten wir uns ineinander. Nun, ich erspare euch die weiteren Einzelheiten. Charlotte fuhr am Ende des Sommers zurück nach Hause. Und ich? Ich machte nach meiner Rückkehr Lise einen Antrag.«

»Buhh, was für ein Fehler!«

»Danke, Jasper, ich erinnere dich daran, dass du unser Trauzeuge warst. Heute bin ich auch schlauer. So, und nun genug mit den alten Geschichten. Was ich nicht wusste und erst heute Nachmittag erfahren habe: Meine Sommerliebe Charlotte hat eine Tochter bekommen, und ich – das ist wohl nicht zu übersehen – bin der Vater. Ich darf euch vorstellen: meine Tochter Britta.«

Mads strahlte, und dann war Britta auf einmal von lachenden Gesichtern umgeben. Sie wurde von einer Woge aus Umarmungen und Wangenküssen überrollt.

»Nun macht doch mal Platz, Herrschaftszeiten, aus dem Weg.«

Die Menge teilte sich. Eine ältere Frau im Rollstuhl kam näher. Sie hatte weiße, kurz geschnittene Haare, ein sonnengebräuntes Gesicht, das davon zeugte, dass sie ein Leben lang viel Zeit im Freien verbracht hatte, und unzählige Lachfalten um die Augen. Die Ähnlichkeit mit Mads war unverkennbar.

»Das ist unsere Oma«, stellte Ida vor.

»Toll. Wie du das sagst, Kind, klingt es, als sei ich senil und könnte nicht mehr für mich selbst sprechen. Tu mir den Gefallen und geh mal kurz in die Hocke, Britta, lass dich ansehen.« Britta ging folgsam in die Knie und schaute ihrer unbekannten Großmutter direkt in die Augen.

»Komm näher und lass dich umarmen. Sag Anne zu mir oder Oma, das überlass ich dir, aber hüte dich davor, dir ein Beispiel an Ida zu nehmen. Wenn man sie so hört, könnte man meinen, ich sei auf den Kopf gefallen.«

»Aber Oma, du bist auf den Kopf gefallen …«

»Sehr witzig, Ida, siehst du mich lachen? Nein, weil ich mir nämlich auf dieser dummen Treppe nur das Bein gebrochen habe, aber der Rest ist vollkommen intakt.«

Britta sah bei diesem Wortwechsel die zärtliche Zuneigung in den Gesichtern von Ida und Anne und beschloss, das Gesagte nicht allzu ernst zu nehmen.

Sie umarmte die alte Frau und spürte, wie diese Umarmung mit erstaunlicher Kraft erwidert wurde. »Wir Frauen müssen in dieser Familie zusammenhalten, Britta. Lise, die dumme Kuh, hatte dafür keinen Sinn, aber du bist anders, das spüre ich. Ich halte es mit Mazzini, diesem italienischen Freiheitskämpfer, der gesagt haben soll: ›Familie ist die Heimat des Herzens.‘«

Anne lehnte sich im Rollstuhl zurück, ihre blauen Augen fest auf Brittas Gesicht gerichtet.

»Willkommen in unserer Familie, Kind.«

»Danke!« Britta schluckte. »Danke, ähm, Oma.« Britta fand bei so viel Herzlichkeit kaum Worte.

»So, jetzt kommt mal der alte Jasper an die Reihe.« Ein breitschultriger Mann mit blondem Vollbart, von dem Britta ja nun schon wusste, dass er Mads‹ Trauzeuge gewesen war, schob sich an dem Rollstuhl vorbei. Er drückte ihr einen unbeholfenen Kuss auf die Wange. »Ich bin Jasper, dein … ach, ich weiß gar nicht was, auf jeden Fall der Vetter deines Vaters.«

»Ach, ich weiß gar nicht was«, ahmte Anne Jaspers Tonfall nach. »Sagen wir es rundheraus: Du bist der lebende Beweis dafür, dass in Sachen Intelligenz eine klare Linie zwischen den Rasmussens und den Burgholms verläuft.« Anne kicherte über ihren Scherz und schaute kokett aus dem Augenwinkel zu ihm hoch. »Und wag es nicht, einer Frau in den besten Jahren zu widersprechen, Jasper Burgholm, sonst zieh ich dir die Hosen stramm.«

»Aber Anne, wie käme ich dazu, wo du so wunderbare Worte über mich gefunden hast.«

»So ist es richtig, Junge, man kann einer Dame gar nicht genug Respekt zollen. Vielleicht bist du ja doch nicht so dumm.«

Britta fühlte, wie Ida sie am Arm zog. Ihre Schwester wisperte: »Komm mit, Britta, die beiden lieben es, sich gegenseitig Komplimente an den Kopf zu werfen – das kann eine Weile dauern. Oh, guck mal, Tante Marie ist gerade gekommen. Sie ist die Frau von Papas älterem Bruder. Ich muss dich gleich vorstellen.«

Ida steuerte auf eine kleine rundliche Frau zu, die über eine schmale Lesebrille hinweg neugierig die Anwesenden musterte. Offensichtlich versuchte sie zu erraten, warum Mads die ganze Familie eingeladen hatte. »Hej, Tante Marie, das ist Britta, der Grund für Papas Anruf. Britta kommt aus Deutschland …«

Maries Blick wanderte zwischen den beiden jungen Frauen hin und her. »Gütiger Himmel!«, stieß sie überrascht aus.

»Nein, Tante Marie, der Himmel hat damit nichts zu tun, nur eine Sommerromanze vor dreißig Jahren. Britta ist meine Halbschwester.«

»Du meine Güte. Also, damit hätte ich nun wirklich nicht gerechnet.« Marie rückte die Lesebrille zurecht und musterte Britta gründlich. »Hej, Britta, jetzt kann ich mir auch einen Reim auf Lasses Gestammel machen, er hätte eine Doppelgängerin unserer Ida im Supermarkt getroffen. Lasse ist übrigens unser Nachbar.«

»Ach herrje, der Schlagerkönig.« Britta ahmte eine tiefe Männerstimme nach. »Hej, du süße Zimtschnecke! Welcher Westwind hat meine Prinzessin denn so früh an die Kuchentheke geweht?«

Marie und Ida lachten.

»Ja, das ist Lasse, wie er leibt und lebt, keine Frage. Im Grunde ist er ein guter Kerl.« Marie wischte sich die Lachtränen aus den Augenwinkeln.

»Dem ich allerdings demnächst mal ganz im Vertrauen sagen werde, dass sein Gesang wirklich grauenhaft ist, egal, ob er dein Nachbar ist oder nicht«, stellte Ida fest.

»Also, die Ähnlichkeit zwischen euch Mädchen ist verblüffend«, sagte Marie, »ich kann Lasse schon verstehen.«

»Marie! Marie, komm bitte her und rette mich vor Jasper, diesem Dünenbären.« Annes Stimme klang fröhlich quer durch den Raum. »Oje, geben eure Oma und Jasper schon wieder Vollgas?«, seufzte Marie. »Ich geh mal schnell rüber.«

»Hinten auf dem Tisch steht auch noch etwas zu essen, Tante Marie«, erklärte Ida. »Bedien dich doch. Die Teller sind da drüben.«

»Fein, ich hatte einen langen Tag und bin gar nicht richtig zum Essen gekommen. Entschuldige mich mal kurz, Britta, ich freue mich aber schon darauf, später noch mehr von dir zu erfahren.«

Die beiden Schwestern schauten ihrer Tante hinterher. »Marie arbeitet in der Inselverwaltung.«

»Und Papas Bruder, ist der auch hier?«, fragte Britta.

»Onkel Jakob? Der hat drei Fischerboote und wird sicher noch arbeiten. Marie und Jakob haben auch Kinder: Dorte, Marla und Torben. Aber die leben auf dem Festland.«

Britta schwirrte bei all den Namen und Personen der Kopf.

»Ist alles ein bisschen viel auf einmal, nicht wahr?«, sagte Ida mitfühlend.

»Das kannst du laut sagen.«

»Was hältst du davon, wenn wir uns für eine Weile verdrücken? Lass uns draußen reden, da haben wir mehr Ruhe.«

»Aber Papa und all die Gäste hier …«

Erste Trinksprüche wurden ausgebracht, sowohl auf Mads als auch auf Britta.

»Wir kommen ja zurück, keine Sorge.«

***

Die Hitze des Tages war einem warmen Abend gewichen. Vom Meer her frischte der Wind auf, fing sich knatternd in den Segeln der Boote. Doch selbst dieser Wind war mild und voller Versprechen auf eine lange Sommernacht. Ida führte Britta zu einer windgeschützten Bank, die an der Seite des Restaurants stand. Als Britta sich an die holzverkleidete Hauswand lehnte, spürte sie das sonnenwarme Holz in ihrem Rücken.

»Ich habe eine Idee«, begann Ida, »wir machen es einfach wie beim Speed-Dating. Das habe ich neulich im Fernsehen gesehen. Die Leute haben immer nur drei Minuten Zeit, um sich kennenzulernen. Also, Schwesterherz, du fängst an. Erzähl mir was von dir.«

Dreißig Jahre in drei Minuten, was für eine verrückte Idee, dachte Britta, aber mit irgendwas mussten sie ja beginnen.

»Britta Hoffmann, kein zweiter Vorname, dreißig Jahre alt, geboren im April. Ich bin Single, seit ein paar Monaten wieder. Mein Ex ...«

»Uhh, über dein Liebesleben will ich später mehr erfahren, mach jetzt erst mal mit der Familie weiter.«

»Na gut. Bis ich ungefähr sechzehn, siebzehn Jahre alt war, gab es für mich keine große Familie, nur meine Mutter Charlotte und ein paar Verwandte, die aber in Süddeutschland leben. Ich wohne in Frankfurt, meine Mutter betreibt eine Yogaschule ...«

»Im Ernst?«

»Ida, so geht das aber nicht. Du kannst nicht dauernd dazwischenreden, ich habe doch nur drei Minuten!«

»Entschuldige bitte, mach weiter!«

»Wo war ich? Ach ja, die Yogaschule. Meine Mutter betreibt eine Yogaschule und lebt seit mehr als acht Jahren mit Bernd zusammen. Bernd ist Lehrer, geschieden, und die beiden haben sich während eines Urlaubs in der Türkei kennengelernt. Zusammengezogen sind sie allerdings erst, als ich schon studiert habe. So, jetzt weißt du das Wichtigste über meine Familie.«

»Und was machst du so? Wo arbeitest du?«

»Ich habe internationales Tourismus-Management studiert, und zwar an der ›Cologne Business School‹ in Köln, dort habe ich auch meinen Master gemacht, mit Schwerpunkt Marketing, und gleichzeitig an der Uni Dänisch gelernt. Jetzt lebe ich wie gesagt in Frankfurt und arbeite bei einer Consulting-Agentur, die Kunden bei deren Tourismusprojekten berät. Fertig!«

»Mensch, Tourismusprojekte! Davon musst du mir gleich mehr erzählen. Dich schickt der Himmel. Du könntest uns bei unserer Initiative helfen. Hier auf der Insel will ein internationales Unternehmen einen kompletten Ferienpark aus dem Boden stampfen. Nichts gegen Investitionen auf Læsø, aber von einem Unternehmen mit Zentrale in London? Wir machen uns große Sorgen, dass wir über den Tisch gezogen werden. Wer sagt uns denn, dass denen wirklich unsere Insel am Herzen liegt? Womöglich sind das nur Finanzhaie und Immobilienspekulanten.«

Meinte Ida etwa Bradford International, ihren Auftraggeber? Britta wurde mit einem Schlag ganz heiß. Sollte sie Ida gleich sagen, dass sie sozusagen die Repräsentantin dieses internationalen Unternehmens war? Nein, sie brauchte mehr Zeit zum Nachdenken.

»Jetzt du, Ida!«

»Ida Rasmussen, ich bin neunundzwanzig, du bist also die ältere Schwester. Ebenfalls kein zweiter Vorname. Ein jüngerer Bruder, von Casper habe ich dir ja schon erzählt. Meine Eltern ließen sich scheiden, als ich neunzehn war, für Casper war das schwieriger als für mich, denn ich war ja schon erwachsen und habe zu diesem Zeitpunkt bereits als Krankenschwester gearbeitet.«

»Oh, mit neunzehn schon berufstätig. Und dann so eine harte Arbeit. Ich stelle es mir schwierig vor, immer mit Krankheiten zu tun zu haben.«

»Nö, ist es nicht.« Ida zog nachdenklich die Stirn in Falten. »Eigentlich wollte ich sogar mal Medizin studieren. Aber die Arbeit im Krankenhaus gefiel mir; mir gefiel auch, dass ich mein eigenes Geld verdiente und von zu Hause ausziehen konnte. Die Scheidung zwischen Papa und Mama kam ja nicht plötzlich, die hatten sich schon jahrelang angegiftet. So scharf war ich auch gar nicht aufs Studieren, also ließ ich es sein und machte stattdessen verschiedene Fortbildungen.«

»Aber was machst du dann hier auf Læsø? Musst du nicht arbeiten? Es gibt hier doch gar kein Krankenhaus.«

»Oh Mann, jetzt komme ich mit meinen drei Minuten wohl doch nicht hin. Also, eigentlich bin ich wegen Oma hier. Sie ist vor acht Wochen gestürzt. Der Bruch war ziemlich kompliziert, und sie musste operiert werden. Opa ist vor, ach, ich glaube fünfzehn Jahren gestorben, Oma brauchte also Hilfe.«

»Warum kümmert sich Mads, ich wollte sagen Papa, nicht um sie? Sie ist immerhin seine Mutter«, wunderte sich Britta.

»Das hätte er früher bestimmt getan. Papa war Lehrer, zumindest nachmittags hätte er seine Zeit frei einteilen können. Aber er hat vor zehn Jahren alles hingeschmissen und das Restaurant hier auf der Insel gekauft. Papa kann sich tagsüber nicht oft freinehmen, er macht im Restaurant viel selbst. Onkel Jakob ist fast immer unterwegs, und Tante Marie arbeitet in der Inselverwaltung und kann auch nicht so oft helfen. Ich hatte Zeit.«

»Zeit?«

»Im Herbst trete ich auf dem Festland eine neue Stelle an. Ich übernehme die Leitung einer Kinderstation im Krankenhaus in Aarhus. Aber bis dahin habe ich frei. Also bin ich seit anderthalb Monaten hier auf Læsø, um mich um Oma zu kümmern.«

»Okay, verstanden, kleine Schwester.« Britta überlegte einen Moment, was sie noch wissen wollte. Na klar, die nächste Frage war auch wichtig.

»Und was ist mit den Männern?«

Ida lachte. »Mein Niels ist Ingenieur und wartet in Aaarhus darauf, dass es endlich Herbst wird. Er ist nicht sehr glücklich darüber, dass ich den Sommer auf Læsø verbringe. In zwei Wochen hat er Urlaub, dann kommt er mich besuchen. Im nächsten Jahr wollen wir heiraten. Fertig!«

»Du hast gerade etwas von einer Initiative erzählt.« Ganz, ganz dünnes Eis, dachte Britta. Aber es war besser, sie erfuhr so viel wie möglich, bevor sie selbst Farbe bekennen musste.

»Unsere Initiative heißt ›Mein Læsø, Finger weg von meiner Insel‹. Marie hat die Fäden in der Hand, und ich unterstütze sie.«

»Bringt es nicht Vorteile für alle, wenn auf der Insel investiert wird? Das kommt doch auch den Händlern oder zum Beispiel Papas Restaurant zugute.«

»Aber wie das Unternehmen schon vorgegangen ist! Drüben in Nordmarken gibt es ein großes Grundstück, unbebaut und ohne viel Wald. Das Gelände gehört verschiedenen Eigentümern. Anstatt sich mit allen zu einigen, wurden zwei Parzellen gekauft, und dann hat man losgelegt. Ein großes Schild aufgestellt. Ein Musterhaus gebaut. Die wollen Tatsachen schaffen und damit Druck auf die übrigen Eigentümer ausüben. Nein, so geht das nicht.« Idas Augen blitzten, ihre Stimme wurde lauter.

»Wenn die Grundstücke noch nicht verkauft sind, habt ihr doch noch alle Möglichkeiten der Welt, zu verhandeln«, wandte Britta ein.

»Ja, schon, aber du musst nicht glauben, dass hier wirklich alle einer Meinung sind. Was diesen Tourismusleuten in die Hände spielt, ist, dass viele Eigentümer auf dem Festland leben. Oft gehört das Land auch schon der nächsten Generation, und einige von diesen Eigentümern wollen um jeden Preis verkaufen. Andere Besitzer dagegen wollen ihr Land behalten. So ein Ferienpark könnte hier auf Læsø alles verändern. Wir haben einfach Angst, dass dadurch viel zu viele Touristen herkommen. Und wir von der Initiative glauben, dass das keine Verbesserung wäre. Aber am Donnerstag wird es rund gehen, wir werden drüben in der Sporthalle einen Informationsabend abhalten, und dann starten wir durch.« Ida hatte sich regelrecht in Rage geredet, und Britta wurde es immer mulmiger zumute.

»Britta, was ist mit dir? Du siehst ja ganz elend aus.«

»Nichts, mach dir keine Sorgen. Ich bin nur ein bisschen müde. Komm, lass uns wieder reingehen, der Rest der Familie wird uns bestimmt schon vermissen.«

***

Britta versuchte in den nächsten Stunden, nicht mehr an den Ferienpark und die Initiative zu denken. Und das gelang ihr auch gut, weil ihre neue dänische Verwandtschaft ihr kaum Zeit zum Durchatmen ließ.

Als sie weit nach Mitternacht in ihrem Cabrio zum Hotel fuhr, hatte die Initiative für Britta ihren Schrecken verloren. Es war ganz einfach: Zum einem lag es in ihrer Hand, welche Absprachen hier auf Læsø getroffen wurden, und zum anderen musste sie lediglich Ida von den Plänen erzählen, die sie selbst in den letzten Monaten ausgearbeitet hatte. Sicher würde Ida dann erkennen, dass mit der richtigen, verantwortungsbewussten Planung das ganze Projekt ein Gewinn für die Insel werden konnte.

Während sie durch die Nacht fuhr, die gar nicht richtig dunkel werden wollte, war Britta dankbar für die kleinen Straßen und das völlige Fehlen von Verkehr. Normalerweise hätte sie niemals Wein getrunken und sich danach noch hinters Steuer gesetzt. Es war auch nur ein einziges Glas gewesen, aber besser, sie fuhr langsam und vorsichtig.

Vor ihrem inneren Auge tauchten die vielen Gesichter des Abends wieder auf. Für jemanden, der den größten Teil seines Lebens kaum Verwandte gehabt hatte, war das eine ziemliche Veränderung.

Ich habe eine schrecklich dänische Familie, dachte Britta und summte glücklich ein Lied. Nicht irgendein Lied, sondern das Lied, das sie zum Ende der Feier zusammen mit ihrer neuen Familie gesungen hatte. An den Text konnte sie sich nicht genau erinnern, aber die Melodie gefiel ihr gut.

***

Wie fast jeden Abend vor dem Einschlafen griff Britta nach ihrem Notizbuch und dem Füller. Sie schob das Kissen in ihrem Rücken zurecht.

Memo an mich
Familie ist die Heimat des Herzens.
1. Unbedingt die Aquavit-Wette mit Jasper nachholen
2. Nicht vergessen: Kopfschmerztabletten kaufen
3. Blumen besorgen – Oma hat zum Kaffee eingeladen.
4. Ganz wichtig: mit Daniel die Eigentümer-Verhältnisse der Grundstücke durchgehen

Britta klappte das Buch zu und legte es auf den Nachttisch, schaltete die Lampe aus und kuschelte sich in die Decke. Sie schloss die Augen, nur Ruhe fand sie keine. Die Eindrücke des Abends stürmten auf sie ein. Die Gesichter, die Namen, die Gespräche … ihre Gedanken fuhren Achterbahn.

Mit einem Ruck setzte sie sich auf. Schon klar, warum sie nicht einschlafen konnte. Da war die Euphorie, dieses unbändige Glück, aber ganz langsam, so wie die Flut sich Stück für Stück den Strand zurückerobert, schwappten Wut und Ärger über ihre Zufriedenheit. Solche Abende, die ganzen Menschen, das Glücksgefühl … das hätte sie schon immer haben können. Charlotte hatte sie dreißig Jahre lang belogen und ihr dieses Glück vorenthalten.

Britta griff nach ihrem Handy.

»Hallo, hier ist die Mailbox von Charlotte Hoffmann. Ihr könnt mich auf dem Handy zwar nicht erreichen, aber nach dem Piepton eine nette Nachricht hinterlassen.«

»Mutter! Ich bin's, Britta. Ich soll dir schöne Grüße von Mads Rasmussen bestellen. Mads – der Name sagt dir doch sicher noch etwas. Ich habe ihn heute kennengelernt. Ich habe Papa …«

Plötzlich kamen die Tränen. Einfach so, ohne Vorwarnung. Wütende, bittere Tränen. Britta schluchzte hemmungslos und legte auf.

Sie brauchte ein paar Minuten, um sich zu beruhigen.

»Hallo, hier ist die Mailbox von Charlotte Hoffmann …«

»Ich bin's noch mal. Ich bin auf Læsø. Mads lebt hier, meine Schwester lebt hier, meine Oma, meine … ach, weißt du was? Hier leben all die Menschen, die ich schon seit dreißig Jahren kennen sollte. Aber du hast ja für mich mit entschieden, du hast dein Ding durchgezogen. Wahrscheinlich, weil dir das besser in den Kram passte. Ich bin wütend, ich bin so was von wütend, ich …«, Britta schluchzte erneut, »ich will wissen, warum. Warum, Mama? Warum?«

Sie legte auf.

Mit brennenden Augen starrte sie durch das Fenster in die mondhelle Nacht. Warum hatte ihre Mutter die ganzen Jahre gelogen?

Sie nahm sich fest vor, darauf eine Antwort zu fordern.

Der Neue im Team

»Nun komm schon, Daniel, ich habe keine Lust, mich gleich bei unserem ersten Termin zu verspäten.«

»Ich bin ja da, reg dich ab.«

Britta beschloss, sich nicht über Daniels Trödelei aufzuregen, sie würde ihn ja doch nicht ändern können.

Sie rieb sich die Augen und gähnte hinter der vorgehaltenen Hand. Irgendwann in der Nacht war sie dann doch eingeschlafen. Es war ein unruhiger, kurzer Schlaf gewesen. Am Morgen jedoch waren die quälenden Gedanken verschwunden. Wut war Entschlossenheit gewichen. Das hier war ihr Leben. Die Entscheidung, die Charlotte vor dreißig Jahren getroffen hatte, hatte für sie keine Gültigkeit mehr. Der Gedanke an ihre neue Familie machte sie ganz kribbelig. Und obwohl sie so wenig geschlafen hatte, blieben die Kopfschmerzen aus.

Das war ja wohl ein Wink des Schicksals: Feiere mit deiner Familie, freu dich mit ihnen … das mit den Sorgen und Kopfschmerzen erspare ich dir.

Beschwingt ging Britta vom Parkplatz zu dem Flachbau, in dem die Verwaltung und die Ämter untergebracht waren und der damit sozusagen das Rathaus der Insel darstellte. Daniel dagegen bewegte sich umso langsamer. Er hatte sie mit einem «So früh am Tag brauche ich meine Zeit, um auf Touren zu kommen« schon mal darauf eingestimmt, dass er ein Morgenmuffel erster Güte war. Egal, sollte er doch im Laufe der Präsentation wach werden.

In der spiegelnden Eingangstür prüfte Britta ein letztes Mal ihr Äußeres. Die glatten Haare hatte sie wie immer im Nacken mit einem Seidentuch zu einem lockeren Pferdeschwanz zusammengefasst. Sie hatte sich für eine modische, helle Jeans, eine blau-weiß gestreifte Bluse und passende Pumps entschieden. Sommerlich, aber durchaus geschäftstauglich – sozusagen die Inselvariante ihrer üblichen Agentur-Outfits.

Auf dem langen Flur der Inselverwaltung fand sie schnell die richtige Tür. Nach einem kurzen Klopfen trat sie ein. Eine ältere Frau schaute von ihrem Monitor hoch.

»Guten Morgen, ich bin Britta Hoffmann und habe einen Termin mit Jens Sønderstrand.«

»Natürlich, kommen Sie bitte mit. Herr Sønderstrand hat kurzfristig das Treffen in unseren Tagungsraum verlegt, wegen der Videoaufführung.«

Britta wechselte einen verblüfften Blick mit Daniel. Sie hatte kein Video vorbereitet. Daniel zuckte nur kurz mit den Achseln. Das sollte wohl heißen, dass er auch keine Ahnung hatte. Hätte mich jetzt auch gewundert, dachte Britta. »Entschuldigen Sie, aber ich weiß nichts von einer Videoaufführung.«

»Nein? Dann wird das sicher Ihr Kollege arrangiert haben. Der ist schon seit einer halben Stunde im Gespräch mit Herrn Sønderstrand. Ich hatte ihm zwar gesagt, dass wir neun Uhr fünfzehn vereinbart hatten, aber er bestand darauf, etwas früher zu kommen.«

Für die ältere Dame, die offenbar das Sekretariat leitete, war das Thema damit erledigt. Bei Britta schrillten alle Alarmglocken. Hier konnte es sich doch nur um ein Missverständnis handeln. Welcher Kollege sollte denn bitte schön mit dem Verwaltungschef zusammensitzen? Sie und Daniel waren schließlich gerade erst gemeinsam angekommen, und sonst war niemand von ihrer Firma da. Merkwürdig.

Verwirrt und unsicher folgte Britta der Dame durch den Flur. Daniel trottete hinterher. Es kann auch eine Gnade sein, wenn man morgens vollkommen neben der Spur ist, schoss es

Britta durch den Kopf, dann bekommt man wenig mit und macht sich kaum Gedanken. Das Leben passiert dem Morgenmuffel einfach … wozu soll er also grübeln.

Vor einer Doppeltür machten sie halt. Die Dame klopfte kurz an. Ohne eine Antwort abzuwarten, öffnete sie schwungvoll die Tür. «Herr Sønderstrand, Frau Hoffmann und ihr Kollege sind eingetroffen. Ich bringe gleich noch eine zweite Kanne Kaffee.«

Der sogenannte Tagungsraum war nicht viel größer als das SE&P-Konferenzzimmer in Frankfurt. Ein großer Tisch, acht Stühle, ein kleiner Schrank, der ganz offensichtlich einen Computer sowie einen Beamer beherbergte. Der Schrank stand offen, und der Beamer lief bereits.

Jens Sønderstrand war Mitte vierzig, füllig und ähnelte in keiner Weise einem Beamten oder Verwaltungschef. Im Gegenteil, mit seiner ausgeblichenen Chinohose, dem Polohemd und den Bootsschuhen sah er aus, als wartete er nur darauf, mit seinem Segelboot abzulegen.

»Willkommen, Frau Hoffmann, schön, dass wir uns endlich kennenlernen«, begrüßte er Britta herzlich auf Englisch.

»Ich freue mich ebenfalls, Herr Sønderstrand«, antwortete sie auf Dänisch. Sønderstrand stutzte kurz.

»Ihr Dänisch ist ganz ausgezeichnet«, lobte er lächelnd. »Ich wusste ja gar nicht, dass Sie unsere Sprache so gut beherrschen.«

»Herzlichen Dank«, antwortete Britta, »meine Familie … also … ähm, mein Vater ist Däne.« Wie leicht ihr diese Erklärung über die Lippen kam. Fast hätte sie vor lauter Überschwang noch nachgeschoben: Meinen Vater, Mads Rasmussen, kennen Sie sicher. Aber Britta verzichtete darauf, wer wusste schon, in welchem Verhältnis Mads zu Sønderstrand stand.

«Eine engagierte Beraterin aus Frankfurt mit dänischen Wurzeln. Kein Wunder, dass mir Ihre Mails so gut gefallen haben«, schmeichelte Sønderstrand. »Aber nun sollten wir uns weiter auf Englisch unterhalten, wenn Sie nichts dagegen haben. Wir wollen doch Ihren Kollegen nicht ausgrenzen.«

Britta nahm im ersten Moment an, der Verwaltungschef würde damit Daniel meinen, doch Sønderstrand wies in eine Ecke des Raums. Und dort saß – Britta traute ihren Augen kaum – der sonnenverbrannte Engländer, der sich am Samstag im Hotel an der Rezeption vorgedrängelt hatte. Wie hieß er noch gleich? Andy …? Andy Wilson, genau!

«Hallo, das ist aber eine Überraschung.« Andy Wilson war aufgestanden, um Britta zu begrüßen. »Ich hatte keine Ahnung, dass Sie … nein, da freue ich mich aber.«

Sønderstrand schaute irritiert zwischen Britta und Andy Wilson hin und her. »Ja, kennen Sie sich denn gar nicht?«

»Aber nein«, lachte Wilson unbekümmert, »Ms Hoffmann ist die Projektleiterin in der Consulting-Agentur, die mein Unternehmen, Bradford International, engagiert hat. Sie hat bislang mit unserem deutschen Boss zusammengearbeitet. Ich dagegen bin in der Firmenzentrale in London für die Projekte verantwortlich, und zwar europaweit.«

Natürlich konnte Bradford International einen eigenen Vertreter nach Læsø schicken, aber warum hatte man sie darüber nicht informiert?, überlegte Britta. Gab es Unstimmigkeiten zwischen der deutschen Tochter und der Firmenzentrale in London? War man mit ihrer Arbeit in den letzten Monaten unzufrieden gewesen? Britta nahm sich vor, die Antworten auf diese Fragen in den nächsten Tagen zu finden. Sollte es aus irgendeinem Grund wirklich Probleme geben, wollte sie diese im Keim ersticken, bevor sie das Projekt und damit den SE&P-Auftrag gefährden konnte.

Sie überspielte ihren aufkeimenden Unmut mit einem professionellen Lächeln. »Offenbar hat unser Kunde es versäumt, mich über die Verstärkung aus der Firmenzentrale zu informieren. Aber ich bin froh, dass wir mit Mr Wilson einen kompetenten Ansprechpartner von Bradford International vor Ort haben, das kann für unsere Arbeit nur positiv sein. Darf ich Ihnen beiden noch meinen Assistenten Daniel Bitterfeld vorstellen?«

»Mr Wilson war so freundlich und hat mir in einem Video gezeigt, wie die Häuser aussehen werden«, erklärte Jens Sønderstrand und wies auf die Leinwand, wo noch als Standbild die geplanten Häuser zu sehen waren.

Nun gab es zwei Möglichkeiten für Britta. Nummer eins: Sie konnte Wilson das Feld überlassen, sich dazusetzen und sich anhören, was er zu sagen hatte. Oder Nummer zwei: Sie ging in die Offensive und präsentierte das, was sie vorbereitet hatte.

»Wie schön. Damit haben Sie schon einen ersten Eindruck bekommen. Ich schlage vor, dass ich Ihnen den aktuellen Stand unserer Planung präsentiere, die Mr Wilson auch noch nicht kennen wird. Und danach können wir gemeinsam die nächsten Schritte besprechen.« Britta hatte nicht vor, in dieser Herrenrunde das Mäuschen zu spielen. Andy Wilson lächelte anerkennend. Er ließ sich nicht anmerken, ob er Brittas Auftreten als Schuss vor den Bug empfand. »Das ist ein sehr guter Vorschlag, denn ich hatte tatsächlich noch keine Gelegenheit, mich mit allen Details dieses Projektes zu beschäftigen. Ms Hoffmann, the stage is yours.«

Eins zu null für mich, dachte Britta zufrieden. Sie griff in ihre Aktentasche und zog einen USB-Stick heraus. »Ich habe zwar auch Ausdrucke dabei, aber wo Sie schon einmal einen Beamer zur Verfügung haben, kann ich Ihnen unsere Charts auch so zeigen.« Sie reichte Daniel den USB-Stick. Der war mittlerweile so wach, dass er wusste, was er zu tun hatte. In den nächsten zehn Minuten beschrieb Britta all das, was sie in den letzten Monaten erarbeitet hatte: das Marketingkonzept, wie man junge Familien für den Urlaub auf Læsø begeistern könnte, die Möglichkeiten der Zusammenarbeit mit den örtlichen Attraktionen, seien es die Salzsiederei, der Golfplatz, das Wellnesscenter oder die Bootstouren-Anbieter zu den Seehundkolonien. Britta integrierte geschickt ihre Eindrücke der letzten Tage in die Präsentation, die sie aus Frankfurt mitgebracht hatte.

»So, meine Herren, jetzt kennen Sie unsere Ideen. Mein Kollege Daniel Bitterfeld hat die aktuellen Besucherstatistiken ausgewertet. Nicht wahr, Daniel?«

Daniel hatte Brittas Vortrag stumm verfolgt und erwachte bei ihrer Frage aus seiner Lethargie. »Die Besucherzahlen sehen auch in diesem Sommer bisher sehr gut aus. Tatsächlich zeigen die letzten Jahre, dass Bade- und Strandurlaube bei deutschen Touristen hoch im Kurs stehen. Allerdings hat Spanien dabei immer noch die Nase vorn.«

»Wir wollen Dänemark als Reiseziel mehr in den Fokus stellen. Meine Aufgabe ist es, in den nächsten Tagen vor Ort zu prüfen, ob sich unsere Ideen umsetzen lassen.« Britta wandte sich an den Verwaltungschef. »Ich habe gehört, dass es etliche Landbesitzer gibt, die einem Verkauf noch nicht zugestimmt haben. Aber mit der Verfügbarkeit des Baugeländes steht und fällt natürlich das ganze Projekt.«

Jens Sønderstrand nickte bekümmert. »Ja, das ist tatsächlich unerfreulich, aber ich versichere Ihnen, dass wir als Verwaltung voll hinter Ihnen stehen. Ich werde mich persönlich dafür einsetzen, dass wir diesen Punkt rasch zu den Akten legen können.«

»Dann sorgen Sie doch bitte auch dafür, dass uns diese unsägliche Bürgerinitiative nicht in die Quere kommt«, meldete sich Andy Wilson zu Wort. Brittas Hochgefühl, das sie immer überkam, wenn sie eine Präsentation erfolgreich hinter sich gebracht hatte, verschwand mit einem Schlag. Wilson hatte also auch schon von der Initiative gehört. Nicht auszudenken, was passieren würde, wenn herauskam, dass die führenden Köpfe dieser Initiative ausgerechnet ihre Tante und ihre Schwester waren.

»Ich glaube nicht, dass Sie sich darüber Sorgen machen müssen«, beschwichtigte Sønderstrand. »Die Pläne, die Ms Hoffmann hier gerade vorgestellt hat, werden die wenigen Unterstützer der Initiative überzeugen. Es hat sich ja lediglich eine Gruppe von engagierten Mitbürgern gebildet, die einige Fragen und Bedenken haben.«

Wilson stieß ein verärgertes Schnauben aus. »Finger weg von meiner Insel – das klingt für mich überhaupt nicht nach Fragen und Bedenken, sondern geradezu bedrohlich. Wenn wir so etwas nicht im Keim ersticken, kann es das ganz Projekt gefährden.«

Genau dieses Bild hatte Britta vor nicht einmal einer Viertelstunde im Zusammenhang mit dem Agenturauftrag im Kopf gehabt, doch bei Andy Wilson klang es sehr viel ernster.

»Ich bitte Sie, Mr Wilson. Wie sagte mein Großvater immer: Das Kind muss einen Namen haben.« Sønderstrand versuchte, die Bedenken zu zerstreuen. »Am kommenden Donnerstagabend wird es eine Informationsveranstaltung in der Sporthalle in Østerby Havn geben. Ich bin zuversichtlich, dass danach die kleine Initiative Geschichte sein wird.«

»Das will ich hoffen. Es wäre zu schade, wenn wir uns umorientieren müssten. Wir schätzen es nicht, wenn unsere Investitionen keine Früchte tragen.« Andy Wilson sprach zwar immer noch im Tonfall eines gütigen Patenonkels, aber für Britta war die Drohung unmissverständlich. Die aufsteigende Röte im Gesicht des Verwaltungschefs bewies, dass die Botschaft auch bei ihm angekommen war.

Andy Wilson

»Das lief doch ausgezeichnet.« Auf dem Weg nach draußen rieb sich Andy Wilson zufrieden die Hände. Während er mit Britta und Daniel das Gebäude verließ, stellte er seinen Standpunkt klar: »Bradford International wird sich nicht auf der Nase herumtanzen lassen. Schon gar nicht von ein paar aufgebrachten Insulanern, die glauben, sie hätten die Weisheit für sich gepachtet. Nun, so etwas erleben wir ja in vielen Ländern. Was die Leute nicht kennen, verunsichert sie, aber am Ende sind dann doch alle zufrieden. Vor allem, wenn sie daran verdienen können.«

Der Engländer wirkte wirklich sympathisch mit seinem warmen Lächeln und dem höflichen Tonfall – gleichzeitig klang vieles, was er sagte, berechnend und abschätzig. Britta nahm sich vor, auf der Hut zu sein. Nicht nur, aber auch wegen Marie und Ida. Diese Sache mit der Bürgerinitiative war ein Problem, das sie möglichst schnell lösen musste, bevor es sie und die Agentur in ernsthafte Schwierigkeiten brachte.

***

Zu dritt saßen sie später im Garten des Hotels in der Sonne. Britta hatte vorgeschlagen, nach dem Termin noch gemeinsam einen Kaffee trinken zu gehen, was sich als gar nicht so einfach herausstellte. In Byrum hatte die örtliche Kneipe noch geschlossen, und ein Café gab es nicht. Daniel kam auf die Idee, sich im gemeinsamen Hotel zusammenzusetzen. Wilson nahm Brittas Angebot dankbar an, ihn das kurze Stück bis dorthin im Auto mitzunehmen. Britta ließ ausnahmsweise

Daniel ans Steuer. Mit stolzgeschwellter Brust setzte der sich ans Lenkrad und chauffierte das Cabrio zurück auf den Hotelparkplatz.

»Mr Wilson …«

»Andy, bitte sagen Sie Andy, Britta. Mein Vater wird Mister Wilson genannt, und auch wenn uns ein paar Jahre trennen, so hoffe ich doch, dass ich in Ihren Augen noch nicht zur Generation meines Vaters gehöre.«

Oh, er kokettierte also mit seinem Alter. Nun, damit konnte Britta umgehen.

»Sehr gern, Andy. In den nächsten Tagen werden wir viel zusammenarbeiten, da ist es angenehmer, sich mit dem Vornamen anzureden.«

Britta schaute Andy fest in die Augen.

»Sie werden sicher verstehen, dass ich neugierig bin, warum Sie nach Læsø gekommen sind. Ich muss sagen, ich war sehr überrascht, Sie heute Morgen zu treffen. Ist Bradford International, ist Paul Satzmann unzufrieden mit unserer Arbeit?«

Andy Wilson lachte. »Ich verstehe, Sie glauben, ich sei als Aufpasser nach Dänemark geschickt worden. Nein, nein, ich habe bisher nur Gutes über Ihre Arbeit gehört. Und Ihre Präsentation gerade hat mir deutlich gemacht, dass wir mit der richtigen Agentur zusammenarbeiten. Aber ich wollte mir gern einen eigenen Eindruck der Örtlichkeiten verschaffen. Sie dürfen nicht vergessen, dass dieses Projekt für uns ein wichtiger Baustein innerhalb der Nordeuropa-Strategie ist. Ich habe mich also ziemlich kurz entschlossen in ein Flugzeug nach Kopenhagen gesetzt und bin von dort aus nach Læsø geflogen.«

Das klang einigermaßen schlüssig, aber Britta wurde das Gefühl nicht los, dass noch mehr dahintersteckte. Sie konnte allerdings unmöglich weiter nachbohren, schließlich war Andy ihr Kunde, und wenn er ihr seine eigenen Pläne und Überlegungen nicht bis ins letzte Detail mitteilen wollte, war das sein gutes Recht.

»Es gibt hier auf der Insel einen Flugplatz?«, fragte Daniel.

Britta lächelte über Daniels plötzlich erwachtes Interesse.

»Ja, Daniel, es gibt eine regelmäßige Flugverbindung zwischen der Insel und Kopenhagen. Möglicherweise auch noch ein paar andere Routen, aber so genau habe ich mich darüber nicht informiert«, erklärte Andy.

»Sollten wir das nicht ebenfalls in unserem Konzept berücksichtigen?«, fragte Daniel. »Ich stelle mir das so vor: Junge Familien mit viel Gepäck kommen mit der Fähre an, Singles oder Alleinreisende nutzen eine Flugverbindung, und wir richten einen Shuttle-Service zwischen dem Flugplatz und dem Ferienpark ein.«

»Das ist eine wirklich gute Idee, Daniel«, lobte Andy. »Sie sollten unbedingt diesen Gedanken mit den Singles weiterverfolgen.«

Daniel grinste von einem Ohr zum anderen, als wäre er befördert worden. War Andy nur britisch höflich oder wirklich begeistert? Britta hätte es nicht sagen können.

»Wie sehen denn Ihre Pläne für die nächsten Tage aus, Andy?«, fragte sie, um das Gespräch wieder auf das eigentliche Thema zu lenken.

»Ich habe mir die Insel angesehen, sie hat viel Potenzial. Ich möchte Ihnen gar nicht in Ihre Arbeit hineinreden, aber das Wichtigste wird das Thema Landbesitzer sein. Diese Informationsveranstaltung der Bürgerinitiative sollten wir unbedingt zusammen besuchen.«

Britta nickte zustimmend. Ihr blieben noch drei Tage, um dem Bürgerprotest den Wind aus den Segeln zu nehmen. »Nun, in den nächsten Tagen werden wir uns mit ein paar Bauunternehmen treffen, von denen wir vorab Angebote eingeholt haben. Ein gemeinsamer Begehungstermin vor Ort kann dazu beitragen, spätere böse Überraschungen zu vermeiden.«

»Großartig, Britta, Sie haben doch sicher nichts dagegen, wenn ich mich Ihnen anschließe? Zumal Sie hervorragend Dänisch sprechen, da können Sie mir vielleicht mit der einen oder anderen Übersetzung helfen.«

Hatte sie eine Wahl? Nein!

»Natürlich, sehr gern. Das erste Treffen ist morgen früh um zehn Uhr. Es ist eine örtliche Tischlerei, die Ansprechpartnerin heißt Jette Larsen.«

***

Große Hoffnungen machte sich Britta schon nicht mehr, ihre Mutter zu erreichen, aber man konnte es ja wenigstens noch einmal versuchen.

»Hallo, hier ist die Mailbox von Charlotte Hoffmann. Ihr könnt …«

Britta seufzte und wandte sich um, um ins Haus zu gehen.

Kaffee bei Oma

»Britta? Gut, dass ich dich erreiche. Oma hat zum Kaffee eingeladen.«

Britta war gerade zurück in ihrem Hotelzimmer, als sie Idas Anruf bekam.

»Weiß ich, Schwesterherz, Oma hat mich doch auch dazugebeten. Ich wollte so gegen vier vorbeikommen.«

»Du hast also Zeit? Oh, super. Ich krieg das unmöglich allein hin.«

»Moment mal, wir trinken doch nur eine Tasse Kaffee mit Oma und essen ein paar Kekse. Was musst du da denn hinkriegen?« Britta verstand Idas Aufregung nicht. Ida lachte resigniert auf. »Eine Tasse Kaffee und Kekse? Von wegen. Oma ist von der alten Schule. Sie erwartet gegen fünf die Nachbarinnen, die alle die neue Enkelin kennenlernen sollen. Und eine Einladung zum Kaffee heißt: Wir brauchen vier Kuchen, Plundergebäck und für später dann Braten, Kartoffeln, Gemüse und Nachtisch.«

»Du meine Güte, so viel, und es ist doch schon fast zwölf Uhr.«

»Eben! Und Oma hat allen gesagt, dass sie sich keine großen Umstände machen wird. Heißt im Klartext, dass wir noch Glück haben und keine zwei Vorspeisen und mehrere Desserts anbieten müssen.«

So langsam dämmerte Britta, warum in Idas Stimme eine gewisse Panik mitschwang. Sie hatte ja keine Ahnung gehabt.

»Okay, Ida, ich mach mich gleich auf den Weg. Wir kriegen das zusammen hin.«

»Ich hatte gehofft, dass du das sagst.«

»Ich bin spätestens in einer Viertelstunde bei euch.«

Britta nahm ihre Handtasche und wählte, während sie zum Parkplatz lief, Daniels Nummer.

»Daniel, ich bin's. Du, ich muss noch was erledigen. Kannst du bitte die offenen Punkte für das Gespräch morgen früh zusammenstellen und ausdrucken? Super! Und frag bei Sandra nach, ob sie die Vorverträge fertig hat. Mir wäre wohler, wenn wir die Bauunternehmen festnageln könnten. Ja … natürlich nur, wenn uns die Angebote gefallen. Wir sehen uns dann … ähm, morgen früh.«

Britta beendete den Anruf, bevor Daniel Fragen stellen konnte, die sie nicht beantworten wollte. Mit durchdrehenden Reifen fuhr sie von dem Schotterparkplatz Richtung Vesterø Havn. Annes Anschrift hatte sie gestern schon im Navi gespeichert. Mit einem breiten Lächeln überholte Britta auf der Landstraße einen Traktor.

Meine Schwester braucht meine Hilfe – was für ein wundervoller Gedanke!

***

Anne Rasmussen wohnte in einem kleinen Haus abseits der Hauptstraße. Ruhig war es hier, von den mit der Fähre ankommenden Touristen war nichts zu hören.

Vor dem sonnengelb gestrichenen Steinhaus lag ein Garten mit ein paar knorrigen Pflaumenbäumen, am Haus stand eine hellblau gestrichene Holzbank neben weißen und pinkfarbenen Stockrosen.

Als Britta das alte Holzgartentor öffnete, fühlte sie sich gleich zu Hause. In einer Ecke des Gartens stand ein alter, verwitterter Sandkasten, in dem schon seit vielen Jahren nicht mehr gespielt worden war. Vor ihrem inneren Auge sah Britta, wie sie zusammen mit Ida dort im Sand buddelte. Ja, in diesem Garten wäre sie gern Kind gewesen.

Sie lief über die ausgetretenen Steinplatten, als sich auch schon die Haustür öffnete.

»Bin ich froh, dass ich dich erreichen konnte.« Ida umarmte sie herzlich.

»Ida? Wer ist denn da an der Tür?« Annes Stimme kam offenbar aus dem hinteren Teil des Hauses.

»Unsere Rettung, Oma. Ich habe Britta angerufen«, rief Ida.

Augenblicke später rollte Anne Rasmussen in den Flur. »Sag mal, Ida, bist du verrückt geworden? Du kannst doch nicht unseren Ehrengast herzitieren …«

»Ach, Oma«, Britta ging in die Knie und küsste die alte Frau auf die Wange, »hätte ich gewusst, was du planst, hätte ich sofort widersprochen.«

»Ich hasse es, hilflos in diesem Ding zu sitzen und mir von meinen jungen Enkelinnen erklären zu lassen, was ich tun und lassen soll.«

Mit der flachen Hand schlug Anne auf die Armlehne des Rollstuhls. Doch richtig erbost war sie nicht. Im Gegenteil, ihre Augen strahlten nur so vor Freude.

»Lass dir einfach helfen. Ich hätte nie gedacht, dass ich mal meiner Oma helfen könnte, also gönn es mir«, flüsterte Britta Anne ins Ohr.

Mit einem Lächeln lehnte sich Anne zurück. »Dann also ran an die Arbeit, Mädels. Ich schäle Kartoffeln und putze die Möhren. Los, los, die Zeit läuft. Fährt mich jetzt mal endlich jemand in die Küche?«

Ida breitete hilflos die Arme aus. »So ist sie immer. Voller Energie und gnadenlos optimistisch, dass alles schon klappen wird. Dagegen hat man allein keine Chance, aber jetzt sind wir zum Glück zu zweit. Britta, geh du doch schon mal ins Wohnzimmer.«

Ida rollte Anne in die Küche. »Hier hast du eine saubere Schürze, zwei Schüsseln und Zeitungspapier für die Kartoffelschalen. Brauchst du sonst noch was?«

Neugierig schaute sich Britta in dem gemütlichen Wohnzimmer um. Im hinteren Bereich gab es einen großen Esstisch, wie gemacht für Familienfeiern. Die Wände waren weiß verputzt, der honigbraune Holzfußboden alt und abgetreten, die dunkelroten Ohrensessel vor dem Kaminofen abgewetzt, aber gemütlich. Genau so musste das Wohnzimmer einer Oma aussehen – ihrer Oma.

»Also, wir brauchen einen Plan«, begann Ida.

»Ich weiß schon, wie wir es machen«, sagte Britta. »Wenn Oma sich um Kartoffeln und Gemüse kümmert, sorgen wir für den Braten, die Kuchen und den Rest.«

»Ich sag doch, das ist unmöglich. Ich backe nicht mal besonders gern.«

»Ach was, wir gehen das jetzt systematisch an. Weißt du was, wir rufen Papa an, der kann das Fleisch bei sich im Restaurant zubereiten lassen und später vorbeibringen. Als Nachtisch gibt es Eis, das holen wir im Supermarkt. Aus den Möhren machen wir einen Rohkostsalat mit Äpfeln, das geht schnell, und dann müssen wir nur noch die Kartoffeln kochen. Ich bin gerade an einem Bäcker vorbeigefahren, da hole ich das Plundergebäck, einen trockenen Kuchen und einen Tortenboden.«

»Oma hat im Keller noch eingemachte Kirschen«, fiel Ida ein.

»Super, die kommen auf den Tortenboden. Außerdem könnten wir eine Frischkäse-Torte mit Obst machen, die müssen wir gar nicht backen, sondern nur kalt stellen. Wir fahren jetzt los und kaufen die Zutaten, dann haben wir bis fünf noch genug Zeit.« Britta überlegte kurz und zählte an den Fingern ab: »So, dann haben wir den fertigen Tortenboden, und die Torte aus dem Kühlschrank. Genial, dann ist der Ofen noch frei. Nach dem Einkaufen backe ich schnell ein Blech Apfelkuchen, ich kenne ein gutes Rezept. Zusammen mit dem Plundergebäck und dem trockenen Kuchen vom Bäcker können wir dann fünf Sorten Gebäck anbieten. Das kann sich doch sehen lassen!«

Sie schaute Ida erwartungsvoll an. Die grinste über das ganze Gesicht. »Ich glaube fast, dir macht das echt Spaß.«

»Ja, und wie! Das wird ganz wunderbar.«

»Wenn ihr noch lange redet, machen die Geschäfte zu«, tönte Anne aus der Küche. Offenbar hatte sie Brittas Vorschläge mit angehört.

»Irgendwelche Einwände?«, rief Ida ihr zu.

»Nein, meine Mädchen, ihr macht gerade eine alte Frau sehr glücklich.« Aus der Küche erklang ein fröhliches Summen.

»Dann los«, raunte Ida, »so gute Laune hatte Oma schon seit Wochen nicht mehr. Darf ich das Cabrio fahren?«

Britta warf ihrer Schwester die Autoschlüssel zu.

»Jederzeit, Schwesterherz, jederzeit.«

***

Die beiden jungen Frauen machten sich zu dem kleinen Supermarkt im Ort auf. Das Wenige, was sie brauchten, würden sie hier finden; es war nicht nötig, extra nach Byrum zu fahren. Britta schob den Einkaufswagen durch die Gänge, suchte die Zutaten zusammen und alberte gleichzeitig mit Ida herum. Kurz vor der Fleischtheke blieb sie stehen. »Mensch, Ida, wir haben vergessen, Papa Bescheid zu sagen.«

Ida zückte sofort ihr Handy, suchte die Nummer heraus und hielt es Britta hin. »Da, sprich du mit ihm.« Ida schaute sich um, sie waren in dieser Ecke des Supermarktes zurzeit die einzigen Kunden. »Aber stell auf laut, ich will mithören.«

Britta zuckte mit den Schultern. »Wenn du meinst. Als ob das einen Unterschied machen würde, wenn ich mit ihm rede.«

»Hast du eine Ahnung …«

Es klingelte zwei Mal. »Hej, Ida. Du, ich hab nicht viel …«

»Papa, hier ist Britta.«

Augenblicklich schaltete Mads‹ Stimme von gehetzt auf glücklich um. »Britta, das ist ja eine Überraschung, was kann ich für dich tun? Warum rufst du von Idas Handy aus an?«

»Weil wir zusammen im Supermarkt sind und deine Hilfe brauchen. Oma hat alle Nachbarinnen zum Kaffee eingeladen – was das bedeutet, kannst du dir ja denken.«

»Och nö, warum denn das? Sag nichts, ich weiß schon, warum. Aber ich kann hier nicht weg, um euch zu helfen.«

»Das musst du auch gar nicht. Ida und ich kriegen das schon hin.«

»Super!«

»Ja, bis auf eine Kleinigkeit. Oma will natürlich auch ein warmes Essen anbieten. Könntest du uns nicht aus dem Restaurant das Fleisch liefern, es müsste aber fertig zubereitet sein?«

»Na, das habt ihr beiden euch aber besonders clever ausgedacht«, lachte Mads, »erst einschmeicheln und dann mit den Extrawünschen um die Ecke kommen. Wie viele Nachbarn hat meine Mutter denn eingeladen?«

Britta schaute fragend zu Ida. Die überlegte kurz, bevor sie laut sagte: »Papa, geh mal von insgesamt zehn bis zwölf Personen aus. Es muss ja kein Braten sein, vielleicht Fleischspieße oder so.«

»Einverstanden, ich schicke Thorben rechtzeitig los.«

»Klasse, Papa, lieben Dank.« Britta grinste, und Ida hob den gestreckten Daumen.

»Ach, und Britta – es ist toll, dass du da bist.«

»Lieb von dir, Papa.«

Britta beendete das Telefonat und gab Ida das Handy zurück.

»Das wäre geregelt; Thorben bringt das Fleisch, und wir haben Zeit, uns um den Rest zu kümmern.« Die beiden Frauen klatschten sich ab. »Das hat ja super funktioniert. Bei mir hätte er erst diskutiert, ob das nötig ist, und darauf beharrt, dass ihm die Zeit fehlt, dass Thorben anderweitig eingespannt ist, oder dass die Küche gerade auf Hochtouren läuft.«

»Aber bei mir hat er Nachholbedarf«, ergänzte Britta.

»Ganz genau, Schwesterherz.«

»Sind wir berechnend!«, prustete Britta los und bekam mitten im Supermarkt einen Kicheranfall, in den Ida mit einfiel. Britta hätte nicht sagen können, wann sie je so ausgelassen eingekauft hatte. Und ganz sicher hatte sie in den letzten zwanzig Jahren in der Öffentlichkeit nicht mehr hemmungslos gelacht.

***

Als sie schließlich wieder bei Anne zu Hause in der Küche standen, schaute diese vorwurfsvoll auf die Uhr. »Nun, das wird aber auch Zeit. Ihr habt herumgetrödelt.«

»Nein, Oma, haben wir nicht, wir haben sogar schon die Hauptmahlzeit organisiert«, erwiderte Ida fröhlich. Und bevor die alte Dame noch etwas vorbringen konnte, nahm Britta den Rollstuhl und schob ihn vorsichtig durch den Flur nach draußen in den Garten. »So, und nun genießt du mal eine kurze Pause und lässt Ida und mich den Rest erledigen. Wenn du möchtest, bringe ich dir ein Buch und eine Tasse Kaffee raus. Na, wie wäre es damit?«

»Also, wenn ich euch gar nicht mehr helfen kann …«

»Nein, kannst du nicht.«

»Dann wären eine Tasse Kaffee und mein Strickzeug wirklich herrlich.«

»Kommt sofort, Oma.«

Britta verschwand im Haus. »Aber bilde dir bloß nicht ein, dass du mich immer so leicht um den Finger wickeln kannst. Ich kann als Oma knallhart sein«, rief Anne ihr hinterher.

»Klar, das habe ich schon mitbekommen, Oma. Du und knallhart, das gehört quasi zusammen.«

»Werd mir nur nicht frech, Kind.«

Britta lachte übermütig. Ihre neue dänische Oma hatte ja keine Ahnung, dass sie normalerweise nie freche Bemerkungen machte. Den restlichen Nachmittag über alberte sie beim Kuchenbacken und Tischdecken mit Ida herum, und die beiden lachten so viel, dass ihnen am Ende die Bäuche wehtaten.

***

Nahm man das Strahlen in Annes Gesicht als Maßstab, war das Kaffeetrinken mit anschließendem Abendessen ein voller Erfolg. Die Nachbarinnen lobten überschwänglich Brittas Frischkäsetorte und den deutschen Apfelkuchen. Anne freute sich über das Lob, als hätte sie selbst stundenlang in der Küche gestanden. Sie wurde nicht müde, davon zu schwärmen, was für ein unverschämtes Glück sie hatte und wie froh sie darüber war, nun eine weitere Enkelin zu haben.

»So, lassen wir die alten Damen da draußen noch reden; das Beste wird sein, wir fangen schon mal mit dem Abwasch an«, schlug Ida vor.

»Ich räume den Tisch ab und bringe das Geschirr«, erwiderte Britta. In diesem Moment klingelte das Handy in ihrer Tasche, die sie über eine Stuhllehne gehängt hatte.

»Ich glaub, das ist deins.« Ida zeigte auf die Tasche.

Soll ich es einfach klingeln lassen?, überlegte Britta, aber dann siegte doch die Neugierde. Die Nummer auf dem Display kannte sie nicht.

»Ja, Britta Hoffmann. Was …? Oh, Andy. Äh, ja, natürlich, nein, Sie stören gar nicht.«

Britta bemerkte sehr wohl, dass Ida interessiert zuhörte. Das hätte sie normalerweise nicht weiter gestört, aber sie konnte unmöglich in Idas Gegenwart über Baupläne und Termine sprechen.

»Hören Sie, Andy, wollen wir uns nicht morgen früh nach dem Frühstück im Hotel treffen? Dann können wir alles in Ruhe besprechen. Nein … jetzt geht es leider nicht, ich bin noch unterwegs. Gut, dann bis morgen früh.«

Fast wäre Britta das Handy aus der verschwitzten Hand gerutscht.

»Ein hartnäckiger Verehrer?«, fragte Ida mit einem Lachen.

»Aber nein, nur ein Geschäftskontakt.«

»Hier auf Læsø? Du hast mir übrigens noch gar nicht erzählt, warum du überhaupt hier bist.«

»Ida, Ida, sei doch so gut und hole Elli Jarksons Jacke hinten aus dem Zimmer. Ich komme da nicht dran.«

Annes Bitte ersparte Britta weitere Erklärungen. Ida trocknete sich kurz die Hände ab und rief: »Mach ich, Oma, welche Jacke ist es denn?«

»Du musst dir doch keine Umstände machen, Ida. Ich kann meine Jacke auch allein holen«, mischte sich eine andere Frauenstimme ein.

»Unfug, Elli, ich hab dir doch gerade erst eingegossen. Du trinkst jetzt deinen Likör, sonst steht Jan Ole gleich vor der Tür, und du hast noch nicht mal dieses leckere Tröpfchen probiert.«

Ida verdrehte die Augen. »Oha, Jan Ole im Anmarsch. Ja, dann.« Sie verschwand, um die gewünschte Jacke zu holen, und Britta fragte sich, wie lange es ihr noch gelingen würde, im Gespräch mit Ida das Thema Ferienpark zu vermeiden.

Und da war noch eine andere Frage, die sich ihr plötzlich aufdrängte.

Wer war Jan Ole?

Und warum hatte Ida seinen Namen mit dieser speziellen Betonung ausgesprochen?

Jan Ole staunt nicht schlecht

Mist, er war zu spät dran. Jan Ole Kramer schlug verärgert mit der flachen Hand aufs Lenkrad, aber das half ihm auch nicht dabei, den breiten Mähdrescher auf der Landstraße zu überholen. Tante Elli würde zwar nichts sagen, aber ihm reichten schon ihre missbilligenden Blicke. Er war ihr einziger Neffe, um genau zu sein: der einzige Verwandte, der noch auf Læsø lebte, und deshalb fühlte er sich verpflichtet, ihr zu helfen, wo er nur konnte. Auch wenn die alte Dame es ihm manchmal nicht leicht machte.

Heute zum Beispiel: Er hatte einen anstrengenden und arbeitsreichen Tag hinter sich. Zuerst hatte er sich durch seitenlange Verträge quälen müssen, dabei war er sich nicht einmal sicher, ob er den Auftrag überhaupt bekommen würde. Und danach hatte er eine kleine Ewigkeit im Gespräch mit dem alten Normannson zugebracht, der einen seiner Ställe erweitern lassen wollte. Wenn ich ihm all die Stunden, die wir für die Planung gebraucht haben, in Rechnung stellen würde, fiele Normannson aus allen Wolken, dachte Jan Ole. Aber so war das eben hier auf Læsø. Die meisten älteren Leute konnten sich gar nicht vorstellen, dass man noch irgendetwas anderes am Tag zu tun hatte, als ausgerechnet mit ihnen zu plaudern.

Seit zwei Jahren war er wieder auf der Insel. In dieser Zeit hatte er sich einen Ruf als begabter Tischler erarbeitet. In ein paar alten Stallgebäuden außerhalb von Østerby Havn hatte er seine Werkstatt eingerichtet. Er nahm alle Aufträge an: von der Reparatur eines Fensters über das Zuschneiden von Frühstücksbrettchen für die örtliche Schule bis hin zum Bau eines neuen Ferienhauses.

Jetzt, in den Sommermonaten, war es normalerweise recht ruhig; die Besitzer der Sommerhäuser hatten meist an Feriengäste vermietet und deshalb kein Interesse an größeren Reparaturarbeiten. Damit würde es erst wieder im Herbst losgehen. Jan Ole war das recht, es gab ihm die Möglichkeit, seine freie Zeit draußen auf dem Segelboot zu verbringen. Tante Elli wusste natürlich auch, dass er in den letzten Wochen oft freigehabt hatte. Für sie war es eine Selbstverständlichkeit, dass ihr Neffe sie mit dem Auto abholte. Sie konnte ja nicht ahnen, dass ausgerechnet heute wirklich, wirklich viel zu tun war. Und der extrabreite Mähdrescher vor ihm war auch nicht eingeplant gewesen.

Das gelb gestrichene Haus von Anne Rasmussen lag am Ende der Straße, einer Straße, die genug Parkmöglichkeiten bot. Zumindest konnte sich Elli nicht über einen zu weiten Fußweg zum Auto beschweren. Jan Ole parkte, verzichtete aufs Abschließen und öffnete das Gartentor. Als er über die alten Steinplatten zur Haustür ging, musste er plötzlich an einen anderen Sommertag denken.

Fünfzehn Jahre war das jetzt schon her! Damals war er unsterblich in Ida Rasmussen verliebt gewesen, er hatte sie zu einem Tanzabend abgeholt. Ida teilte seine Zuneigung nicht, im Gegenteil, nach diesem Abend erklärte sie ihm freundlich, aber unmissverständlich, dass er sich alle weiteren Vorschläge für ein Rendezvous sparen könne. Ida war zwar zwei Jahre jünger als er, aber – das musste er heute zugeben – deutlich reifer gewesen.

Aus dem Haus drang das fröhliche Kichern der alten Damen, Jan Ole atmete erleichtert auf. Anne Rasmussen, Elli und die anderen Gäste hatten offensichtlich ihren Spaß. Und wer Spaß hat, der ist nicht verärgert darüber, zwanzig Minuten zu spät abgeholt zu werden.

»Hej, du musst Jan Ole sein. Komm rein, deine Tante und die anderen sind, glaube ich, gerade beim Kirschlikör angelangt.«

Für einen Moment glaubte Jan Ole Ida vor sich zu haben, doch dann wurde ihm klar, dass eine völlig fremde Frau die Haustür geöffnet hatte.

»Ich … also … ja, ich bin Jan Ole.« Viel peinlicher konnte es ja wohl nicht mehr werden. *Ich bin Jan Ole!* Hätte er nicht eine lockere, lustige Bemerkung machen können? Oder ein Kompliment? Hübsch war sie, mit ihren schlichten glatten Haaren, ein bisschen zerzaust, die Wangen leicht gerötet. Aber nein, er stand vor dieser fremden Frau und stammelte herum wie ein Idiot.

»Britta. Ich heiße Britta. Schön, dich kennenzulernen.« Die Frau vor ihm lächelte, wahrscheinlich, weil er immer noch dieses ungläubige Staunen im Gesicht hatte. »Ich bin Idas Schwester, na ja, um genau zu sein, ihre Halbschwester, und das weiß ich auch erst seit gestern. Also darfst du ruhig staunen, ich staune nämlich selbst noch die ganze Zeit.«

Ihr Lächeln sorgte dafür, dass er endlich die Sprache wiederfand. »Junge, Junge, dass zwei Frauen sich dermaßen ähnlich sehen können, das hätte ich nie für möglich gehalten. Dahinter steckt bestimmt eine ziemlich spannende Geschichte.«

»Die dir meine Schwester ganz sicher nicht zwischen Tür und Angel erzählen wird, Jan Ole Kramer.« Ida tauchte hinter Britta auf und drückte ihm eine Jacke in die Hand. »Die gehört Elli, sie braucht noch ein paar Minuten. Wie ich sehe, habt ihr euch schon bekannt gemacht. Ich warne dich, Britta, wahrscheinlich werden Oma und Elli in spätestens zehn Minuten damit beginnen, euch beide zu verkuppeln. Das muss dich aber nicht stören, das ist für die beiden so eine Art Volkssport. Bei mir haben sie erst aufgegeben, als ich ihnen meinen Verlobungsring unter die Nase gehalten habe.«

Jan Ole bemerkte, wie Britta ihn aufmerksam musterte. Und er sah auch ein paar kleine rote Flecken an ihrem Hals, als sie wiederum feststellte, dass er ihre Begutachtung registriert hatte.

Jan Ole lächelte; soeben hatte sich ein ziemlich schrecklicher Tag in etwas ganz Außergewöhnliches verwandelt.

Das Meeting im Hotelgarten

Was für blaue Augen! Ein Blau wie das des Meeres, wenn sich an einem frühen Sommermorgen der Himmel im Wasser spiegelt. Und sein Lächeln … umwerfend. Dazu die große, schlanke Gestalt und die wuscheligen blonden Haare. Keine Ahnung, warum Ida sich den nicht geschnappt hatte.

»Britta, hören Sie mir überhaupt zu?«

»Ähm, was? Ja, natürlich, Andy, Sie sagten gerade, dass Sie Zweifel haben, ob wir örtliche Unternehmen überhaupt in die Planung einbinden sollten. Ich bin der Meinung, das sollten wir unbedingt tun.«

»Ja, in der Tat, das hatte ich gesagt. Ich hatte nur den Eindruck, Sie waren mit Ihren Gedanken meilenweit von unserem Thema entfernt. Aber ich habe mich wohl getäuscht, ich muss mich entschuldigen. Darf ich Ihnen noch einen Kaffee holen?«

Unmerklich atmete Britta erleichtert auf. Andy Wilson hatte natürlich recht, sie hatte geträumt – am helllichten Tag, mitten in einem Meeting, war sie in Gedanken ganz woanders gewesen. Genauer gesagt, bei einer bestimmten Person: Jan Ole. Aber irgendwie war es ihr trotzdem gelungen, sowohl an Jan Ole zu denken als auch mit halbem Ohr Andy Wilsons Monolog über die Zusammenarbeit mit Handwerkern und Baufirmen zu folgen. Das sollte ihr mal einer nachmachen!

»Noch ein Kaffee wäre ganz großartig, Andy. Und Daniel müsste auch längst die Vorverträge ausgedruckt haben, vielleicht plaudert er ja noch an der Rezeption. Seien Sie doch so gut und schicken Sie ihn zu mir heraus, wenn Sie ihn sehen.«

Sie schaute Andy hinterher, der mit einem Tablett in Richtung Bar verschwand. Was sie überhaupt nicht wahrnahm, war der weiße Lieferwagen, der in diesem Moment auf dem Schotterplatz parkte.

»Guten Morgen, Britta, das ist aber eine Überraschung. Was machst du denn hier im Hotel?«

Britta fuhr herum. Jan Ole lächelte sie an.

»Oh, guten Morgen, ich …« Das Herz schlug ihr plötzlich bis zum Hals. Kein Wunder, wenn der Traummann, an den man gerade noch gedacht hatte, plötzlich wie aus dem Nichts vor einem stand.

«Ich wohne hier, ich bin für eine Woche geschäftlich auf Læsø.«

Britta schaute an Jan Ole vorbei, sah den weißen Lieferwagen, auf dem in dunkelroter Schrift »J.O.K.– Tømrer« stand, mit dem Bild eines Hobels daneben. Zum Herzklopfen kam jetzt noch ein kurzer Anflug von Verwirrung. Tømrer – das war doch das dänische Wort für Tischler oder Zimmermann. Hatte sie hier einen der örtlichen Handwerker vor sich?

»Du bist Tischler? Baust du etwa auch Holzhäuser?« Brittas Stimme hatte etwas Schrilles, zumindest klang es so in ihren eigenen Ohren.

»Ja, genau. Ich liebe die Arbeit mit Holz. Leider kann ich nicht länger mit dir plaudern, ich habe hier im Hotel ein Gespräch mit den Planern des neuen Ferienparks. Ich möchte nicht zu spät kommen.«

»Du bist nicht zu spät, Jan Ole. Ich muss dir …«, stammelte sie. Bevor sie jedoch ihren Satz beenden konnte, erschien Andy Wilson wieder auf der Bildfläche, ein großes Tablett in beiden Händen, und mit Daniel im Schlepptau.

»Guten Tag, mein Name ist Andy Wilson.«

»Angenehm, Jan Ole Kramer.«

Britta blickte fragend zu Jan Ole. »Es ist schön, dass Sie da sind. Ich hatte allerdings einen Termin mit Frau Jette Larsen vereinbart, und bin mir jetzt nicht ganz sicher …«

Jan Ole lachte. »Natürlich. Jette macht für mich den ganzen Bürokram und die Buchhaltung. Sie kommt einmal in der Woche in meine Werkstatt und kümmert sich um alles.«

Britta griff sich an die Stirn. »Jetzt verstehe ich! ›J.O.K. – Tømrer‹, das ist Ihre Tischlerei. J.O.K. wie ›Jan Ole Kramer‹.«

Nun übernahm sie die restliche Vorstellungsrunde. »Andy, Mr Kramers Firma baut hier auf Læsø Holzhäuser. Mr Kramer, das ist Daniel Bitterfeld, mein Assistent.«

Andy stellte das Tablett mit den Kaffeebechern und einer Thermoskanne auf den Tisch und schüttelte Jan Ole die Hand. Dabei strahlte er, als würde er sich aufrichtig freuen, Jan Ole kennenzulernen. War das der gleiche Mann, der vor nicht einmal drei Minuten noch dagegen gewesen war, örtliche Handwerker mit ins Boot zu holen? Britta konnte über Andys Wandlungsfähigkeit nur staunen.

»Er weiß nicht, dass ich hier auf der Insel Familie habe, ich erklär dir alles später«, sagte Britta schnell auf Dänisch, bevor sie sich an Andy wandte und auf Englisch weitersprach. »Ich habe gerade gesagt, dass wir froh sind, dass er gekommen ist.«

»Ich vergesse immer wieder, wie gut Sie die hiesige Sprache beherrschen, Britta«, lobte Andy. »Es macht Ihnen doch nichts aus, wenn wir uns auf Englisch unterhalten, oder?«, fragte er in Richtung Jan Ole.

»Nein, natürlich nicht. Wenn mir ein Wort fehlen sollte, könnte die Dame mir ja helfen. Und was machen Sie genau, Ms Hoffmann?«, fragte Jan Ole mit einem verschmitzten Lächeln.

Bevor Britta antworten konnte, erklärte Andy Wilson: »Ms Hoffmann ist die Projektleiterin der Consulting-Agentur, die für die Planung des Ferienparks verantwortlich ist.«

»Das ist bestimmt keine leichte Aufgabe, Ms Hoffmann, nicht wahr?«

»Oh ja«, warf Daniel ein. »Ms Hoffmann hat erst gestern den ganzen Nachmittag in einem Meeting in Vesterø Havn verbracht.«

Jan Ole, der sich einen Becher Kaffee genommen hatte, verschluckte sich und bekam einen Hustenanfall. Als er wieder zu Atem gekommen war, sagte er: »Das war bestimmt sehr anstrengend, so ein Meeting.« Jan Ole betonte das Wort Meeting süffisant, natürlich wusste er, wo Britta den Nachmittag verbracht hatte: im Haus ihrer Oma beim nachbarschaftlichen Kaffeetrinken.

»Waren Sie denn bei Ihrem ... ähm ... Meeting erfolgreich, Ms Hoffmann?«

»Ja, ich denke schon. Jeder hier will zwar ein großes Stück vom Kuchen abbekommen, aber ich glaube, es ist mir gelungen, niemanden zu kurz kommen zu lassen. Im Gegenteil, mancher hat sogar mehr bekommen, als er erwartet hatte.«

Britta sah Jan Ole tief in die Augen. Dessen Grinsen wurde noch breiter.

»Da hatten Sie sicher eine Menge Arbeit. Die Ansprüche sind hier oft höher, als man meinen sollte.«

»Ach, wissen Sie, ich habe da so meine Rezepte.«

Britta stieß unter dem Tisch mit dem Fuß gegen Jan Oles Schienbein. Der ließ sich nichts anmerken, sondern erklärte ernst: »Die Menschen hier auf der Insel schätzen Ehrlichkeit. Ich bin fest davon überzeugt, dass Sie deshalb so erfolgreich sind, Ms Hoffmann.«

»Ich gebe mir Mühe, Mr Kramer.« Ein zweiter Tritt gegen das Schienbein, diesmal deutlich energischer, brachte Jan Ole immerhin zum Schweigen. In seinen Augenwinkeln bildeten sich unzählige kleine Lachfältchen, während er Britta amüsiert direkt in die Augen schaute.

Daniel saß mit völlig unbeteiligter Miene am Tisch und schien zufrieden mit seiner Rolle als stummer Beobachter.

Andy Wilson klatschte ungeduldig in die Hände. »Reden wir übers Business.« Er griff in seine Aktentasche und überreichte Jan Ole eine dünne Mappe mit Papieren. »Hier sind unsere Verträge. Ich schlage vor, dass Sie sich ein paar Minuten Zeit nehmen, um sie durchzusehen. Danach können wir alle offenen Fragen gleich miteinander klären.«

»Augenblick, Andy, von welchen Verträgen reden wir hier? Daniel hat doch die Vorverträge …«

»Sorry, Britta, lassen Sie uns darüber später reden, ja?«

Britta schluckte. Na großartig, Andy war offenbar gar nicht an einer Zusammenarbeit mit ihr interessiert.

Sie setzte ein Lächeln auf, das Sandra mal als Wok-Mann Nr. 13 bezeichnet hatte. Besondere Kennzeichen: süß-sauer!

Während sich Jan Ole in den nächsten fünf Minuten in Wilsons Mappe vertiefte, machte Britta gute Miene zum bösen Spiel und blätterte in ihren eigenen Unterlagen.

Andy goss Jan Ole noch einen Kaffee ein und fragte: »Und, Mr Kramer, haben Sie noch irgendwelche Fragen?«

Jan Ole räusperte sich. »Das ist für ein kleines Unternehmen ein sehr großer Auftrag. Ich müsste sicher … sorry. Ms Hoffmann, mir fehlt das passende englische Wort.« Jan Ole schaute Britta an und wechselte ins Dänische: »Das sind absolute Knebelverträge, die werde ich so auf keinen Fall unterschreiben.«

Britta schaute von ihren Papieren hoch und antwortete auf Dänisch: »Wir müssen reden, aber allein«, um dann auf Englisch zu ergänzen: »Herausforderung. Das Wort, das Ihnen nicht einfiel, ist Herausforderung.«

»Danke, genau das war's. Also, so ein Auftrag ist eine Herausforderung. Wenn Sie nichts dagegen haben, Mr Wilson, werde ich klären, ob ich selbst noch eine Fremdfirma beauftragen muss. Und dann kann ich ein neues Angebot vorlegen.«

Andy Wilson nickte zustimmend. »Einverstanden, Mr Kramer. Ich für meinen Teil liebe Herausforderungen. Sie sicher auch.« Er holte aus einer Mappe einen großen Übersichtsplan. »Schauen Sie, das ist der aktuelle Planungsstand bei unserem Ferienpark.«

Jan Ole studierte aufmerksam die Karte, und in der nächsten halben Stunde stellte er Fragen dazu und machte sich Notizen. Britta dagegen rätselte immer noch, was genau Jan Ole wohl mit »Knebelvertrag« gemeint haben könnte.

»Ich denke, für heute sind alle meine Fragen beantwortet. Ich werde mir vor Ort noch einmal das Baugelände anschauen, schon wegen der Bodenbeschaffenheit.« Jan Ole erhob sich und reichte Andy Wilson über den Tisch hinweg die Hand.

»In spätestens zwei Tagen haben Sie meine Antwort auf dem Tisch.«

»Sehr gut, Mr Kramer, sehr gut. Und wenn Sie noch Fragen haben sollten, stehen Ihnen Ms Hoffmann und ich zur Verfügung.«

»Natürlich, Sie können mich oder auch Herrn Bitterfeld jederzeit anrufen«, bestätigte Britta.

»Na ja, ein paar Fragen ergeben sich womöglich direkt vor Ort. Wollen Sie mich nicht zum Bauplatz begleiten, Ms Hoffmann?«

»Nein, dafür habe ich wirklich keine Zeit«, wehrte Britta ab. »Ich möchte auch Andy nicht allein hier sitzen lassen.«

»Unsinn, das ist eine wunderbare Idee«, widersprach Andy. »Wir sind ja so weit fertig. Ich muss noch einen anderen Deal mit London besprechen und unsere nächsten Gespräche sind erst am Nachmittag. Fahren Sie doch mit. In der Zwischenzeit kann mir ja auch Ihr Assistent Gesellschaft leisten.«

»Wenn Sie meinen, Andy.«

»Ich bestehe darauf.«

»Also gut, ich gehe nur rasch in mein Zimmer. In zwei Minuten bin ich bei Ihnen, Mr Kramer.«

***

»Diese Verträge … allein die Strafzahlungen bei Überschreitung des engen Zeitplans würden meinen kompletten Gewinn auffressen. Im Klartext: Es müsste nur eine Kleinigkeit dazwischenkommen, zum Beispiel ein Sturm, und ich hätte umsonst gearbeitet. Ich werde Mr Wilson morgen eine höfliche Absage schreiben.«

Britta saß auf dem Beifahrersitz des Lieferwagens und hörte sich stumm Jan Oles wütende Rede an.

»Es tut mir leid, Jan Ole. Von diesen Verträgen wusste ich nichts«, sagte sie sanft, während er Luft holte und sich langsam wieder beruhigte.

»Das habe ich auch gemerkt. War ja nicht zu übersehen, dass der vorhat, dich zu übergehen.«

»Warum hast du überhaupt noch all die Fragen gestellt, wenn du doch von Anfang an sicher warst, dass du den Auftrag nicht übernehmen willst?«

Sie fuhren durch den Wald, Jan Ole bog nach rechts in einen schmalen Forstweg ein und stellte den Motor ab, bevor er antwortete. »Ich wollte mir anhören, was dieser Wilson so alles zu sagen hat. Und was ich gehört habe, hat mir nicht gefallen. Pass auf, Britta. Ich kapiere noch nicht so ganz, wie du und Idas Familie zusammenhängen, du hast gestern was von Halbschwestern gesagt. Meinst du nicht, es wäre an der Zeit, mir mal ein paar Dinge zu erklären?«

Britta wusste so gut wie nichts über Jan Ole, hatte nur Idas Spott im Ohr, aber … Hör zur Abwechslung mal auf dein Bauchgefühl, sagte ihre innere Stimme. Und das tat sie. In den nächsten zehn Minuten erzählte sie ihm alles: von ihrer Arbeit in Frankfurt, der Begegnung mit Ida, dass Mads Rasmussen ihr Vater war und wie sie ihre dänische Familie getroffen hatte. Sogar ihre Wut und ihre Enttäuschung über das Verhalten ihrer Mutter vertraute sie Jan Ole an. Der hörte aufmerksam zu und ließ sie einfach reden. Britta erkannte in seinen Augen Zuneigung und Anteilnahme. Das hätte sie bei einem Mann, der ihr im Grunde noch völlig fremd war, nicht erwartet.

»Jetzt kennst du die ganze Geschichte. Ich leite auf Læsø ein Ferienpark-Projekt, das der Insel und ihren Bewohnern Vorteile bringen soll. Ich will, dass Menschen, die hier Urlaub machen, ein Stück Skandinavien kennenlernen. Junge Familien sollen hier schöne Ferien verleben, Kinder sollen ihren Spaß haben und die Eltern mal ein bisschen Zeit für sich bekommen. Ich …«, Brittas Stimme brach, »ich fühle mich schuldig. Wer konnte denn ahnen, dass ausgerechnet meine Schwester und meine Tante gegen mein Projekt auf die Barrikaden gehen?«

»Nun, sie sind nicht gerade begeistert von der Idee, noch mehr Touristen auf der Insel zu haben«, erwiderte Jan Ole leise. »Aber ich glaube, es kommt noch schlimmer.«

»Was meinst du damit?«

»Ich glaube, dass dein Ferienpark gar nicht der Ferienpark ist, der hier entstehen soll.«

»Nur weil Andy diese Verträge aufgesetzt hat …«

»Nein, Britta, weil ich merke, dass er offenbar ganz andere Pläne verfolgt.«

Britta sah Jan Ole verständnislos an. »Bist du sauer, weil er dich als Handwerker über den Tisch ziehen wollte?«, fragte sie zögernd.

Jan Ole lächelte grimmig. »Ich bin allerhöchstens sauer, dass er eine so hübsche und kluge Frau wie dich hintergehen will.«

Britta musste plötzlich trocken schlucken und fühlte sich geschmeichelt und verlegen zugleich.

»Das mit ›hübsch und klug‹ darfst du gern noch ein paar Mal erwähnen, aber erst musst du mir den Rest erklären.«

Jan Ole startete den Motor. »Besser, ich zeig es dir vor Ort.«

Oma startet durch

»Sag mal, Oma, hast du meinen Laptop irgendwo gesehen?«

Ida streckte den Kopf durch die Tür. Anne saß vorgebeugt im Rollstuhl an einem kleinen Beistelltisch im Wohnzimmer.

»Äh, ja, hab ich«, kam als knappe Antwort zurück.

»Oma? Sag nicht, du lässt mich das ganze Haus absuchen und hast ihn dir selbst unter den Nagel gerissen.«

Jetzt schaute Anne doch hoch und sah dabei sogar ein wenig schuldbewusst aus. »Ich dachte, du brauchst ihn nicht sofort, du warst doch einkaufen.«

Ida ersparte sich weitere Diskussionen, trat hinter Anne und schaute ihr über die Schulter. »Was machst du denn da überhaupt? Und wie hast du den hochfahren können?«

»Frage Nummer eins: Ich habe einen Protestbrief aufgesetzt. Frage Nummer 2: Ich habe ihn eingeschaltet, dein Passwort eingegeben und losgelegt.«

»Du … du … hast mein Passwort eingegeben?«

»Niels2015 – also wirklich, Ida, ein bisschen mehr Fantasie hätte ich dir schon zugetraut. Der Name des eigenen Verlobten und das Jahr, in dem ihr euch kennengelernt habt – ich habe dafür keine fünf Minuten gebraucht.«

»Oma!«

»Das empörte ›Oma‹ kannst du dir sparen, du solltest froh sein, dass ich dich auf deine scheunentorgroßen Sicherheitslücken hinweise.«

»Das ist doch Quatsch, Oma. Das ist bloß mein persönlicher Laptop, da sind keine Abschusscodes für Raketen drauf, und auch nicht der Zugang zur dänischen Goldreserve. Du kannst doch nicht einfach mein Passwort knacken!«

Anne schaute ungerührt hoch.

»Doch, konnte ich, und wie gesagt, es hat nicht mal lange gedauert. Manchmal glaube ich wirklich, du vergisst, dass ich nicht so alt bin, dass ich mich in meiner Jugend beim Wäscheaufhängen vor Säbelzahntigern in Acht nehmen musste. Ich bin noch keine fünfundsiebzig Jahre alt!«

Ida lächelte. »Schon gut, Oma. Ich hab's kapiert. Aber woher weißt du …«

»… wie man damit umgeht? Meine Freundin Luise hat lang bei einer Computerfirma gearbeitet. Im letzten Jahr hat sie für uns Kurse gegeben, privat, bei Kaffee und Likörchen. Sehr interessant, was man heute online alles findet. Also, solche Schweinereien hätten wir uns wirklich nicht erlaubt. Nicht zu vergleichen mit den Heften und Filmen, die man in Frederikshavn unter der Theke im ›Schwarzen Anker‹ kaufen konnte. Und Lina hat mal als junges Ding … na, reden wir nicht drüber, aber selbst die kannte die ganzen Stellungen noch nicht.«

»Oma!«

»Oma, Oma, jetzt hör schon auf damit. Ich habe die Schmuddelseiten nicht ins Netz gestellt, und Luise hat uns das nur zu Anschauungszwecken gezeigt. Jedenfalls war das alles sehr lehrreich. Seitdem weiß ich auch, dass wir schnelles Internet auf der Insel haben. Da ruckeln die Bilder nicht so.«

Ida schwankte zwischen haltlosem Kichern bei dem Gedanken an eine Runde Seniorinnen, die sich bei Kaffee und Likör einschlägige Webseiten ansahen, und der Empörung darüber, dass Anne ihren Computer in Beschlag genommen hatte.

»Okay, das sind schon viel zu viele Informationen für mich. Jetzt erzähl mir doch lieber von deinem Protestbrief.«

»Da, lies selbst. Ich habe mit ein paar Leuten telefoniert, und ich denke, das Schreiben sollten wir als Rundmail versenden.«

Ida überflog die ersten Zeilen, scrollte durch den ganzen Text und nickte anerkennend.

»Das ist wirklich gut. Bist du sicher, dass Sønderstrand auch seine Finger im Spiel hat?«

»Sønderstrand hat seiner Frau versprochen, dass sie nächstes Jahr in die Karibik reisen werden. Die hat es ihrer Mutter erzählt, und die ist eine Nachbarin von Luise.«

»Ziemlich viele Zwischenstationen für so einen Vorwurf«, gab Ida zu bedenken.

»Deswegen habe ich das ja auch als offene Frage formuliert. Hier: ›Kann es sein, dass unsere gewählten Vertreter gar nicht wissen, welche Deals da laufen, oder sind sie möglicherweise ein Teil dieser Deals?‘»

»Wenn ich mich schmieren lassen würde, würde ich bei solchen Fragen ziemlich nervös werden«, stimmte Ida zu. »Ich muss sagen, das ist super geschrieben.«

»Ich wollte immer ein Buch schreiben, aber dann kamen erst die Jungs, und es mussten neue Boote gekauft werden, und so ging es immer weiter. Irgendwie ist nie was draus geworden. Aber ich schreibe trotzdem gern.«

Ida sah Anne in einem ganz neuen Licht. Sie kannte ihre Oma schon ein ganzes Leben lang, und die alte Dame überraschte sie immer noch.

»Weißt du was, Oma, ich habe doch schon einen Mail-Verteiler; wir versenden diesen Brief sofort und starten durch. Das heißt, du, Oma, startest durch, schließlich ist das dein Text.«

»Dann will ich aber auch den Verteiler zusammenstellen. Gönn einer alten Frau den Spaß: Ich suche noch schnell ein paar Adressen aus der Verwaltung und von der Behörde in Frederikshavn zusammen, und dann geht das an eine ganz große Runde. Die werden sich wundern.«

»Wie du willst, Oma. Ich sag dir, wenn ich die Projektleitung für den Ferienpark hätte, würde mir Angst und Bange vor dir.«

Auf der Baustelle

Britta ahnte nicht, dass in diesem Moment ausgerechnet ihre eigene Oma der Initiative »Mein Læsø – Finger weg von meiner Insel« eine ganz neue Stimme verlieh. Was sie aber sehr wohl ahnte, war, dass in diesem Projekt der Wurm drin war – und der hatte sogar einen Namen: Andy Wilson.

Die Gewissheit, mit der Jan Ole seine Meinung vertrat, sie, Britta, würde hintergangen, nagte an ihr. Was hatte sie übersehen? Was wusste Jan Ole, das sie, trotz aller Vorbereitungen, nicht wusste?

Während der Fahrt hatte sie schweigend aus dem Fenster gesehen und über diese Frage nachgegrübelt, ohne eine Antwort zu finden. Jan Ole schien das zu spüren und verzichtete auf belanglose Konversation. Weit war der Weg zur Baustelle ohnehin nicht, nach knapp zehn Minuten parkte Jan Ole den Lieferwagen ein zweites Mal. Diesmal aber stiegen sie aus.

Zielsicher lief Jan Ole vorweg, vorbei an der großen Werbetafel. Neben dem Holzhaus blieb er stehen.

»Hübsche Arbeit, gut gebaut, möchte zu gern wissen, wer das entworfen hat.«

»Das kann ich dir sagen. Der Entwurf wurde zusammen mit meiner Agentur entwickelt. Waren die Grundrisse und die Beschreibung der Bauweise denn nicht bei den Ausschreibungsunterlagen dabei? Wir hatten dazu genaue Vorgaben entwickelt.«

»Nein, da war nichts dergleichen. Das wäre auch überflüssig gewesen, ich soll ja nur die Grundgerüste bauen.«

»Grundgerüste? Für ein Holzhaus? Das verstehe ich nicht.«

»Das, Euer Ehren, ist Punkt eins meiner Anklage. Hier steht ein solides Holzhaus, warum also soll ich nur die Grundkonstruktion bauen? Punkt zwei der Anklage:«, Jan Ole warf einen prüfenden Blick entlang der Hauswand, »Ich wurde gebeten, ein Angebot für ein Haus abzugeben, das gut zwei Meter kürzer sein sollte als dieses hier.«

»Unmöglich, das hier ist der kleinste Haustyp. Ein Schlafraum, zwei Personen.«

»Offenbar sind noch kleinere Modelle geplant. Das ist auch sinnvoll, wie soll man sonst auf diesem Gelände fünfundsiebzig Häuser unterbringen?«

Britta schaute ihn an, als hätte er ihr gerade erklärt, dass drüben am Wald die Abschussrampe für eine Mondrakete geplant sei.

»Fünfundsiebzig Häuser? Das ist doch absurd, du irrst dich. Wir haben in der ersten Ausbauphase von allen drei Haustypen jeweils zehn Häuser vorgesehen, weil ja noch genug Platz zwischen den einzelnen Objekten bleiben soll; dazu die Wege und Grillwiesen, die Spielplätze. Und später, wenn das Ganze erfolgreich läuft, ist eine zweite Ausbauphase vorgesehen mit weiteren zehn Häusern, die wahrscheinlich aber eher in die Deluxe-Kategorie fallen werden.«

»Das sagst du, Britta, aber auf dem Plan heute habe ich fünfundsiebzig Häuser gezählt, mit jeweils drei, vier Metern Abstand dazwischen.«

»Vier Meter«, Britta lachte ungläubig, »das wäre kein Ferienpark mehr, sondern eine Sardinenbüchse.«

»Was glaubst du, warum ich mir den Plan so aufmerksam angesehen habe? Punkt drei der Anklage: Wilson plant hier etwas, das mit deiner Idee keine Ähnlichkeit mehr hat.«

Britta stand stumm neben Jan Ole, in ihrem Kopf wirbelten die Fragen nur so durcheinander. Wenn es stimmte, was Jan Ole sagte, dann spielte Andy Wilson ein ganz mieses Spiel. Aber wozu sollte er alle SE&P-Vorschläge in den Wind schießen und an den Wünschen von Paul Satzmann vorbei etwas anderes planen? Weil er in der Zentrale von Bradford International saß und die Zentrale eigene Vorstellungen davon entwickelt hatte, wie man an Profit kommen konnte, gab sich Britta selbst die Antwort.

»Britta, du sagst ja gar nichts.« Jan Oles besorgte Stimme drang wie aus weiter Ferne zu ihr. Britta schreckte aus ihren Überlegungen hoch. Erst jetzt wurde ihr bewusst, dass sie mitten auf dem Bauplatz ihren eigenen Gedanken nachgehangen hatte. Er berührte vorsichtig ihren Ellenbogen. »Britta, hörst du mir überhaupt zu?«

»Ach, entschuldige, Jan Ole. Ich weiß gerade gar nicht, was ich von diesen neuen Entwicklungen halten soll. Ich habe monatelang alles geplant und vorbereitet und hatte so schöne Ideen für diesen Ferienpark. Ich muss nachdenken, es ist alles so verwirrend.«

»Weißt du, was ich immer mache, wenn ich nicht mehr weiter weiß?«, sagte Jan Ole ernst. Britta schaute fragend in seine blauen Augen. »Ich gehe,«, fuhr Jan Ole fort, »ich laufe, bis ich den Kopf freihabe, und ganz oft sieht dann gleich alles viel besser aus. Schau mal, wie kannst du dich schlecht fühlen, wenn du die Sonne im Gesicht spürst und den Inselwind in den Haaren?«

»Du hast recht«, sagte Britta leise. »Das mache ich auch immer, zu Hause in Frankfurt. Deswegen fahre ich auch nie mit dem Auto zur Arbeit. Ich dachte gar nicht, dass es anderen auch so geht.«

»Doch, genau so ist das. Nur, dass es hier bestimmt noch schöner ist als in Frankfurt. Komm, wir gehen einfach ein Stück zusammen spazieren. Bestimmt fühlst du dich dann besser.«

Britta ließ mutlos den Kopf hängen. »Unmöglich! Jan Ole, ich muss arbeiten. Ich habe keine Zeit. Heute Nachmittag habe ich noch mehrere Gespräche zu führen.«

»Doch, das wird schon gehen. Ich kenne einen schönen Rundweg durch die Heide hinter den Dünen. Das dauert keine halbe Stunde, versprochen.«

Britta schaute kurz hoch und senkte dann wieder den Blick. In ihren Augen schwammen Tränen. Sie schniefte einmal leise.

»Meinst du wirklich?«

Jan Ole nickte nur kurz. »Komm.«

Wie wohltuend war Jan Oles direkte Art, mit ihr zu sprechen, dachte Britta. Er machte keine unnötigen Worte, nicht wie ihre Kollegen in der Agentur, die meistens viel zu viel redeten. Hoch über ihnen am Sommerhimmel sang eine Lerche. Plötzlich überkam sie eine unbändige Lust, über die Heide zu gehen. Diese Zeit würde sie sich jetzt einfach nehmen.

Jan Ole hatte nicht zu viel versprochen. Nur wenige Meter hinter den letzten Bäumen begann ein hübscher, schmaler Weg, der sich durch die Heide schlängelte. Auf dem sandigen Boden ließ es sich gut gehen. Das erste Stückchen des Weges führte noch an einigen Sommerhäusern vorbei. Jan Ole und Britta schauten sich aus der Entfernung die Häuser an. Jedes hatte sein eigenes Gesicht, viele waren aus Holz gebaut. Sie diskutierten eifrig die Vor- und Nachteile der verschiedenen Bauarten. Welche Holzfarbe passte am besten in die Landschaft? Sollte ein Ferienhaus eine verglaste Veranda haben, oder saß man besser im Freien?

Etwas später schoben sich ein paar Wolken vor die Sonne. Britta fröstelte in ihrer dünnen Bluse. Wie selbstverständlich nahm Jan Ole seine Jacke und legte sie ihr fürsorglich um die Schultern. Dankbar lächelte Britta ihn an.

So war ihr auch dann nicht kalt, als sie einen Moment stehenblieben, um den wolligen Rindern zuzusehen, die in kleinen Gruppen verteilt dabei waren, ein abgezäuntes Dünengelände abzuweiden.

Nach einer Weile wurde der Weg schmaler, sie mussten dichter nebeneinander gehen. Schön war das, dachte Britta. Ab und zu berührte Jan Ole zufällig im Gehen ihre Finger. Und Britta wich ihm nicht aus, nein, seine Nähe tat gut, und sie hatten sich so viel zu erzählen.

Als der kleine Pfad schließlich nur noch eine schmale Lücke zwischen zwei Dünen war, ging Britta hinter Jan Ole her. Jetzt, wo sie nicht miteinander sprachen, stiegen ihr wieder die Tränen in die Augen. Was würde aus ihrem geplanten Feriendorf werden? Hatte sie am Ende, ohne es zu wollen, der Insel unermesslichen Schaden zugefügt? Konnte sie die Pläne von Andy Wilson noch verhindern?

»Ganz schön hart, wenn alles den Bach runtergeht, nicht wahr?«, brach Jan Ole mit sanfter Stimme das Schweigen.

»Weißt du, wie viel Zeit ich in den letzten drei Monaten in dieses Stück Land gesteckt habe? Ich habe die Projektleitung, alle in der Firma hoffen auf Folgeaufträge.«

Jan Ole blieb stehen und drehte sich zu Britta um. »Ich wollte dich nicht beunruhigen, Britta. Aber ich konnte auch nicht schweigend zusehen, wie du hintergangen wirst – ich musste dir das mit dem engeren Bebauungsplan sagen.«

Er streckte ihr die Hand entgegen, um ihr über eine Pfütze hinwegzuhelfen.

Britta machte eine kleine Bewegung auf ihn zu und griff nach seiner Hand, warm und trocken fühlte sie sich an.

»So viel Arbeit. Und die soll vollkommen umsonst gewesen sein? Und vielleicht schadet sie sogar der ganzen Insel.« Ärgerlich wischte sie sich mit der freien Hand übers Gesicht. Und dann geschah etwas völlig Unerwartetes.

Wirklich groß war der Schritt über die Pfütze gar nicht gewesen, längst standen sie beide auf dem trockenen Gras. Und doch hatte sie überhaupt keine Lust, Jan Oles Hand wieder loszulassen. Plötzlich wusste sie, was das einzig Richtige in diesem Augenblick war. Im nächsten Moment war sie dicht bei ihm, spürte sein sonnengewärmtes, verwaschenes T-Shirt an ihrer Wange. Sie atmete tief ein. Hmm, das war schon besser: ein leichter Duft von frischer Seeluft, ein Hauch von Kiefernholz und Salz.

Zaghaft legte er die Arme um sie, als rechnete er jeden Moment damit, dass sie sich wieder von ihm lösen könnte. Aber das Gegenteil war der Fall: Britta vergrub ihr Gesicht an seiner Schulter und zitterte.

»He, schon gut. Das sind nur ein paar Häuser.«

»Aber es waren meine Häuser«, murmelte sie dumpf in sein T-Shirt hinein.

»Ja, aber du hast niemanden betrogen. Du bist selbst betrogen worden.«

Jetzt löste sich Britta aus seiner Umarmung und wischte sich mit einem verlegenen Lächeln über die Augen. »Entschuldige bitte, ich … ich meine … wir kennen uns ja nicht mal richtig, und dann heule ich dir das T-Shirt voll.«

»Schscht!« Jan Ole legte ganz sachte eine Hand an ihre Wange; sah forschend in ihre Augen, bereit, sich bei den geringsten Anzeichen von Ablehnung sofort zurückzuziehen, aber er sah nur Traurigkeit und … Zuneigung. Zärtlich küsste er sie auf den Mund. Ein sanfter, erster Kuss.

»Das wollte ich schon seit zwei Stunden tun«, flüsterte er.

Diesmal war es Britta, die seine Lippen suchte.

Das ist total verrückt, dachte sie, das ist … der Rest des Gedankens ging in einem langen Kuss unter.

An der Bar

Das ist einfach ungerecht, dachte Daniel verbittert. Britta hatte sich mit dem dänischen Tischler auf den Weg gemacht, um noch einmal den Baugrund anzusehen, und er sollte hier im Hotel bleiben und an den Statistiken weiterarbeiten. Damit war er längst fertig. Die paar Gespräche am Nachmittag hatten auch nicht lange gedauert. Und jetzt, am Abend, war er schon wieder alleine.

Er hatte sich stärker einbringen wollen, beweisen, dass er mehr konnte, als nur Statistiken auszuwerten. Sicher, er war als Assistent hier, aber Dirk Strehlau hatte ihm diese Rolle im Team ja nicht ohne Grund gegeben. Der Chef wusste, dass Britta Unterstützung gebrauchen konnte. Allein schon, wie sie sich auf der Hinfahrt wegen der Übernachtung angestellt hatte – das war doch ein klares Zeichen dafür, wie überlastet sie war … dabei hatte am Ende doch alles gut geklappt. Nur Britta hatte ihn einfach noch nicht richtig zum Zug kommen lassen.

Und Andy Wilson? Der schien mehr von ihm zu halten, er hörte ihm zu. Die Ideen für Singles und Alleinreisende waren bei ihm gut angekommen. Natürlich musste man diese Gedanken noch weiterentwickeln, aber da würde ihm schon das Passende einfallen. Daniel hatte das Gefühl, sich auf der Überholspur zu befinden, er musste nur dafür sorgen, dass auch sein Chef mitbekam, welches Potenzial in ihm schlummerte.

Bislang drehte sich ja alles um Britta. Sie traf die Absprachen, sie entschied, was als Nächstes getan werden sollte … Immer nur Britta, die Projektleiterin – Britta, Britta, Britta! Niemand dachte an ihn, aber das würde sich von nun an ändern. Daniel griff zu seinem Whiskyglas, prostete sich selbst im Spiegel der Hotelbar zu und nahm einen großen Schluck.

Das war doch merkwürdig, dachte er, Britta kannte hier auf der Insel niemanden, aber trotzdem fuhr sie jeden Abend weg. War es denn zu viel verlangt, dass sie ihn auch abends zu den Terminen mitnahm?

Bei SE&P legte man großen Wert auf Teamarbeit. Dazu gehörte doch wohl auch, dass man möglichst viel Zeit zusammen verbrachte – aber Britta würde schon sehen, was sie von ihren Solotouren hatte.

«Hi, du bist doch auch aus Deutschland, oder? Ist der Platz hier noch frei?« Die auf Deutsch gestellte Frage riss Daniel aus seinen trüben Gedanken. Neben ihm stand eine junge Frau, die ihn anlächelte. Sie war ungefähr in seinem Alter, schlank, hatte Sommersprossen und einen leichten Sonnenbrand auf der Nase, lange, lockige braune Haare und eine traumhafte Figur. Daniel schluckte trocken und nickte dann.

»Möchtest du was trinken?«

»Oh, gern. Ein Cocktail wäre nett.«

Daniel gab dem Barkeeper ein Zeichen und versuchte dabei, möglichst lässig zu wirken.

»Ich heiße übrigens Daniel.«

»Ich bin Jasmin. Du kannst Jassi sagen, das tun alle meine Freunde. Warte mal …«

Jasmin sprach kurz mit dem Barkeeper und bestellte etwas auf Dänisch.

»Du sprichst Dänisch?«, fragte Daniel erstaunt.

»Ja, ich wohne in der Nähe von Flensburg, wir hatten Dänisch in der Schule.«

»Was hast du denn gerade zu dem Barkeeper gesagt? Was Besonderes?«

»Nein, nein. Bloß, dass wir zwei Cocktails nehmen.«

»Ich lerne die Sprache auch gerade. Brauch ich beruflich.«

»Oh, wirklich? Na los, sag mal was.«

»Ähm … Du har store ben.«

Jasmin kicherte und gab ihm spielerisch einen Klaps auf den Arm. »Nicht schlecht, aber ob du das im Job gebrauchen kannst …«

Daniel lehnte sich zurück, nahm den Cocktail, den der Barkeeper vor ihm abgestellt hatte, und stieß mit Jasmin an, bevor er feststellte: »Ist ja nicht der einzige Satz, den ich kann. Ich habe allerdings erst vor ein paar Tagen angefangen.«

»Ach so, dann war das aber richtig gut.«

Daniel beugte sich vor und flüsterte: »Ich kann noch einen dänischen Satz. Vil du gerne se min hårde hemmelighed?«

Jasmin riss die Augen auf und begann dann laut zu lachen. »Du gehst aber ganz schön ran.«

Daniel lehnte sich zufrieden zurück. Hatte er also doch recht gehabt. Der YouTube-Sprachkurs war perfekt. Britta hatte eben keinen Plan, was die wichtigen Sätze waren.

Das Geständnis

Memo an mich:
1. Meine dänische Familie muss erfahren, warum ich hier bin. Vor allem Ida.
2. Ich muss Ida erklären, dass ich schlimm hintergangen worden bin.
3. Diplomatisch vorgehen
4. Nicht alles auf einmal erzählen. Ida muss Zeit haben, die Infos zu verarbeiten.
5. Und: noch nichts von Jan Ole und mir erzählen

***

»Was machst du denn hier? Ich dachte, du müsstest heute arbeiten. Komm rein, ich freu mich.«

Ida freut sich wirklich, mich zu sehen, dachte Britta. Wie lange wird sie wohl noch so nett zu mir sein?

»Ist … ist Oma auch da?«

Ida schüttelte den Kopf. »Nein, Marie hat sie abgeholt. Oma hat heute ein tolles Schreiben für unsere Initiative aufgesetzt und es nicht nur der halben Insel, sondern auch gleich der Bezirksverwaltung geschickt. Und jetzt will sie mit Marie die Strategie für Donnerstag ausarbeiten. Ich sag dir, so viel Power hätte ich auch gern, wenn ich mal so alt bin. Jedenfalls wird das einigen Herren gehörig zu denken geben.«

Britta schluckte; das war alles noch viel furchtbarer, als sie es sich ausgemalt hatte. Jetzt war auch noch ihre Oma mit im Boot.

»Was ist denn los, Britta, du schaust ja, als hätte gerade jemand deinen Welpen überfahren. Komm, setz dich. Magst du was trinken, einen Kaffee vielleicht? Oder ein Glas Wein?«

»Ja – hat Oma auch was anderes, was Stärkeres als Wein?«

Ida zog erstaunt eine Augenbraue hoch, ging jedoch wortlos zum Büfett und holte eine Flasche und zwei Gläser heraus. »Hier ist Grappa, den hat Papa mal für Notfälle dagelassen. Haben wir einen Notfall?«

Britta nickte. »So könnte man das nennen. Ich brauche deine Hilfe, Ida. Ich weiß nicht mehr weiter. Und ich muss vorwegschicken, dass ich das alles nicht gewollt habe.«

Ida schenkte zwei Gläser ein und drückte Britta eins davon in die Hand. »Du machst es aber spannend. He, wir sind Schwestern, schon vergessen? Schwestern dürfen sich alles erzählen. Nein, sie sind sogar dazu verpflichtet, sich alles zu erzählen. Großes Schwestern-Gesetz.«

Augen zu und durch, dachte Britta und stürzte den Grappa hinunter.

»Ich bin die Projektleiterin des Læsø-Ferienparks. Ich habe das Marketingkonzept in den letzten drei Monaten entwickelt, deshalb bin ich hier auf der Insel. Das … das … ich konnte dir doch gestern nicht als Erstes erzählen, dass ich diejenige bin, gegen die sich eure Initiative richtet. Und jetzt muss ich auch noch feststellen, dass es noch schlimmer kommt. Ich hatte die ganze Zeit mit meinem Auftraggeber aus Deutschland zu tun, und wir waren in allem einer Meinung. Doch der deutsche Auftraggeber gehört zu einem internationalen Konzern, und diese Woche ist jemand namens Andy Wilson von der Londoner Zentrale hier aufgetaucht, und er hintergeht mich; deshalb brauche ich deine Hilfe. Was hier aufgebaut werden soll, ist nicht das, was ich vorgeschlagen und geplant habe.«

Britta holte tief Luft.

»Und ich habe mit Jan Ole auf der Baustelle rumgeknutscht.«

Na toll, so viel zu ihrem Plan, nicht alles auf einmal preiszugeben.

Britta hielt Ida das leere Glas hin. »Ich brauche noch einen, bitte!«

Ida griff schweigend zur Flasche und schenkte wie in Trance ein.

»Ida, nun sag schon was.«

»Heilige Scheiße, du nimmst mich nicht auf den Arm?«

»Nein, natürlich nicht, denkst du, ich mach über so etwas Witze?«

»Du hast echt mit Jan Ole geknutscht?«

»Oh, Ida, es geht doch jetzt nicht um Jan Ole und mich.«

»Stimmt, fangen wir von vorn an. Warum, zum Teufel, hast du denn gestern nichts erzählt, als wir draußen auf der Bank saßen und allein waren?«

»Was soll ich sagen? Ich dachte, ich könnte dir meine Version in Ruhe erklären, und dann … dann hättest du erkannt, dass der Ferienpark ein Gewinn für die Insel ist.«

Ida schnaubte ungläubig. »Aber jetzt ist es anders gekommen – oder willst du nur dein schlechtes Gewissen beruhigen?«

Britta hielt Ida das Glas hin und ließ sich einen dritten Grappa einschenken, diesmal aber nippte sie nur daran.

»Nein, will ich nicht. Ich brauche keine Absolution, sondern eine Verbündete. Ich weiß nicht, was ich tun soll.«

Die Verzweiflung in Brittas Stimme sorgte dafür, dass Ida ihr Glas auf den Tisch stellte, sich neben Britta auf die Sessellehne setzte und sie umarmte. »Schon gut. Es tut mir leid, ich wollte nicht gemein sein, du hast mich nur überrumpelt. Komm, am besten erzählst du alles der Reihe nach.«

»Die Consulting-Agentur, bei der ich arbeite, berät Kunden, die ein Tourismusprojekt angehen wollen. Der Kunde stellt uns seine Ideen vor, und wir erarbeiten das Gesamtkonzept. Zum Beispiel, welche Freizeitmöglichkeiten es geben soll, wie die Anreise organisiert wird, und ein komplettes Marketingkonzept. Außerdem treffen wir die Absprachen mit den Bauunternehmen, machen das Controlling – quasi als Rundum-Sorglos-Paket.«

»Nur hat sich hier auf Læsø dein Rundum-Sorglos-Paket in einen Albtraum verwandelt?«

»Genau das. Meine Idee war, Ferienhäuser mit viel Platz drumherum zu haben, dazu Kinderbetreuung, Spielplätze; die Urlauber sollten hier Ruhe finden. Und der Ferienpark sollte sich in das vorhandene Ferienhausgebiet integrieren. Aber aus der Londoner Zentrale von Bradford International, unserem Auftraggeber, ist wie gesagt ein Mann nach Læsø gekommen, der offenbar ganz andere Pläne verfolgt. Die Häuser, die dieser Andy Wilson im Sinn hat, sind viel kleiner als die, die ich geplant hatte, und es gibt kaum Platz zwischen ihnen. Jan Ole hat fünfundsiebzig auf dem Bebauungsplan gezählt.«

»Fünfundsiebzig Häuser auf dem Baugrundstück da draußen?«

»Wilson plant einfach an allem vorbei, was wir in Frankfurt vorgeschlagen haben. Ich befürchte, wenn Wilson mich schon hinsichtlich der Anzahl der Häuser im Unklaren lässt, ist da noch viel mehr im Busch. Aber wenn ich mich offen gegen ihn stelle, bin ich womöglich meinen Job los, und SE&P verliert einen Riesenauftrag.«

»Und niemand wird dir glauben, dass du nicht wusstest, dass deine Familie gegen dieses Projekt kämpft.«

Britta schloss die Augen und lehnte sich erschöpft zurück. Sie fühlte sich, als wäre sie gerade zehn Kilometer gerannt.

»He, wir kriegen das hin. Kopf hoch.« Ida streichelte ihr tröstend über das Haar. »Was wir brauchen, sind Beweise für das, was dieser Wilson plant. Dann können wir gegen ihn mobil machen. Spricht er Dänisch?«

»Nein, deshalb konnte ich so gerade noch verhindern, dass Jan Ole ihm verrät, dass wir uns bei Oma schon einmal begegnet sind.«

»Sehr gut, übermorgen ist die Bürgerversammlung, bis dahin versuchen wir mehr herauszufinden. Wir müssen nur noch dafür sorgen, dass Jens Sønderstrand nichts von deiner Verbindung zu uns erfährt.«

»Sønderstrand? Warum denn das?«

»Weil wir glauben, dass sich unser geschätzter Verwaltungschef schmieren lässt. Aber das lass mal meine Sorge sein, dem werden wir Feuer unterm Hintern machen.«

Britta hob ihr Glas. »Darauf stoßen wir an. Ich bin so erleichtert, dass du jetzt alles weißt.«

Ida prostete ihr zu und erwiderte grinsend: »Na ja, über das Interessanteste haben wir noch gar nicht gesprochen. Wie war das noch gleich mit Jan Ole auf der Baustelle, Schwesterherz?«

Das Telefonat mit Charlotte

Britta wurde von ihrem Handy aus dem Schlaf gerissen. Mit der einen Hand rieb sie sich die Augen, während sie mit der anderen nach dem Telefon tastete. Mist, wo war das Ding bloß? Der Rufton verstummte. Britta stieß ein unzufriedenes Schnauben aus. Offenbar hatte sie entgegen ihrer Gewohnheit ihr Telefon gestern Abend in ihrer Handtasche gelassen. Normalerweise schloss sie es doch sofort zum Aufladen an, sobald sie nach Hause kam. Britta schwang sich aus dem Bett, stolperte zur Handtasche und fischte das Handy heraus. Wer rief denn mitten in der Nacht an? Ihr Blick fiel auf das Fenster. Sonnenlicht sickerte unter den Vorhängen hindurch.

Sonnenlicht?

Mit einem Satz war Britta am Fenster und riss den Vorhang zurück. Draußen war es taghell. Himmel, ich habe verschlafen, schoss es ihr durch den Kopf. Wie viel Uhr haben wir?

Sie schaltete das Display ihres Smartphones an und atmete erleichtert auf. Gleich zwanzig nach acht. Um halb zehn wollte sie sich mit Andy treffen, genug Zeit, um sich fertig zu machen und eine Kleinigkeit zu frühstücken.

Sie wollte gerade ihr Telefon aus der Hand legen und unter die Dusche springen, als es wieder klingelte. Britta seufzte. Es war die Nummer ihrer Mutter. Einen Wimpernschlag lang war sie versucht, es weiter klingeln zu lassen, schließlich hatte sie in den letzten Tagen genügend Nachrichten auf der Mailbox ihrer Mutter hinterlassen. Auf der anderen Seite wollte sie mit ihr sprechen, vielleicht nur nicht sofort, so kurz nach dem Aufwachen. Blödsinn! Es gab keinen guten Zeitpunkt für das, was sie zu sagen hatte.

»Hi, Mama.«

»Britta? Britta, ich hab diese ganzen Nachrichten von dir auf der Mailbox. Ich habe … Warum bist du überhaupt auf Læsø? Was machst du in Dänemark? Ich meine, hast du Urlaub?«

Charlotte klang so nervös und aufgeregt, wie sie sich selbst fühlte, bemerkte Britta. *Warum bist du auf Læsø?* In dieser Frage schwang so viel mit. *Wieso hast du deinen Vater gefunden?*

»Ich bin auf der Insel, weil hier der Ferienpark gebaut wird, mit dem ich mich seit einem Vierteljahr beschäftige. Das Projekt, von dem ich dir schon erzählt habe, aber wahrscheinlich hast du nicht richtig zugehört, sondern dir nur Sorgen gemacht, dass ich zu viel arbeite. Und ob du es glaubst oder nicht, ich habe hier meine Halbschwester getroffen. Meine Halbschwester, meine Tante, meinen Onkel, meinen Großonkel, meine Oma, meinen Vater – habe ich jemanden vergessen? Kurz, ich habe die netten, tollen, freundlichen und liebenswerten Menschen getroffen, die meine Familie sind. Menschen, bei denen du entschieden hast, dass sie es nicht wert sind, dass ich sie kennenlerne.« Britta spürte, dass sie kurz davor war, wieder loszuheulen.

»Ach, Kind, das wollte ich nicht. Ich hab doch nur das Beste gewollt, für mich, für …«

»Natürlich für dich. Denn das ist ja das Erste, woran du denkst. Wie kann das Leben von Charlotte Hoffmann möglichst in Balance bleiben? Da stört so eine dänische Familie ja nur«, fauchte Britta.

»Nein, Britta, nein, das ist nicht wahr. Du bist verletzt, das verstehe ich, aber du musst mir glauben, dass das nicht der Grund ist.«

»Ach nein? Das muss ja ein ganz besonderer Grund sein, wenn man seiner Tochter dreißig Jahre lang den Vater vorenthält.« Brittas Stimme überschlug sich, und mit einem Anflug von Genugtuung registrierte sie, dass ihre Mutter betroffen schwieg.

»Weißt du was? Ich bin unausgeschlafen, ich habe ein paar völlig verrückte Tage hinter mir. Mein Kopf fährt Achterbahn. Und du hast recht, Mama, ich bin verletzt.«

»Britta! Ich …«

»Ich kann jetzt nicht mehr, Mama.«

Britta hörte am anderen Ende ein leises Aufschluchzen, beendete das Telefonat, ließ das Telefon auf den Tisch fallen und warf sich aufs Bett. Das Kissen erstickte ihr Weinen. Sie hatte sich unzählige Male ausgemalt, was sie ihrer Mutter alles sagen wollte. Vor allem aber, wie sie es ihr sagen wollte: kühl, gefasst, anklagend, verletzend, stark, emotionslos – nichts davon hatte funktioniert. Sie weinte wie ein kleines, verletztes und verängstigtes Mädchen in ihr Kopfkissen.

In der Tischlerei

Diesen Vormittag hätte Britta am liebsten aus dem Logbuch ihres Lebens gestrichen, und zwar für immer. Sie hatte sich während der letzten Stunden nur mühsam konzentrieren können. Sogar Daniel war aufgefallen, dass mit ihr etwas nicht stimmte. Britta hatte ihm und Andy erklärt, dass es bei ihr zu Hause in Frankfurt Probleme gebe. Sie hatte weder Lust noch Interesse daran, den beiden Männern private Einzelheiten anzuvertrauen. Andy fragte nicht nach, dafür war Britta dankbar, und Daniel nahm sich ein Beispiel an ihm. Überhaupt verstand sich Daniel zunehmend besser mit Andy Wilson, die beiden waren sogar zusammen mittagessen gegangen.

Noch vor wenigen Tagen wäre Britta deshalb beunruhigt gewesen, aber heute war ihr alles egal. Sie zählte lediglich die Stunden bis zum Wiedersehen mit Jan Ole. Der hatte in einer kurzen SMS gefragt, ob sie am Nachmittag zu ihm in die Werkstatt kommen könne. Und da war sie nun.

Zuerst dachte Britta, sie hätte die falsche Adresse in ihr Navigationssystem eingegeben, denn hier stand ein kleines Bauernhaus; die blauen Fensterrahmen schrien geradezu nach einem neuen Anstrich, und der Garten war verwildert und zugewuchert. Sollte das die Tischlerei Kramer sein? Britta stieg aus ihrem Cabrio und ging zögernd die Auffahrt entlang. Hinter einem Rhododendronbusch, halb verdeckt durch die großen rosa Blüten, fand sie ein geschnitztes Schild.

»J.O.K – Tømrer«, las Britta. Unter dem Schriftzug wies ein Pfeil weiter die Auffahrt hinauf. Jetzt konnte Britta auch leise Musik hören, irgendwo weiter hinten im Garten lief ein Radio.

Hinter dem Bauernhaus gab es noch drei weitere Nebengebäude, das größte davon mit bodentiefen Fenstern. Das musste es sein. Britta schlängelte sich vorsichtig an zwei Bretterstapeln vorbei und achtete darauf, der Euro-Palette mit in Folie eingeschweißten Fenstern nicht zu nahe zu kommen. Keine Frage, das sah schon mehr nach Tischlerei aus. Eine Türklingel suchte Britta vergebens, also klopfte sie entschlossen. Sekunden später öffnete Jan Ole die Tür.

»Hej, Britta.«

Während der Hinfahrt hatte Britta versucht, sich vorzustellen, wie wohl das Wiedersehen mit Jan Ole sein würde, der erste Moment, wenn sie sich gegenüberstanden. Jetzt, wo es so weit war, fühlte es sich … ja, irgendwie vertraut an. Jan Ole beugte sich vor und küsste sie sanft. Britta erwiderte den Kuss. Jeder Zweifel, ob die Zärtlichkeiten am Abend zuvor nur eine einmalige Angelegenheit gewesen waren, schmolz dahin.

«Komm rein, ich muss nur noch eben eine Schranktür anschrauben, dann habe ich Zeit für dich.«

Jan Ole blinzelte in die Nachmittagssonne. Er zog Britta durch den kleinen Flur und deutete einladend auf eine große, offen stehende Holztür. »So, das ist meine Tischlerei.«

Es war, als würde Britta eine andere Welt betreten. Während Jan Ole an einem großen Tisch weiterarbeitete, schlenderte sie durch die Werkstatt. Der Unterschied zwischen dieser Werkstatt und der Umgebung hätte nicht größer ausfallen können. Draußen das heruntergekommene Bauernhaus und der verwilderte Garten und hier drinnen moderne Maschinen und Metallschränke. Werkzeuge hingen geordnet an der Wand, große verzinkte Industrielampen sorgten für genügend Licht. Diese Lampen hätten auch gut in ein Loft gepasst. An einer Wand stand eine alte Hobelbank, das Holz war verschrammt, aber alle Eisenteile glänzten schwarz, und nirgendwo war eine Spur von Rost zu sehen. Diese Hobelbank wurde liebevoll gepflegt, so viel war sicher. Weiter hinten gab es eine

Vitrine mit kleinen Modellen, und an einer freien Wand hingen große Fotos von Tischen, Stühlen, Schränken und Holzhäusern – möglicherweise alles Arbeiten, die Jan Ole für Kunden angefertigt hatte. Britta war in den letzten Jahren zwei Mal bei verschiedenen Tischlereien gewesen. Einmal hatte sie sich Regalbretter zuschneiden lassen und bei einer anderen Gelegenheit eine Schublade ihres Küchenschranks zur Reparatur abgegeben. Jan Oles Werkstatt war nicht zu vergleichen mit den zugestaubten Handwerksbetrieben, die sie kennengelernt hatte.

»Und, gefällt es dir?«, fragte Jan Ole von seinem Arbeitstisch aus.

»Hast du diese Modelle hier in der Vitrine alle selbst gebaut?«

»Ja, ich habe in den letzten Jahren gelernt, dass viele Kunden mit einer Zeichnung wenig anfangen können. Aber wenn sie ein Modell in der Hand haben und dieses Modell auf einem Grundriss ihres Zimmers hin und her schieben können, dann ist das fertige Möbelstück für sie viel besser vorstellbar.«

»Lohnt sich das denn? So ein Modell zu bauen, macht doch sicher schrecklich viel Arbeit.«

»Ja, schon, aber mir erspart es am Ende eine Menge Ärger und Frustration. Im Grunde ist es vom Arbeitsaufwand her Irrsinn, so ein Modell herzustellen. Andererseits bezahlen die Leute gutes Geld für einen individuell entworfenen Schrank. Das ist dann eben kein Möbelstück aus dem Discounter, das ist ein Unikat. Da darf der Kunde schon etwas mehr erwarten. Außerdem machen mir die Modelle Spaß, sie sind eher ein Hobby als Arbeit.«

Britta trat näher an die Vitrine und betrachtete die einzelnen Stücke, darunter drei Bauernschränke und eine wundervolle kleine Kommode.

»Die Schränke und die Kommode sind ja zauberhaft. Nach so einem Schrank würde sich jeder Puppenstubensammler die Finger lecken.«

Jan Ole wischte sich an einem Lappen die Hände sauber, trat hinter Britta, legte seine Arme um sie und hauchte einen Kuss in ihr Haar. »Kann sein, dass manche Sammler die Modelle gern hätten – diese Schränke werden jedoch in genau dieser Vitrine auf dieser Insel bleiben. Aber ich freue mich, dass dir meine Arbeiten gefallen.«

Britta betrachtete die gebräunten, muskulösen Unterarme und die kräftigen Hände, die sie umfangen hielten. Sie lehnte sich an Jan Ole und genoss den Duft von würzigem Holz auf seiner Haut. Für einen Moment stellte sie sich vor, wie es wohl wäre, wenn diese kräftigen Hände über ihre Haut streicheln würden. Sie atmete schneller. Nein, stopp! Sie kannte diesen Mann doch noch gar nicht. Ihr Ex Christopher war nett gewesen – aber Leidenschaft? Die gehörte bei ihm nicht zum Programm. Mit Jan Ole war schon jetzt alles so anders als mit Christopher.

Sanft, aber bestimmt löste sich Britta aus seiner Umarmung. Um sich auf andere Gedanken zu bringen, fragte sie: »Gibt es einen besonderen Grund, aus dem du mich hierhergebeten hast?«

»Äh, was?« Britta registrierte, dass auch Jan Ole offenbar mit seinen Gedanken woanders gewesen war. »Ach ja, stimmt. Komm doch mal bitte hier rüber, ich möchte dir etwas zeigen.« Jan Ole führte sie an der Hand zu einem großen Tisch. Erstaunt stellte Britta fest, dass dort unter einer Glasplatte eine Art Landkarte lag.

»Das ist die offizielle Größe deines Ferienparks. Ich hab mir die Katasterpläne besorgt und einen Ausschnitt mit dem Kopierer vergrößert.« Ja, jetzt erkannte Britta den Umriss des Baugeländes. Jan Ole trat an ein Regal und nahm einen Karton zur Hand. Er griff hinein und stellte ein kleines Holzhäuschen auf den Katasterplan, wie bei einem Monopoly-Spiel. Britta ahnte, was jetzt kommen würde. »Sag nichts, ich glaube, ich weiß, was du mir zeigen willst. Das Häuschen ist maßstabsgerecht, nicht wahr?«

»Ganz genau, ich habe die Maße der Holzklötzchen angepasst. Das hier ist das kleinste Modell, und dann gibt es noch diese beiden – das sind die drei ursprünglich geplanten Hausgrößen, von denen in der ersten Ausschreibung die Rede war. Du hast gesagt, davon wolltet ihr dreißig errichten lassen.« Jan Ole stellte verschieden große Klötzchen auf den Plan. »So, jetzt haben wir dreißig Häuser. Das sieht großzügig und weitläufig aus, nicht wahr?«

Erneut griff er in den Karton. »Hier haben wir den neuen, viel kleineren Haustyp. Dieses Modell entspricht den Wünschen von Andy Wilson.« Jan Ole schob mit der Hand die dreißig Häuser zur Seite und stellte das neue Modell auf den Tisch. »Weil ich gerade dabei war, habe ich von den neuen Häusern direkt fünfundsiebzig gesägt.«

Jan Ole kippte den Karton aus, und über die Karte ergossen sich Minihäuschen. Gemeinsam stellten er und Britta die Häuschen auf und verteilten sie auf dem Katasterplan. Britta schnappte empört nach Luft. Davon zu hören war eine Sache, aber mit eigenen Augen zu sehen, wie die Häuser den kompletten Plan ausfüllten, wie sie dicht an dicht standen, war etwas ganz anderes.

Tatsächlich erwies es sich schon als schwierig, auf Anhieb alle fünfundsiebzig Häuser auf dem Baugrundstück zu verteilen. Erst als sie den Abstand zwischen den Häusern noch weiter verringerten, gelang es ihnen, die volle Anzahl zu platzieren. Britta trat einen Schritt zurück und begutachtete das entstandene 3-D-Modell des Ferienparks Læsø. »Das sieht völlig überfüllt aus, da will man doch nicht Urlaub machen.«

»Schrecklich, nicht wahr? Es ist wie mit den kleinen Möbeln drüben in der Vitrine. Im Gegensatz zu Rechtecken auf einem Stück Papier sieht es gleich ganz anders aus, wenn man so einen kompletten Bebauungsplan zum Anfassen vor sich hat. Ich dachte mir, dass du den Katasterplan und die Minihäuschen mit nach Frankfurt nehmen solltest. Ich weiß ja nicht, mit wem du dort sprechen wirst, aber vielleicht geht es deinen Gesprächspartnern genauso wie dir gerade beim ersten Anblick des überfüllten Bebauungsplans. Ich habe mir überlegt, dass dir das helfen könnte, deinen Standpunkt zu unterstreichen.«

Britta legte ihre Arme um Jan Oles Nacken und küsste ihn. Damit sie in der Agentur besser argumentieren konnte, hatte er diese ganzen Holzhäuser gesägt.

»Noch nie hat ein Mann für mich mehr als hundert Holzhäuser hergestellt!«

»Dann hast du bislang mit den falschen Männern zu tun gehabt«, erwiderte Jan Ole grinsend. »Und es gibt noch etwas, dafür brauche ich aber deine Hilfe. Was hältst du davon, wenn wir zusammen ein etwas größeres maßstabsgerechtes Modell des ursprünglich geplanten Haustyps basteln? Und noch ein Modell von der neuen, kleineren Version. Ich denke, du wirst für deine Argumentation jede erdenkliche Hilfe gebrauchen können.«

»Aber ist das nicht sehr aufwendig?«

Jan Ole schüttelte den Kopf. »Das Holz habe ich schon gesägt, es muss nur noch glatt geschliffen werden. Diese Aufgabe könntest du übernehmen. Und dann müssen wir die Einzelteile zusammenkleben.« Er schaute kurz auf die große Wanduhr. »Es ist fast fünf, bis zum Abendessen könnten wir fertig sein. Ich habe heute Mittag eine Nudelsauce vorbereitet, da hinten ist eine kleine Küche. Später könnte ich die Sauce aufwärmen und Nudeln kochen. Im Kühlschrank findest du übrigens Wasser und Saft, und eine Flasche Weißwein habe ich auch schon kalt gestellt. Zur Not müssen wir eben nach dem Essen noch weitermachen.«

***

In den nächsten zwei Stunden arbeiteten Britta und Jan Ole Hand in Hand. Als junges Mädchen hatte Britta gern mit Holz gebastelt. Während ihrer Studienzeit hatte sie ihr Wohnheimzimmer mit alten Möbeln ausgestattet, die sie im Hobbyraum eines Bekannten abschliff und neu lackierte. Etwas Greifbares mit den Händen zu schaffen, war eine willkommene Abwechslung zum Lernen gewesen. Daran hatte sie in den letzten Jahren gar nicht mehr gedacht. Seit sie in Frankfurt lebte, war sie ganz in ihren Agenturaufgaben aufgegangen. Jetzt jedoch stellte sie fest, wie viel Spaß ihr die Arbeit mit Holz machte. Vielleicht war es aber vor allem das Basteln mit Holz und Jan Ole, das sie so begeisterte.

Sie genoss seine Nähe, die beiläufigen Berührungen, sein Lächeln und … zugegeben, den einen oder anderen leidenschaftlichen Kuss.

Unter Jan Oles geschickten Händen entstand in kürzester Zeit eine kleine Holzhütte. Das Besondere daran war, dass man deren hinteres Drittel entfernen konnte.

»Schau mal, Britta«, erklärte Jan Ole, »das ist der ursprünglich von euch geplante Haustyp. Wenn ich das hintere Drittel wegnehme, sieht man, um wie viel kleiner die von Wilson gewünschten Häuser sind.«

»Eindrucksvoll. So kann es jeder erkennen«, sagte Britta bewundernd.

»Ich denke, wir lassen das jetzt mal trocknen. Ich kümmere mich um unser Abendessen, und du könntest da drüben den Tisch frei räumen und decken«, schlug Jan Ole vor.

Britta holte Teller, Besteck und Gläser aus der kleinen Küche. Sie fand sogar zwei alte Kerzen und blau-weiß-karierte Geschirrtücher in einem Regal. Während Jan Ole die Nudeln kochte, dekorierte Britta damit den Esstisch.

»Wem gehört eigentlich das heruntergekommene Bauernhaus vorn an der Straße?«, fragte Britta.

»Dort hat mal der Besitzer dieser Gebäude gewohnt. Er ist vor einem Jahr gestorben, und seine Familie lebt auf dem Festland. Die kümmern sich nur wenig um das Haus und das

Grundstück. Ab und zu mähe ich mal die Wiese, aber oft fehlt mir dafür die Zeit. Ich bin ganz froh, dass ich die drei Nebengebäude langfristig gemietet habe. Laufkundschaft habe ich ganz selten, meistens fahre ich zu meinen Auftraggebern. Es macht also nichts, dass es hier nicht so toll aussieht. Viel wichtiger: Ich habe genug Platz. Die Miete ist günstig, ich kann das Holz lagern, und hinten gibt es sogar noch einen Raum, um Lackierarbeiten auszuführen.«

Während Jan Ole im Nudeltopf rührte, dachte Britta nach. Die nächste Frage war ihr ein wenig peinlich, schließlich wollte sie nicht neugierig erscheinen. »Und … wo wohnst du?«

Jan Ole streckte den Kopf aus der Küchentür und grinste. »Ah, daher weht der Wind … du hättest gerne eine Einladung in mein schnuckeliges Zuhause.«

»Werd bloß nicht frech!«

»Schon gut – ich wohne in einem ehemaligen Ferienhaus in Nordmarken, ganz in der Nähe vom Strand. Ich konnte das Holzhaus und das Grundstück dort vor drei Jahren kaufen, anschließend habe ich es renoviert und umgebaut.« Jan Ole kam näher und schaute Britta tief in die Augen. »Wenn du möchtest, zeige ich dir später das Haus.«

Britta sah das Begehren in seinen Augen. Sie lächelte etwas unsicher. »Ich glaube, das müssen wir verschieben. Ich fürchte, ich werde sonst meinen Termin morgen früh nicht einhalten können.«

Für einen Augenblick sah Jan Ole enttäuscht aus, doch dann lächelte er. »Du hast recht, wahrscheinlich hätte ich dir nicht nur mein Haus gezeigt.«

Britta biss sich kurz auf die Unterlippe. Ja, Jan Ole war anders als Christopher, aber ihre Beziehung sollte sich langsam entwickeln, sie war zu wertvoll, um die Dinge zu überstürzen. »Ich bin sowieso bis Sonntag hier, und Montag habe ich noch frei. Weißt du was, ich bleibe einfach einen

Tag länger. Die Zeit nehme ich mir. Und ich komme ganz sicher sehr bald wieder, schon wegen meiner Familie, und …«

»Was – und?«

»Und da bleibt noch genügend Zeit, um mir dein Haus zu zeigen.«

»Ich nehme dich beim Wort, Britta Hoffmann.«

Finger weg von meiner Insel

Andy Wilson hatte angeboten, Daniel vom Hotel aus zur Bürgerversammlung mitzunehmen. Britta war das nur recht, so konnte sie vor dem Treffen noch kurz bei Ida vorbeischauen.

Die Sporthalle in Østerby Havn, die dem Ort auch als Veranstaltungshalle diente, war bis auf den letzten Platz besetzt, als sie mit ihrer Schwester dort eintraf. Angesichts der vielen Menschen zögerte Britta beim Betreten der Halle, sodass ihr Ida einen sanften Schubs geben musste, damit sie weiterging.

»Na los, nur keine Sorge, das wird alles gut gehen«, flüsterte Ida eindringlich. Doch Britta schlug das Herz bis zum Hals. Die Halle war von Stimmengemurmel erfüllt, zahlreiche Köpfe drehten sich zu ihnen um, neugierig, wer wohl noch zu diesem Treffen erscheinen würde. Die Ankündigung, dass heute Abend die Initiative »Mein Læsø – Finger weg von meiner Insel« über das geplante Ferienpark-Projekt informieren wollte, hatte augenscheinlich die halbe Insel mobilisiert.

Britta und Daniel hatten in den letzten beiden Tagen zahlreiche Gespräche mit Handwerkern und Baufirmen geführt. Sie hatten sich mit Verwaltungsbeamten von der Insel und vom Festland getroffen. Doch Brittas Hoffnung, dabei am Rande mehr über Andy Wilsons Pläne zu erfahren, hatte sich leider nicht erfüllt.

»Ich glaube, das war keine gute Idee, heute Abend hierherzukommen, vielleicht sollte ich einfach wieder verschwinden«, raunte Britta Ida zu.

»Quatsch. Wir kriegen das schon hin.«

»Ida«, flüsterte Britta, »was ist, wenn Sønderstrand spitzkriegt, dass Marie meine Tante ist? Das steckt der doch sofort Wilson.«

»Deshalb habe ich die Spezialeinsatztruppe Sønderstrand gegründet, am Ende des Abends hat der ganz andere Probleme.« Ida grinste verschwörerisch.

»Welche Einsatztruppe?«

»Oma. Lass mich nur machen.«

Britta war das alles nicht geheuer. Was hatte Ida vor? Doch die reckte nur den Daumen hoch, grinste und ging durch die Stuhlreihen zur Bühne.

Direkt davor, in der ersten Reihe, saß bereits Andy Wilson, und eine Reihe dahinter nahm gerade Daniel Platz. Neben ihm saß eine junge Frau mit sehr knappen Jeansshorts und einem nabelfreien, engen T-Shirt, das bei einigen Herren für deutliches Interesse und Stielaugen sorgte. Wer war die Frau? Britta kam sie irgendwie bekannt vor. Wo hatte sie sie schon einmal gesehen? Ach ja, richtig, im Hotel, in der Eingangshalle – sie wohnte wohl auch dort. Und was war das? Hielten die beiden etwa Händchen? Britta traute ihren Augen kaum. Wo und wann hatte Daniel denn Zeit gefunden … Fass dich besser an die eigene Nase, ermahnte sich Britta. Schließlich hatte sie auch genug Zeit gehabt, Jan Ole näherzukommen. Bei dem Gedanken an seine Küsse wurde ihr ganz heiß.

Ein Blick auf die Uhr. Noch fünf Minuten, bis die Veranstaltung anfing. Wie warm es hier drin war! Sie reckte den Hals, sah sich um, konnte Jan Ole aber nicht entdecken. Er hatte fest versprochen, zu kommen. Sie konnte es gar nicht abwarten, ihn wiederzusehen.

Jetzt hatte Andy sie entdeckt. Er winkte ihr zu und deutete mit der Hand auf einen freien Platz neben sich. Also dann, auf in den Kampf, dachte Britta. Entschlossen ging sie durch den Hauptgang nach vorn.

***

»Und deshalb können wir jedem Grundstücksbesitzer nur raten, sich sehr genau zu überlegen, ob er dabei mithelfen will, unsere Insel zu verramschen.« Ida schob ihre Karteikarten, die sie als Stichwortzettel benutzt hatte, zu einem ordentlichen Stapel zusammen und steckte sie wieder ein.

Britta fand, dass ihre Schwester die Karten gar nicht nötig gehabt hätte, Ida hatte nur ein, zwei Mal darauf geschaut, um ein paar Zahlen korrekt wiederzugeben. Sie war überzeugend und glaubwürdig gewesen, ohne den Eindruck zu erwecken, dass sie sich fanatisch gegen jede Veränderung stemmte. Ida würde auch eine gute Figur in einem öffentlichen Amt machen, dachte Britta.

Während des Vortrags hatte sie leise die wichtigsten Passagen für Andy Wilson übersetzt. Der hatte unbewegt die Übersetzung mitangehört und nur ab und zu empört geschnaubt.

Ida deutete in die erste Reihe der Halle. »Ich darf jetzt den Chef der Inselverwaltung, Jens Sønderstrand, auf die Bühne bitten. Jens will euch kurz vorstellen, wie er das Projekt beurteilt.«

Vereinzelter Beifall begleitete Sønderstrand auf seinem Weg zum Rednerpult. Britta rutschte auf ihrem harten Holzstuhl nach vorn. Jetzt wurde es interessant.

»Ida, ich danke dir für die engagierte Darstellung eurer Sicht.« Sønderstrand schenkte Ida ein liebenswürdiges Lächeln. Sie schaute ihm direkt in die Augen, erwiderte das Lächeln jedoch nicht. »Allerdings gibt es doch etliche Punkte, bei denen ich der Initiative widersprechen muss. Dieser Ferienpark ist ein Gewinn für unsere Insel. Ich selbst habe mit den Planern und der Beratungsagentur zusammengesessen. Beide sind übrigens heute Abend bei uns vertreten. Darf ich euch vorstellen: die reizende Britta Hoffmann, die die Planungsarbeiten seit drei Monaten als Projektleiterin begleitet. Und Mr Wilson von Bradford International, der extra aus London zu uns auf die Insel gekommen ist, um mit mir über das Projekt zu sprechen.«

Sønderstrand nickte lächelnd in Richtung Andy Wilson und Britta. Ihr war diese Aufmerksamkeit unangenehm, Andy dagegen setzte ein strahlendes Lächeln auf, nachdem ihm Britta Sønderstrands Kompliment übersetzt hatte. Sønderstrand fuhr fort: »Ich habe mich davon überzeugt, dass unsere Insel nicht zu kurz kommt. Nein, im Gegenteil, ich denke, in ein paar Jahren werden wir alle sehr froh darüber sein, dass wir diesem Ferienpark zugestimmt haben.«

In den nächsten zehn Minuten umriss Sønderstrand den Ferienpark, so wie Britta ihn vor Augen gehabt hatte. Er lobte das Engagement von Bradford International und hob deren Erfahrung in anderen Ländern hervor.

Kein Wort von schuhschachtelgroßen Häusern oder Knebelverträgen für Handwerker. Hätte Britta diese Einzelheiten nicht von Jan Ole erfahren, sie wäre hochzufrieden gewesen mit dem Vortrag des Verwaltungschefs. So aber wusste sie, dass das, was Sønderstrand vortrug, nicht mit den Plänen von Andy Wilson übereinstimmte. Kannte Sønderstrand die nicht?

»Aber vielleicht habt ihr ja ganz konkrete Fragen, die ich beantworten kann.«

Sønderstrand schaute sich suchend im Saal nach einer ersten Wortmeldung um. Ohne zu zögern ergriff Ida das Wort. »Jens, nach deinem Vortrag ist mir nicht ganz klar, wie verbindlich die Planungen schon sind. Der Plan, den du uns vorgestellt hast, klingt gut. Aber wer garantiert uns denn, dass es bei diesem Plan bleibt?« Sie erhob die Stimme: »Was wäre denn, wenn der Geldgeber plötzlich auf den Gedanken käme, dass man das Ferienhausgebiet auch viel dichter bebauen könnte?«

An Jens Sønderstrands linkem Augenlid begann ein winziger Muskel zu zucken. »Ida, bei allem Respekt – ich möchte doch vorschlagen, dass nun zuerst die anderen Mitbürger zu Wort kommen sollten. Die offiziellen Pläne habe ich euch allen soeben vorgestellt. Gibt es Fragen dazu aus dem Publikum?« Mit einer geschmeidigen Bewegung seines Armes lud er die versammelten Bürger ein, sich zu Wort zu melden.

»Ja, dort hinten.«

»Jens, das klingt alles sehr schön, aber was hast du persönlich davon, wenn dieser Ferienpark gebaut wird?«

Britta zuckte zusammen, als sie die Stimme ihrer Oma erkannte.

»Ich bitte dich, ähm, Anne, richtig? Ich setze mich für das Wohl Læsøs ein, das ist meine Aufgabe, dafür werde ich bezahlt.«

»So sollte es sein, lieber Jens, aber wie kommt es, dass du im nächsten Jahr Urlaub in der Karibik machen willst?«

Selbst von ihrem Platz aus sah Britta, wie Sønderstrand nervös schluckte.

»Ich denke, die Urlaubspläne meiner Familie spielen hier keine Rolle.« Auf seinem Hals breiteten sich rote Flecken aus. »Gibt es weitere Fragen?«

»Ich bin noch nicht fertig, Jens.« Annes Stimme hatte alles Unverbindliche eingebüßt. Bei ihrem Tonfall wurde es mucksmäuschenstill im Saal.

»Deine Urlaubspläne gehen uns wirklich nichts an, aber wie sieht es mit dem neuen Bankkonto aus, das du in Frederikshavn eröffnet hast; und warum hat dir Bradford International 75.000 Kronen überwiesen, mit dem Hinweis ›erste Rate‹ als Verwendungszweck?«

Britta dachte im ersten Moment, sie hätte nicht richtig gehört. 75.000 Kronen, das waren mehr als 10.000 Euro.

»Was hat die Alte gesagt?«, fragte Andy eindringlich. Britta hätte ihn bei diesem gehässigen »die Alte« fast angefahren, riss sich aber im letzten Moment zusammen. Sie suchte in seinem Gesicht nach einem Anzeichen von Schuldbewusstsein.

»Bradford International soll Sønderstrand 10.000 Euro gezahlt haben. Stimmt das, Andy?«

»Dammned, der Idiot.«

Andy biss sich wütend auf die Lippen, aber Britta reichte das, was er gesagt hatte, vollkommen aus. Es war also wahr.

Auf der Bühne bröckelte inzwischen die professionelle Fassade des Jens Sønderstrand.

»Das ... das ist eine bösartige Unterstellung. Solche Vorwürfe muss ich mir nicht anhören. Ich ...« – der Rest seiner Ausführungen ging in dem halblauten Gemurmel unter, das sich überall im Saal ausbreitete wie Wellen am Strand.

«Wie konntest du nur?«, tönte eine klare helle Frauenstimme durch das Stimmengewirr. Sønderstrand zuckte zusammen, als sei er geohrfeigt worden. »Jens. Hast du eigentlich mal daran gedacht, was du mir und den Kindern antust, wenn du dich kaufen lässt?«

Britta ahnte, wer sich da zu Wort gemeldet hatte; offenbar war es Anne und Marie gelungen, auch Sønderstrands Frau zu überzeugen.

»Aber Schatz, doch nicht hier, vor allen Leuten ...«

»Oh doch, genau hier. Jens, du solltest dich schämen. Ich möchte unseren Nachbarn weiter in die Augen schauen können. Ich verspreche hiermit allen, dass wir das Geld nicht annehmen werden. Du hast einen Fehler gemacht, aber du hast in den letzten Jahren auch viel für Læsø geleistet. Ich bitte alle im Namen unserer Familie um Entschuldigung. Wir Sønderstrands werden alles tun, damit es Læsø weiterhin gut geht. Deshalb sage ich: Finger weg von meiner Insel.«

Die letzten Worte gingen in tosendem Beifall unter. Jens Sønderstrand starrte sprachlos und mit hochrotem Kopf in den Saal, bevor er fluchtartig die Bühne verließ und zu einem Seitenausgang lief.

»Sie müssen mir nicht alles übersetzen, ich befürchte, ich ahne, worum es da gerade ging. War das eben Mrs Sønderstrand?«, fragte Andy Wilson. Britta nickte stumm.

»Es gibt eine Menge zu tun, Britta. Ich werde morgen Vormittag zurück nach London fliegen.« Wilson erhob sich eilig, machte aber keine Anstalten, auf Britta zu warten, und schob sich rücksichtslos durch die aufgeregt diskutierenden Gruppen, die sich inzwischen überall gebildet hatten.

Britta blieb völlig benommen sitzen. Der Saal um sie herum tobte, doch sie hockte erschöpft auf ihrem Stuhl und versuchte, einen klaren Gedanken zu fassen. Sie senkte den Blick, das half ihr sonst immer beim Nachdenken. Ihre Augen folgten dem Muster des Hallenfußbodens, dunkelbraun, aus Holz, matt und ein wenig zerkratzt vom jahrelangen Gebrauch.

Was war das denn? Neben dem Stuhl, auf dem Andy gerade noch gesessen hatte, lag etwas Silbernes. Britta beugte sich schnell vor und hob es auf. Ein USB-Stick, der war Andy wohl aus der Hosentasche gerutscht. Sie sprang auf, wollte ihm hinterherrufen, doch er war bereits in der Menge verschwunden. Nachdenklich steckte sie den USB-Stick in ihre Umhängetasche.

Ida kam ihr breit grinsend entgegen und warf sich auf den freien Stuhl. »Na, Schwesterherz, wie hat dir deine Oma gefallen? War das ein toller Auftritt? Wie im Kino, nicht wahr?« Ida umarmte Britta und drückte sie lachend an sich. »Sønderstrand wird uns nicht mehr in die Quere kommen, das ist sicher.« Nachdem sich Britta aus Idas Umarmung gelöst hatte, fiel ihr Blick auf Daniel, der sie irritiert ansah. Ein Glück, dass er kein Dänisch spricht, schoss es Britta durch den Kopf, sonst hätte Idas Ausruf dafür gesorgt, dass er über meine Familie Bescheid weiß. Trotzdem sah sie mit Unbehagen, dass Daniel mehrmals forschend in ihre Richtung blickte, um dann mit seiner Bekannten zu tuscheln.

»Ida, du musst mir unbedingt erklären, wie ihr das mit dem Konto und der Zahlung herausgefunden habt, das sind doch Bankgeheimnisse!«

»War gar nicht schwer, Britta. Oma und Marie haben Klara Sønderstrand besucht. Marie war nämlich bei der Arbeit auf Notizen gestoßen, in denen Jens Sønderstrand festgehalten hat, dass er den Bebauungsplan möglichst unbemerkt verändern will. Sønderstrand hatte sogar aufgelistet, wen er alles überzeugen wollte, um die Bebauungsrichtlinien aufweichen zu können. In Verbindung mit seinen Plänen für einen Karibikurlaub brachte uns das auf die Idee, einmal genauer hinzusehen. Klara Sønderstrand hat in den Unterlagen ihres Mannes gestöbert und einen Kontoauszug gefunden – ganz einfach.«

Britta fasste sich an die Stirn. »Das also meinte Andy Wilson, als er neulich sagte, dass er es nicht schätzt, wenn seine Investitionen keine Früchte tragen. Er hat doch tatsächlich Geld gezahlt, damit die Pläne in seinem Sinne verändert werden.«

Britta konnte über ihre Oma nur staunen; was für eine Frau! Dann aber vergaß sie Ida, Sønderstrand und Anne. In einem Seitengang stand Jan Ole und lachte sie an. Sein Lächeln war für sie wie ein Leuchtfeuer inmitten stürmischer See. Britta drückte noch einmal Idas Arm. Die grinste nur wissend. »Geh schon, ich kümmere mich um Oma.«

Mit Jan Ole am Hafen

Die Fischerboote mit ihren Netzen waren im Hafen sicher ein beliebtes Fotomotiv. Aber jetzt, kurz nach zehn am Abend, war der Teil des Hafens, wo sie lagen, menschenleer und perfekt geeignet für einen romantischen Spaziergang. Vom Jachthafen schwebten halblaut die Klänge eines Jazztrios herüber. Britta wusste schon jetzt, dass dies ein besonderer Moment war, den sie für immer in Erinnerung behalten würde. Sie spürte die Wärme von Jan Oles Körper, als sie Arm in Arm an der Kaimauer entlangschlenderten, und seufzte glücklich.

Der Moment der Ruhe war jedoch nur allzu schnell wieder vorbei.

»Kannst du mir mal erklären, was genau heute Abend los war?«, fragte Jan Ole. »Ich bin erst später dazugekommen, habe es für eine ganz normale Versammlung gehalten, und plötzlich springt Klara Sønderstrand auf und stellt ihren Gatten vor allen Leuten zur Rede. Meine Güte, was für eine Aufregung.«

»Um es kurz zu machen: Ida hat eine packende Rede im Namen der Initiative gehalten, und Sønderstrand hat sich für den Ferienpark und für Bradford International stark gemacht.« Britta hielt inne und fuhr nachdenklich fort: »Möglicherweise hätte er sogar die Mehrheit von dem Projekt überzeugen können; die Menschen auf der Insel kennen und schätzen ihn. Aber er hat sich schmieren lassen und sich damit wohl – zumindest was das Ferienpark-Projekt betrifft – unmöglich gemacht. Stell dir vor, seine Frau hat in seinen Kontoauszügen sogar schon eine Zahlung für einen luxuriösen Karibikurlaub entdeckt. Sønderstrand hat Bestechungsgeld angenommen, und auch schon damit begonnen, es auszugeben. Und er hatte sich bereits an die Arbeit gemacht, was den Ferienpark angeht. Marie, Ida und Oma haben Beweise dafür gefunden, dass Sønderstrand dafür sorgen wollte, dass die Bebauung viel dichter wird, als eigentlich erlaubt ist – so wie du es auf den Plänen gesehen hast, die Andy Wilson dir gezeigt hat.«

Jan Ole drehte den Kopf und küsste Britta sanft auf die Wange. »Ich fürchte, durch den Einfluss von Wilson ist dein Projekt jetzt in ein schlechtes Licht gerückt worden. Wahrscheinlich werden die Leute gar nicht mehr wahrnehmen, dass du ursprünglich ganz andere Pläne ausgearbeitet hattest.«

Wie lieb von Jan Ole, als Erstes darüber nachzudenken, was die Ereignisse des Abends für sie bedeuteten, dachte Britta.

»Das kannst du wohl laut sagen«, erwiderte sie. »Für alle in meiner Agentur muss es so aussehen, als hätte ich hier versagt.«

»Und du hast nichts in der Hand?«

»Nein. Wir wissen zwar, dass es eine Zahlung von Bradford International an Jens Sønderstrand gegeben hat. Aber was sagt das denn über Andy Wilsons Pläne? Gar nichts! Wenn ich doch nur an Wilsons Daten …«

Sie blieb abrupt stehen.

»Britta, was ist?«

Statt einer Antwort wühlte Britta hektisch in ihrer Umhängetasche. Mit einem triumphierenden »Ha« zog sie den USB-Stick heraus.

»Den habe ich im Saal gefunden, er lag neben Andy Wilsons Stuhl, wahrscheinlich ist es seiner. Wir sollten prüfen, was auf diesem Stick ist. Morgen müsste ich ihn natürlich zurückgeben.«

»Du bist aber ein wirklich böses Mädchen«, tadelte Jan Ole in gespielt ernstem Tonfall und grinste dabei von einem Ohr zum anderen. »Wenn sensible Daten darauf sind, ist er aber sicher verschlüsselt.«

Jetzt war es Britta, die grinsen musste. »Oh, ich weiß jemanden, der sich mit Passwörtern auskennt.«

»Doch nicht etwa hier auf der Insel?«

»Klar. Oma!«

»Na, ihr seid mir ja eine schreckliche Familie. Die Enkelin klaut Daten, und die Oma betätigt sich als Hackerin.«

»Du kennst meine Familie schon viel länger als ich, also beschwer dich nicht.« Britta stellte sich auf die Zehenspitzen und küsste Jan Ole sanft.

»He, das war schön, das musst du gleich noch mal machen.«

»Und was ist mit deinen moralischen Bedenken im Hinblick auf den USB-Stick?«

»Welche Bedenken? Ich steh auf Frauen, die auch mal etwas Verbotenes tun. Muss ich unbedingt auch deiner Oma sagen.« Britta boxte ihm vor die Brust.

»Untersteh dich, Jan Ole Kramer.«

Alles nur aus Plastik

»Hat Ida also ausgeplaudert, dass ich mich ein wenig mit dem Computer auskenne.« Anne Rasmussen schmunzelte geschmeichelt. »Dann lass mal sehen, was du da für mich hast, Kind.«

Britta wechselte einen amüsierten Seitenblick mit Jan Ole, der von einem Ohr zum anderen grinste, aber schlagartig eine unbeteiligte Miene aufsetzte, als Anne ihn ansah. »Glaube ja nicht, dass ich dein Grinsen nicht gesehen hätte, Jan Ole Kramer.«

»Aber Anne, du hast doch keine Augen im Hinterkopf.«

»Nein, aber ein Laptopdisplay vor der Nase, in dem du dich spiegelst, du Schlauberger.« Anne verdrehte die Augen. »Britta, bist du sicher, dass er nicht zu dumm für dich ist? Bei der Wahl des richtigen Partners kann man nicht vorsichtig genug sein, vor allem, wenn man gemeinsame Kinder haben will …«

»Oma!«

Anne drehte sich um und lächelte beide warm an. »Sag nicht, ich hätte dich nicht gewarnt, meine Kleine.« Sie drohte Jan Ole in gespieltem Ernst mit dem Zeigefinger. »Wenn du meiner Enkelin das Herz brichst, Jan Ole Kramer, zieh ich dir den Hosenboden stramm.«

»Ich werde mir Mühe geben, dass das nicht nötig ist, Frau Rasmussen«, versicherte Jan Ole ernst.

»Gut, dann haben wir einen Deal, junger Mann. So, und jetzt zum netten Teil des Abends. Britta, woher hast du denn diesen USB-Stick?«

»Ach, den hab ich gefunden«, erwiderte Britta vage. »Er lag nach der Versammlung zufällig unter dem Stuhl von Andy Wilson herum, und ich bin wirklich gespannt, was da drauf ist.«

Annes Augen funkelten vergnügt. »Soso, gefunden. Na, dann wollen wir mal sehen.« Sie öffnete mit mehreren Mausklicks verschiedene Fenster. »Hhm, tatsächlich passwortgesichert«, murmelte sie.

»Schade, ich hatte gehofft, es wäre einfacher, Oma.«

»Kein Problem. Das hier ist ein vierstelliges Passwort, mehr Schmuck als Schutz. Jede Wette, dass die ersten beiden Ziffern eine eins und eine neun sind. Weißt du, wie alt dieser Wilson ist?«

Britta zuckte ratlos mit den Achseln. »Etwas über 50, schätze ich.«

»Kind, das muss ich schon genauer wissen – ach, egal, so schwer kann das ja nicht sein.«

Britta staunte über die Geschwindigkeit, mit der ihre Oma tippte. »So, da ist die Website von diesen Immobiliengeiern. Ja, das habe ich mir schon gedacht. Natürlich gibt es hier eine Kurzvita von Andrew Wilson. Und … na bitte, da haben wir den Halunken in voller Schönheit.«

Britta warf Jan Ole einen kurzen Blick zu und sah, dass seine Mundwinkel vor unterdrücktem Lachen zuckten.

Anne wechselte nochmals das Programm, tippte eine 62 ein, und ein neues Fenster öffnete sich. »Der hat doch tatsächlich sein Geburtsjahr gewählt«, Anne schüttelte missbilligend den Kopf, »das ist allerunterste Schublade in Sachen Datensicherheit. So, Britta, was willst du wissen? Hier gibt es mehrere Ordner. Wo sollen wir anfangen?«

Britta beugte sich vor und sah einen Ordner mit dem Namen »COTTAGES_DESIGNS«.

»Kannst du bitte diesen Ordner als Erstes öffnen, Oma? Aber achte darauf, dass du keine Datei veränderst, sonst wird die mit einem neuen Datum versehen, und Wilson merkt am Ende, dass wir herumgeschnüffelt haben.«

Anne schnaubte abschätzig. »Einer, der ein vierstelliges Passwort verwendet, sieht so was doch gar nicht, aber ich bin schließlich keine Anfängerin – nur keine Sorge.« Anne öffnete den Ordner und klickte eine Datei an. Auf dem Laptopmonitor entstand das Bild eines Hausmodells.

Auf den ersten Blick sah es aus wie die schwedischen Holzhäuser, die für den Ferienpark vorgesehen waren. Jan Ole bemerkte als Erster den Unterschied. »Deshalb also wollen die nur ein Grundgerüst! Seht doch mal, das sind keine Holzhäuser, die haben Kunststoffwände.«

»Die haben *was?*« Britta glaubte, nicht richtig gehört zu haben.

»Lies mal die Legende unter der Zeichnung. Materialbeschreibung: gegossener Kunststoff, eingefärbt und mit Holzoptik.« Jan Ole schüttelte sich angewidert. »Wer will denn in so einem Ding wohnen?«

»Das ist bestimmt nur eine Konzeptstudie«, überlegte Britta laut.

»Nein, Kind, ich denke, das ist deren übliche Bauweise. Schau mal hier.« Anne öffnete Dateien mit weiteren Haustypen. Schwarz-weißes Fachwerk, heller Cotswold-Stein, ja, sogar Schlumpfhäuser und Hobbithöhlen – aber alles war aus Kunststoffplatten zusammengesetzt.

»Klar, so was ist billig, und man hat geringe Kosten in den Folgejahren, weil weniger Renovierungsaufwand anfällt«, sagte Jan Ole. »Wenn du mich fragst, geht es nur um die Rendite.«

»Aber man kann doch keine skandinavischen Häuschen aus Plastik anbieten! Das geht komplett an der Zielgruppe vorbei, die wir im Visier hatten.«

»Vielleicht hat Bradford International ja ganz andere Kunden im Kopf als du, Britta. Sieh mal hier, dieser Plan ist interessant.«

Während Britta noch die gerade entdeckten Details verdauen musste, rief Anne die nächsten Infos auf. »Nach Familie sieht das nicht aus, eher nach Partymeile.«

Britta erkannte einen detaillierten Plan des Ferienparks. Was sie nun vollends wütend machte, waren nicht die Plastikhäuser und die enge Bebauung, sondern die Angaben »Karaokebühne«, »Nachtclub«, »Großraumdisco«, »Video-Spielhalle«, »Kosmetikcenter«, »Schnellrestaurant« und »Supermarkt«.

»Also, für mich sieht das so aus, als hätten junge Familien da wenig verloren«, murmelte Jan Ole.

»Das ist das Allerletzte«, empörte sich Britta und schlug mit der Faust auf den Tisch. »So was«, sie zeigte angewidert auf den Bildschirm, »hätte unsere Agentur nie und nimmer vorgeschlagen. Mein Ansprechpartner in Deutschland, Paul Satzmann, hat meine Pläne gutgeheißen. Aber so wie es aussieht, hat die Londoner Zentrale ihn ebenso wenig wie mich darüber informiert, was wirklich geplant ist.«

»Wenn Sønderstrand nicht bei der Versammlung aufgeflogen wäre, wer weiß, welche Fäden er im Hintergrund noch gezogen hätte. Schließlich haben sie ihm 75.000 Kronen gezahlt«, meinte Jan Ole nachdenklich.

»Du hast recht, Junge, beim Thema Geld setzt bei vielen der Verstand aus.« Anne wandte sich an Britta. »Und was willst du jetzt mit diesen Daten anfangen, Kind?«

»Kannst du mir das alles kopieren, Oma?«

»Kann die kleine Möwe im Flug pupsen? Natürlich … so, alles markieren, kopieren und hier auf der Festplatte einfügen. Fertig! Ich kann dir später eine CD mit den Daten brennen.«

Britta beugte sich vor und drückte Anne liebevoll. »Danke, Oma, das hast du großartig gemacht.«

»Ach, war doch nicht der Rede wert. Sieh nur zu, dass du Wilson unbemerkt den Stick wieder unterschiebst.«

***

»Und, wie sehen deine nächsten Schritte aus? Wirst du diesem Wilson ins Gesicht sagen, dass du seinen Betrug durchschaut hast? Ihm die Tatsachen um die Ohren schlagen?«

Britta fuhr Jan Ole zurück zu seiner Werkstatt.

»Wenn ich ehrlich bin, weiß ich nicht genau, was ich tun soll.« Sie warf einen kurzen Blick in den Rückspiegel. »Es ist kompliziert. Andy Wilson kommt aus der Firmenzentrale von Bradford International. Aber mein Auftraggeber ist ja der Deutschland-Chef, Paul Satzmann. Ich denke, er hat das Recht, als Erster darüber informiert zu werden, was die Londoner Zentrale hinter seinem Rücken plant. Morgen Mittag will Wilson die Insel verlassen. Ich werde ihm vorher unter irgendeinem Vorwand den USB-Stick zurückgeben, und dann muss ich in aller Ruhe in Frankfurt mit meinem Boss reden.«

»Was heißt das, Britta? Musst du deswegen etwa abreisen?«

Britta hörte die Enttäuschung in Jan Oles Stimme. »Nein, ich werde auf jeden Fall bis Montag bleiben. So war es geplant, warum sollte ich das ändern?«

»Dann haben wir ja noch das ganze Wochenende für uns.«

»Ja«, Britta lehnte ihren Kopf an Jan Oles Schulter, »ja, das haben wir.«

»Hättest du Lust, mit mir am Samstag zum Hafenfest in Østerby Havn zu gehen? Dort spielt eine Band richtig gute Tanzmusik. Mit zwei von den Bandmitgliedern bin ich sogar zur Schule gegangen.«

Das Hafenfest, richtig. Noch vor wenigen Tagen hätte Britta nicht einmal im Traum daran gedacht, dieses Fest mit einem Mann an ihrer Seite zu besuchen. Außer natürlich mit Daniel, aber der zählte nicht. Diese eine Woche hatte ihr ganzes Leben auf den Kopf gestellt, da wäre ein Tanzabend mit Jan Ole wohl ein würdiger Abschluss.

»Liebend gern, das wird bestimmt schön. Aber ich weiß gar nicht, was ich zu so einem Fest anziehen soll. Und dann auch noch tanzen …«

»Du kannst nicht tanzen?«

»Ich? Ähm, ja, doch … sicher kann ich tanzen.«

»Dann sollten wir unbedingt hingehen. Zum Anziehen wirst du schon was finden. Es ist ja nur ein Hafenfest, keine Ballnacht. Ich habe neulich einen Spruch gelesen: Du musst schon selbst Konfetti in dein Leben pusten. Und das werden wir am Wochenende tun. Einverstanden?«

»Einverstanden!«

Jan Ole küsste Britta zum Abschied, als diese ihn vor seiner Werkstatt absetzte. »Willst du wirklich nicht mitkommen und dir mein Haus ansehen?«

»Nein, will ich nicht, jedenfalls nicht heute, du hartnäckiger Kerl.«

»Gut, aber beschwer dich nachher nicht, dass ich nicht gefragt hätte. Bis Samstagmittag arbeite ich drüben auf dem Festland. Am Samstagabend bin ich ab halb acht auf dem Fest. Sollen wir uns dort treffen?«

»Ja, und lass uns morgen Abend telefonieren.«

»Machen wir.«

***

Memo an mich

Du musst schon selbst Konfetti in dein Leben pusten.

1. Bluse bügeln, die passt zum Rock.
2. Tanzschritte auf YouTube raussuchen
3. Üben, üben, üben
4. Wie halte ich Daniel vom Hafenfest fern? Himmel, was ist, wenn er mitwill?

Daniels neue Pläne

»Britta, ich hab mir überlegt, dass ich mit Andy heute Mittag die Insel verlassen werde.«

Britta verschluckte sich fast an ihrem Kaffee. Überrascht schaute sie Daniel über den Frühstückstisch hinweg an. »Wir hatten doch ausgemacht, dass wir zusammen im Auto zurückfahren.«

Daniel strich noch etwas mehr Butter auf sein Brötchen. »In Andys gecharterter Propellermaschine nach Kopenhagen ist noch Platz, und ich hab online einen günstigen Flug von dort nach Frankfurt gefunden.«

Zum ersten Mal seit Langem sah Britta so etwas wie Entschlossenheit in Daniels Gesicht, ja, er wirkte fast trotzig.

»Soweit ich sehe, haben wir fast alles hier auf der Insel geklärt. Außerdem habe ich vorgearbeitet und alles erledigt, was du mir aufgetragen hattest. Wir beide sehen uns doch am Dienstag in der Agentur, dann können wir die letzten offenen Punkte immer noch bearbeiten.«

Britta überlegte kurz. Im Grunde hatte Daniel recht. Die wichtigen Dinge waren abgehakt, und die beiden Tage am Wochenende hatte sie von Anfang an nur als Sicherheitsreserve eingeplant. Es wäre herrlich, einen romantischen Abend auf dem Hafenfest zu verbringen, nur sie und Jan Ole. Und dann läge noch das ganze freie Wochenende vor ihnen!

»Also gut, ich bin einverstanden.«

»Cool, dann gehe ich jetzt mal auf mein Zimmer und packe meinen Koffer.«

Nachdem Daniel gegangen war, schenkte sich Britta eine zweite Tasse Kaffee ein. Der Gedanke an die bevorstehenden zwei Tage versetzte sie in Hochstimmung. Sie genoss die Morgensonne und das unverhoffte Gefühl von Freiheit.

***

Zehn Minuten später schlenderte Andy Wilson mit seinem Gepäck in der Hand durch den Garten zum Frühstücksplatz hinüber.

»Guten Morgen, Britta. Hat Daniel Ihnen gesagt, dass er mit mir zusammen nach Kopenhagen fliegen wird?«

»Ja, vorhin beim Frühstück.«

»Es macht Ihnen doch nichts aus, dass ich ihm diesen Gefallen tue? Daniel hat hier eine sehr ordentliche Arbeit abgeliefert. Ich finde seine mathematischen Fähigkeiten ganz bemerkenswert. Und er hat ein paar kluge Ideen.«

Forschend sah Britta Andy Wilson an, doch der hatte sein stets unverbindliches Lächeln aufgesetzt. Die Art und Weise, wie Andy sich für Daniel einsetzte, überraschte sie. Kluge Ideen? Daniel hatte sich bei ihr nicht mit zusätzlichen Vorschlägen eingebracht. Er hatte seine Arbeit erledigt, und zwar gut. Aber mehr auch nicht. Andererseits waren Daniel und Andy in den letzten Tagen mehrmals zusammen essen gewesen; vielleicht sah Andy etwas in Daniel, das ihr bislang verborgen geblieben war. Sie würde jedenfalls keine Diskussion um dieses neue Reisearrangement führen.

»Sie haben recht, ich werde hier gut allein zurechtkommen.«

»Fein, nichts anderes hatte ich erwartet.«

Andy nahm seine Reisetasche und wollte zur Rezeption gehen; das war für Britta der richtige Zeitpunkt. Beiläufig sagte sie: »Ach, eine Frage noch. Könnte dies möglicherweise Ihr USB-Stick sein?«

Überrascht betrachtete Andy den silbernen Stick in ihrer Hand.

»Er lag im Gras neben unserem Frühstückstisch, und mir gehört er nicht. Sie haben heute Morgen doch schon vor uns gefrühstückt; vielleicht haben Sie ihn ja verloren? Ich glaube, das nasse Gras hat ihm nichts ausgemacht.« Britta wischte ein wenig Erde und ein paar Grashalme vom Gehäuse. Sie hatte den Stick vor fünf Minuten extra draußen neben den Tisch ins Gras fallen lassen. Mit spitzen Fingern nahm Andy den USB-Stick aus ihrer Hand. »Ja … wie merkwürdig, der gehört in der Tat mir, ich hatte ihn schon vermisst. Was für ein Glück, dass Sie ihn gefunden haben. Der Verlust wäre wirklich ärgerlich gewesen. So, jetzt muss ich aber los. Ah, da kommt ja auch unser junger Kollege. Bereit, Daniel?«

Britta atmete auf; die Rückgabe hatte besser geklappt, als sie zu hoffen gewagt hatte. Glücklicherweise trug Andy heute die gleiche Hose wie gestern Abend, und ihr kleines Täuschungsmanöver mit den Grasresten und den Erdkrümeln schien ihn überzeugt zu haben.

Daniel zerrte seinen Rollkoffer mit der darauf balancierenden Tasche über das Gras bis zu Brittas Tisch. »Tja, Britta, ich bin dann mal weg, wir sehen uns ja am Dienstag in der Agentur.«

»Mach's gut und genieß deinen freien Montag«, sagte Britta freundlich.

»Äh, ja klar, werde ich.«

Daniel stellte den Koffer ab und schüttelte ihr zum Abschied die Hand, bevor er Andy folgte, der schon auf dem Weg zum Parkplatz war.

Aus der Entfernung sah Britta, wie Andy und Daniel gemeinsam lachend in ein Taxi stiegen. Offenbar verstehen sich die beiden wirklich gut, dachte sie.

Das Kleid

»Oje, das geht ja gar nicht!«

Britta drehte sich vor dem großen Spiegel in ihrem Zimmer und musterte sich kritisch. Was hatte sie sich nur dabei gedacht: in Rock und Bluse zum Hafenfest! Gestern Abend hatte sie diese Kombination noch für eine gute Idee gehalten. Die Sachen passten auch – aber nur, wenn sie einer Horde von Steuerberatern den Kopf verdrehen wollte. Darin konnte sie doch nicht mit Jan Ole tanzen gehen. Wie spießig sie aussah! Entmutigt blies sie die Wangen auf. Das hier war ein Klamotten-GAU ersten Grades. Die anderen Sachen, die sie dabei hatte, hatte sie schon mehrmals durchgesehen; sie waren entweder für den Strandbesuch gedacht oder für Meetings geeignet. Sie wollte nicht in Shorts zum Fest gehen. Und ihre Business-Klamotten hatten so viel Sexappeal wie die Einkommenssteuererklärung vom Vorjahr. Definitiv nicht das Richtige für eine romantische Verabredung.

Sollte sie aufs Festland übersetzen und in Frederikshavn shoppen gehen? Nein! Wer wusste schon, wie viele Modegeschäfte es dort gab, hinterher entpuppte sich das Ganze als riesige Zeitverschwendung. Am besten frage ich Ida, dachte Britta und griff zum Telefon.

»Guten Morgen, Schwesterchen. Ich habe hier gerade einen Kleidernotfall.«

»Guten Morgen, Britta. Wieso hast du einen Kleidernotfall? Hat dir Jan Ole nach dem Besuch bei Oma die Klamotten vom Leib gerissen?«

»Quatsch! Ich hab Jan Ole nur zu seiner Werkstatt gebracht, da ist gar nichts gelaufen. Nein, ich hab nicht das Richtige zum Anziehen.«

»Wieso, deine Klamotten sind doch super.«

»Ja, schon, aber Jan Ole hat mich zum Tanzen eingeladen, und ich dummes Huhn dachte gestern noch, dass mein Businessrock eine gute Wahl wäre.«

»Uhh, du meinst den Rock, den du mir gezeigt hast, der für die Meetings?«

»Genau der. Und der geht gar nicht.«

»Nee, da hast du recht. Weißt du was, ich muss gleich nach Byrum, den Wocheneinkauf machen, danach hab ich Zeit. Wollen wir uns am Superbrugsen treffen? Natürlich nur, wenn es dir passt, vielleicht musst du ja noch arbeiten.«

»Ich muss nur noch ein paar Memos schreiben. Andy Wilson ist gerade abgereist, und ob du es glaubst oder nicht, er hat meinen Kollegen Daniel mitgenommen.«

»Mensch, klasse, dann hast du ja fast schon Wochenende. Wie lange brauchst du denn für die Memos?«

Britta überschlug im Kopf, was noch zu tun war. »Nicht mehr als eine Stunde.«

»Dann beeil ich mich doppelt. In einer Stunde stehe ich auf dem Parkplatz vor dem Supermarkt.«

Britta setzte sich an den Laptop. Die Finger flogen nur so über die Tasten.

Nach einer knappen Stunde speicherte sie mit einem zufriedenen Seufzen die letzte Datei. Schnell zog sie ihre Jeans und ein T-Shirt an, warf sich einen Baumwollpulli über die Schultern und machte sich zu Fuß auf den Weg nach Byrum.

Während sie zügig durch die Morgensonne ging, hatte sie das Gefühl, als würde eine tonnenschwere Last von ihr abfallen. Wie sehr die ganze Aufregung um den Ferienpark sie in den letzten Tagen belastet hatte, bemerkte sie erst jetzt.

Ich werde selbst Konfetti in mein Leben pusten – und damit fange ich auf der Stelle an, nahm sie sich vor.

***

»Da bist du ja schon«, begrüßte Ida sie. »Komm, wir kaufen schnell alles ein, was Oma gern hätte, und dann fahren wir zurück.«

»Zurück?«

»Ja, zu Oma. Ich hab eine super Idee.«

Was das für eine Superidee war, wollte Ida nicht verraten. Britta blieb also nichts anderes übrig, als ihrer Schwester in den Supermarkt zu folgen und dafür zu sorgen, dass sie möglichst schnell fertig wurden. Sogar das machte zusammen mit Ida richtig Spaß, stellte Britta erstaunt fest.

***

»Augen zu. Nein, richtig zu und nicht schummeln.«

Ida führte Britta in ein Zimmer im Dachgeschoss von Annes Haus. Hier oben war Britta noch nicht gewesen. Es roch ein bisschen verstaubt und muffig, der Geruch von Zedernholz und getrocknetem Lavendel lag in der Luft.

Britta hörte das typische Geräusch eines Reißverschlusses.

»So, du darfst die Augen wieder aufmachen. Taadaa – na, was sagst du?«

Ida hielt einen gepolsterten Kleiderbügel hoch.

Da war es, das Kleid, das hier wohl schon immer auf Britta gewartet hatte. Aus schlichtem einfarbigem Stoff, leicht glänzend, in einem Nachtblau, das gleichzeitig dunkel und leuchtend war. Ein Stoff von erlesener Qualität, das sah Britta sofort. Atemlos nahm sie das Kleid entgegen. Oh, was für ein herrliches Material, schwer und kühl fühlte es sich an.

»Komm«, drängte Ida ungeduldig, »probier es an! Es hat genau deine Größe. Warte, ich helfe dir.«

Schnell war Britta aus ihren Sachen geschlüpft und hob die Arme.

»So, jetzt. Moment, das hängt noch an deinem Pferdeschwanz fest. Hab ich gleich.« Ida nestelte mit geübten Fingern am Rücken des Kleids und murmelte: »Fast fertig. Das muss man schnüren, so was kann man überhaupt nicht allein zumachen.« Sie drehte Britta halb um und wies auf den Wandspiegel. »Jetzt kannst du gucken.«

Im ersten Moment erkannte Britta ihr eigenes Spiegelbild kaum. Da stand eine strahlend hübsche, schlanke Frau. Das Kleid war ärmellos, bedeckte aber die Schultern mit raffiniert gefältelten Trägern, die sich vor der Brust kreuzten und ihrer Figur eine ganz neue Üppigkeit verliehen. Von der Taille abwärts fiel ein weiter Tellerrock bis knapp über die Knie.

Ida kramte schon wieder im Schrank. »Dazu gehörte doch noch …« Es raschelte. Triumphierend zog sie einen weiteren Kleidersack hervor und hielt Britta einen spitzenverzierten Petticoat hin. »Hier, den musst du drunterziehen, dann fällt der Rock erst richtig.«

Britta konnte den Blick kaum vom Spiegel abwenden. »Ida«, hauchte sie. »Das ist das schönste Kleid, das ich je anhatte. Woher …«

Ida lachte leise. »Das gehört Oma. Ich habe es letztes Jahr auf dem Dachboden entdeckt und reinigen lassen. Ich durfte es für eine Hochzeitsfeier ausleihen.«

»Meinst du, das dürfte ich auch?«

»Klar, wir müssen bloß fragen. Es steht dir, als wäre es für dich maßgeschneidert worden. Wusste ich's doch«, schloss Ida zufrieden. »Hast du Schuhe dabei? Ich kann dir keine leihen, meine Füße sind größer als deine.«

»Ja, ich habe schwarze Pumps, die würden dazu passen.«

»Welche, in denen man auch tanzen kann?«, zweifelte Ida. »Oder trägt man die besser in Frankfurt zum Bankbesuch?«

»He, so schlimm bin ich gar nicht! Nein, bei Schuhen bin ich immer gut zu mir. Es sind richtig tolle von Sara Klein, mit schönen hohen Absätzen und einem kleinen Riemchen. Darin kann ich stundenlang gehen, wenn es sein muss.«

Ida hörte schon fast nicht mehr zu. Während sie die Holztreppe hinunterpolterte, rief sie: »Oma, Oma, das musst du sehen.« Ungeduldig hielt sie noch einmal inne und wandte sich um. »Jetzt komm schon!«

Britta riss sich fast widerwillig von ihrem Spiegelbild los und schritt hinter Ida langsam die Treppe hinunter.

***

»Ich gebe dir Brief und Siegel, dass du in diesem Kleid auf der Tanzfläche jede andere Frau ausstechen wirst. Und Jan Ole ist sowieso völlig verrückt nach dir.«

»Woher willst du das denn wissen?«

»Weil ich diesen besonderen Blick von ihm kenne.« Ida lächelte, in Erinnerungen versunken. »Als wir noch Teenager waren, war er für kurze Zeit in mich verliebt. Ich mochte ihn zwar auch gerne, aber eben nicht auf diese Art. So war diese Phase ganz schnell wieder vorbei. Doch an seinen verliebten Gesichtsausdruck kann ich mich noch gut erinnern …«

»Ach, deswegen hast du so geguckt, als Jan Ole bei Omas Kaffeetrinken auftauchte.«

»Ja, genau, da wurden Erinnerungen wach. Jedenfalls, wenn Jan Ole dich in diesem Kleid sieht, kommst du nicht mal zum Tanzen«, lobte Ida.

Ach herrje, tanzen. Britta wurde mit einem Mal ganz heiß vor Verlegenheit. »Ich hab da noch ein Problem … also, ich habe schon auf YouTube nachgesehen …«

»Was nachgesehen?«

»Tanzschritte. Weißt du, ich bin in den letzten Jahren nie tanzen gegangen …«

Ida fing an zu lachen und ließ sich auf einen Stuhl fallen. »Willst du mir erklären, dass du überhaupt nicht tanzen kannst? Du hast ein fantastisches Tanzkleid, einen Mann, der offensichtlich verrückt nach dir ist, und keine Ahnung von Tanzschritten?«

»Nein, ganz so schlimm ist es nicht. Ich hab mit sechzehn natürlich eine Tanzschule besucht. Danach habe ich ein, zwei Jahre lang auf Partys auch mal Disco-Fox getanzt, aber als ich jetzt versucht habe, die einzelnen Schritte wieder zusammenzukriegen, hat das überhaupt nicht geklappt. In den letzten zehn, zwölf Jahren fehlte einfach die Gelegenheit zum Tanzen. Mit meinem Exfreund Christopher bin ich ab und zu in einem Club gewesen, aber meistens haben wir Cocktails getrunken und uns auf der Tanzfläche ein bisschen bewegt, aber keine Standardtänze getanzt.«

»Also, der Tanzabend bei unserem Hafenfest ist definitiv etwas anderes als sich nur ein bisschen auf der Tanzfläche zu bewegen. Dort wird Disco-Fox und Slow-Fox gespielt, ab und zu bringt die Band eine Rumba oder einen Cha-Cha-Cha. Letztes Jahr gab es sogar einige Paare, die argentinischen Tango getanzt haben. Rumhopsen geht da gar nicht.«

Britta seufzte. »Genau das habe ich befürchtet. Ich werde mich zur totalen Lachnummer machen und vor allen Leuten blamieren.«

Ida stand spitzbübisch grinsend auf. »Nein, wirst du nicht. Das ist nämlich gegen die Familienehre. Wir Rasmussens, und ich zähle dich unbedingt dazu, machen uns nie zur totalen Lachnummer. Lass mich kurz telefonieren.«

Mull of Kintyre

»Also, der Herr fängt mit dem linken Fuß an. Schritt, Schritt, Tap und wieder zurück, Schritt, Schritt, Tap. Genau so, ja, großartig, du machst das richtig … autsch.«

»Entschuldige, Papa, habe ich dir wehgetan?«

Mads grinste Britta an. »Kleines, dafür, dass ich mit meiner Tochter hier tanzen darf, nehme ich mehr als nur einen blauen Zeh in Kauf. Du solltest dir das nur nicht zur Angewohnheit machen, womöglich ist Jan Ole empfindlicher als ich. So, und jetzt noch mal in Zeitlupe.«

Mads konnte wunderbar führen, und Britta hatte das Gefühl, dass nach und nach all die verschütteten, längst vergessen geglaubten Tanzschritte wieder ans Tageslicht kamen. Sie lächelte ihren Vater an. »Wo hast du nur so gut tanzen gelernt?«

Mads löste den Arm von ihrem Rücken und drehte sie mit der linken Hand einmal im Kreis von sich weg und wieder zurück. »Während meines Studiums hat eine Tanzschule dringend tanzwillige Männer gesucht. Zuerst habe ich nur an zwei Abenden gegen ein Taschengeld an den Tanzkursen teilgenommen, später habe ich sogar zwei Jahre lang in den Semesterferien dort gearbeitet. Achtung, und jetzt drehen, ja, genau – nein, nach rechts, so ist es richtig.« Bereitwillig folgte Britta den Anweisungen ihres Vaters. Der hatte sich heute Vormittag zwei Stunden Zeit genommen, um die Familienehre zu retten, wie Mads nicht müde wurde zu erklären.

An diesem Samstagvormittag waren vor allem der vordere Teil des Restaurants und die Außenterrasse mit Gästen besetzt. In dem separaten Raum, wo Mads auch den Empfang gegeben hatte, hatten sie genügend Platz zum Üben.

»Dir ist aber schon klar, dass dich diese zwei Stunden eine Kleinigkeit kosten werden?«, sagte Mads.

»Und an was genau hattest du gedacht, Papa?«

»Erstens: Ich darf dich im Hotel abholen und bis zur Tanzfläche begleiten. Ich möchte nämlich, dass jeder im Dorf sieht, was für eine hübsche Tochter ich habe. Zweitens, und auch dieser Punkt ist nicht verhandelbar: Sollte die Band einen langsamen Walzer spielen, dann habe ich das Anrecht auf diesen Tanz.«

Britta drückte ihrem Vater einen schnellen Kuss auf die Wange. »Das sind sehr harte Bedingungen, aber ich habe wohl keine andere Wahl – einverstanden!«

Mads ließ Britta los und ging zum CD-Player, um eine neue CD einzulegen. »Dann sollten wir mal einen langsamen Walzer ausprobieren. Dabei beginnt der Herr mit dem rechten Fuß, das heißt, du musst mit dem linken als Erstes einen Schritt zurück machen.«

Paul McCartneys »Mull of Kintyre« erfüllte den Raum, und nach wenigen Takten der Unsicherheit hatte Britta das Gefühl, in den Armen ihres Vaters über die Tanzfläche zu schweben. Sie blinzelte eine Träne weg.

»Britta, weinst du etwa?«, fragte Mads besorgt und wollte schon stehen bleiben.

»Bitte, Papa, nicht aufhören, nicht jetzt.« Britta schluckte. »Ich musste nur gerade an meinen Abschlussball denken, bei dem alle Mädchen mit ihrem Vater einen langsamen Walzer getanzt haben. Nur ich, ich habe mich währenddessen in der Toilette eingeschlossen und geheult, weil ich die Einzige war, die in diesem Moment alleine dastand. Selbst die geschiedenen Väter waren gekommen, nur ich …« Britta brach ab. Mads wischte mit dem Finger vorsichtig eine Träne von ihrer Wange und küsste sie auf die Stirn.

»Ich wäre da gewesen. Aber was geschehen ist, ist geschehen, wir können es nur in Zukunft besser machen. Komm, wir tanzen noch einen Walzer zusammen.«

Das Hafenfest

Als Britta durch die Hotelhalle ging, folgten ihr alle Blicke. Zwei der männlichen Gäste schauten ihr sogar mit halb offenen Mündern hinterher. Am Nachmittag war Ida gekommen und hatte ihr beim Ankleiden geholfen. Britta hatte ein neues Make-up ausprobiert und die Augen mehr als sonst betont. Ihre Schwester hatte sie dazu überredet, die Haare einmal anders zu frisieren. So waren sie jetzt zu einem lockeren, eleganten Knoten hochgesteckt. Ein paar lose Strähnen an den Schläfen ließen Brittas strahlendes Gesicht noch weicher erscheinen.

Sie trat durch die Glastür nach draußen und ließ die Augen über den Parkplatz schweifen. Keine zwei Minuten musste sie warten. Mads hatte versprochen, sie um sieben Uhr im Hotel abzuholen, und tatsächlich rollte Punkt sieben sein Kombi auf den Parkplatz. Er stieg aus und wollte gerade zum Hoteleingang gehen, als er Britta erblickte.

»Meine Tochter, du siehst fantastisch aus.« Mads hielt sie auf Armeslänge von sich, um sie besser ansehen zu können, und umarmte sie schließlich behutsam. »Ich werde aufpassen müssen, dass wir überhaupt bis zur Tanzfläche kommen. Wahrscheinlich werden wir uns durch eine Horde Bewunderer kämpfen müssen. Ich sag dir, du wirst heute Abend für Aufsehen sorgen.«

»Du wolltest doch mit deiner neuen Tochter angeben, Papa. Also habe ich mein Bestes getan, damit aus diesem Plan etwas wird.«

»Ja, das ist dir wirklich gelungen. Ich bin gespannt auf Jan Oles Gesicht.«

***

Das Hafenfest in Østerby Havn fand auf dem Parkplatz direkt am Jachthafen statt. Der komplette Platz war mit halb offenen Zelten, einer Bühne, der Tanzfläche und verschiedenen Hüpfburgen für Kinder belegt. Mads hatte erst gar nicht versucht, in der Nähe einen Parkplatz zu finden, sondern gleich sein Restaurant angesteuert und dort geparkt.

»Schaffst du das Stück bis zum Hafen auch zu Fuß? Ich hoffe, du kannst in deinen Pumps einigermaßen gut laufen?«

»Das hat Ida mich auch schon gefragt, und die Antwort ist: Ja. Die Schuhe habe ich extra so ausgewählt, dass ich darin auch einen Tag auf einer Messe gut überstehen kann.«

»Daran sollte sich deine Schwester mal ein Beispiel nehmen. Ich höre sie immer nur jammern, dass ihre neuen Traumschuhe sie schon nach weniger als einer Stunde umbringen. Manchmal frage ich mich, ob sie ihre Schuhe nur nach der Farbe aussucht.«

Britta hakte sich bei ihrem Vater unter und lehnte kurz den Kopf an seine Schulter. »Das verstehst du nicht, Papa. Manche Schuhe sind einfach so unglaublich schön, dass man sie haben muss, dann setzt der Verstand für einen Augenblick aus.«

»Also, bevor ich mir Schuhe kaufe, in denen ich keine zweihundert Meter laufen kann, muss mein Verstand schon mehr als nur einen Augenblick aussetzen«, murmelte Mads.

Britta lächelte ihren Vater glücklich an. Sie genoss das Herumalbern mit ihm. Und sie war froh, Mads für einen kleinen Moment für sich zu haben. Sie gingen die Straße entlang, und plötzlich spürte Britta, wie sich ihr Vater anspannte.

»Guten Abend, Mads, nimmst du dir für das Hafenfest auch frei?«

Jens Sønderstrand war aus seinem Auto gestiegen und hatte sie entdeckt.

»Guten Abend, Jens. Auch wenn ich genug zu tun habe, würde ich den heutigen Abend nicht verpassen wollen.«

Jens schaute zu Britta, und kurz verzogen sich seine Mundwinkel zu einem anzüglichen Lächeln. Seine Gedanken konnte man förmlich in seinem Gesicht lesen: Sieh an, der alte Mann hat eine junge Freundin. Das Lächeln verschwand schlagartig, als Sønderstrand in der vermeintlichen Freundin Britta erkannte.

»Ach, guten Abend, Frau Hoffmann. Ich hab Sie nicht gleich erkannt. Ich dachte, Sie hätten unsere Insel längst verlassen. Das ist ja eine Überraschung.«

»Guten Abend, Herr Sønderstrand. Ich werde erst am Montag abreisen. Meine beiden Kollegen sind allerdings schon geflogen.«

»Dann haben Sie ja Gelegenheit … ähm, ungestört unser Fest zu genießen«, stellte Sønderstrand süffisant grinsend fest.

«Das werde ich, Herr Sønderstrand, mein Vater hat mir nämlich schon viel von diesem Fest erzählt. Nicht wahr, Papa?«

Britta lächelte Sønderstrand zuckersüß an, und der errötete mit einem Mal heftig.

»Stimmt, mein Schatz, das habe ich. Jens, alles klar mit dir? Du kennst meine Tochter Britta ja bereits, nicht wahr?«

»Deine … Tochter?«

»Ja, meine Tochter. Und jetzt entschuldigst du uns sicher, wir wollen den ersten Tanz nicht verpassen.«

Sie ließen einen fassungslosen Sønderstrand zurück, und Mads lachte leise in sich hinein.

»Den armen Kerl hat fast der Schlag getroffen.«

»Wenn ihm erst einmal die Verbindung zwischen mir, Oma und Tante Marie im Zusammenhang mit dem Ferienpark klar wird, wird er sich bestimmt wundern. Gut, dass Andy Wilson schon abgereist ist. Es war in den letzten Tagen meine größte Sorge, dass mein Auftraggeber von meinen Verwandtschaftsbeziehungen erfährt. Und vor allen Dingen von der Tatsache, dass meine Familie in der Bürgerinitiative federführend ist.«

Mads drückte Britta einen Kuss aufs Haar. »Hör auf, dir Sorgen zu machen, und genieße den Abend.«

Während sie sich Seite an Seite durch die Menge schlängelten, erntete Britta immer wieder bewundernde Blicke. Sie winkte Ulf, dem Pfannkuchenbäcker aus der Salzsiederei zu, der einen stummen Pfiff der Bewunderung ausstieß.

Mads grüßte nach rechts und links. Bis sie die Tanzfläche erreichten, hatte er in kürzester Zeit ein halbes Dutzend Mal voller Stolz »meine ältere Tochter Britta« gesagt, als Erklärung für die attraktive junge Frau an seiner Seite.

Britta schaute sich um, konnte Jan Ole aber nicht entdecken.

»Er wird schon kommen, verlass dich drauf«, flüsterte Mads, der Brittas Unruhe bemerkt hatte. Große Holzplatten bildeten die Tanzfläche, auf der Bühne dahinter nahmen die Musiker gerade ihre Plätze ein. »Guten Abend, Leute, hallo Østerby Havn«, rief der Sänger der Band ins Mikrofon. »Wir wissen, das wird ein langer Abend. Also fangen wir mit etwas Langsamem an, sozusagen zum Warmwerden.« Hatte Britta gerade gesehen, wie der Sänger ihrem Vater zuzwinkerte? Nein, wahrscheinlich war das nur Einbildung gewesen.

»Für alle, die noch richtig tanzen können, unsere Version von Mull of Kintyre. Also, Leute, hier kommt ein schöner langsamer Walzer.«

Überrascht schaute Britta ihren Vater an. Der grinste übers ganze Gesicht. »Na, das ist aber mal ein Zufall. Darf ich um diesen Tanz bitten?«

Britta lächelte Mads glücklich an. »Zufall? Oder spielt diese Band regelmäßig in einem bekannten Restaurant?«

Mads nahm Brittas Hand und zog sie auf die Tanzfläche. »Jeden ersten Freitag im Monat. Henrik, der Sänger, war mir noch einen Gefallen schuldig. Bereit, Kleines?«

»Ach, Papa!« Britta strahlte Mads an, und dann vergaß sie für die Dauer eines wunderbaren Liedes alles um sich herum und genoss den Tanz in den Armen ihres Vaters.

Mads und Britta waren das erste Paar auf der Tanzfläche gewesen, doch als das Stück endete, stellte Britta fest, dass zwei Dutzend weitere Paare der Aufforderung zum langsamen Walzer gefolgt waren.

»Nicht schlecht, Leute! So, und jetzt wollen wir mal sehen, ob ihr auch was Schnelleres könnt.«

Mads führte Britta zum Rand der Tanzfläche. Tatsächlich, da stand Jan Ole und lächelte von einem Ohr zum anderen, als er Britta erkannte.

»So, ihr beiden, ich hatte meinen Tanz, jetzt seid ihr dran. Ich bin da drüben im Zelt, wenn ihr etwas essen oder trinken wollt, ich halte euch Plätze an meinem Tisch frei.« Mads drückte Britta einen Kuss auf die Wange und klopfte Jan Ole auf die Schulter, beugte sich vor und flüsterte ihm etwas ins Ohr. Britta konnte nicht verstehen, was Jan Ole antwortete, sah aber, wie ihr Vater grinsend davonging.

»Du siehst in diesem Kleid unglaublich aus. Gehört das etwa auch zu deiner Businessausstattung?«

»Nein, das ist aus Omas Jugendzeit, und ich durfte es mir ausleihen.«

»Ich beginne, deine Oma mit ganz anderen Augen zu sehen. Wollen wir tanzen?«

»Nichts lieber als das, aber erst verrätst du mir, was mein Vater dir zugeflüstert hat.«

»Oh, nur, was man von Vätern hübscher Töchter üblicherweise so zu hören bekommt: Brich ihr das Herz, und du kannst was erleben.«

Britta lachte. »Das hat er nicht wirklich gesagt!«

Jan Ole nickte ernst. »Doch, sicher! Und ich habe ihm geantwortet, dass bereits deine Oma damit gedroht hat, mir den Hosenboden stramm zu ziehen, falls ich dir wehtun sollte. Du siehst, alle in deiner Familie sind sehr besorgt um dich.«

Britta küsste Jan Ole. »Dann gib dir lieber Mühe, du weißt ja, was dich sonst erwartet.«

»Ich habe nicht vor, Sie oder Ihre Familie zu enttäuschen, Frau Hoffmann.«

***

»He, Leute, auch die beste Band braucht mal eine Pause. Also, in einer halben Stunde geht's weiter.«

Britta und Jan Ole klatschten mit allen anderen Beifall.

»Möchtest du etwas trinken? Soll ich dir irgendwas holen? Hast du Hunger?«, fragte Jan Ole.

»Mein Vater hat uns ja eingeladen, an seinen Tisch zu kommen, wenn wir essen und trinken wollen. Aber eigentlich können wir später immer noch hingehen …«

»Und jetzt?«

»Jetzt würde ich gern mit dir drüben an der Mole allein sein und den Mond über dem Meer bewundern.«

Statt einer Antwort nahm Jan Ole Brittas Hand und führte sie zwischen zwei Zelten hindurch zur Mole. Stimmengewirr und Gelächter wehte zu ihnen herüber, vermischte sich mit dem Klatschen der Wellen an der Hafenmauer. Der Mond stand als große silberne Scheibe über dem zinngrauen Dunkel des Meeres und warf eine breite Lichtbahn auf das Wasser.

»Oh, das ist wunderschön!«, flüsterte Britta.

»Die richtige Beleuchtung für einen traumhaften Abend.« Jan Ole stand jetzt dicht an Brittas Seite und hielt ihre Hand ganz fest. »Nur schade, dass es übermorgen schon vorbei sein wird«, sagte er bedrückt. »Du wirst nach Frankfurt gehen, und … na ja, wir werden uns ab und zu schreiben.«

»Das stimmt nicht. Du vergisst, dass ich hier meine Familie gefunden habe; ich werde so oft wie möglich zurückkommen.«

Jan Ole legte seinen Arm um ihre Schultern. Britta schmiegte sich in seine Umarmung. »Ich habe hier meine Familie gefunden, und … dich.«

Seine Hand strich über ihre nackten Schultern, und Britta fühlte, wie ihre Haut unter seiner Berührung zu brennen begann.

Beide schwiegen lange.

»Hast du einen Traum, Britta?«

»Was?«

»Ich meine, jeder Mensch hat doch Träume. Ich möchte die Frau, in die ich mich verliebt habe, besser kennenlernen.«

Verliebt. Sein Eingeständnis beantwortete Britta mit einem innigen Kuss.

Als sie beide wieder zu Atem gekommen waren, schaute Jan Ole Britta forschend an. »Also, wie sieht dein Traum aus? Karriere in der Agentur, Mitglied der Geschäftsleitung?«

Fast hätte Britta genickt, aber Frankfurt und SE&P waren so weit von der Mole, dem Meer und dem Mond entfernt. Neben ihr stand ein Mann, der sie liebte – er hatte eine ehrliche Antwort verdient. Ihre alten Tagebücher fielen ihr ein. »Als junges Mädchen wollte ich immer ein Hotel am Meer eröffnen. Ich glaube, nur deshalb habe ich zuerst Tourismus studiert. Weil ich dachte, dass … dass ich alles ganz genau wissen muss, um es später richtig zu machen.«

«Und was ist aus deinem Traum geworden?«

Britta schaute Jan Ole an und strich zärtlich mit dem Zeigefinger über seine Wange.

»Er steht in einem meiner Tagebücher und wartet dort auf mich.« Nach einer Weile fragte sie: »Und was ist mit dir? Jetzt bist du dran. Was ist dein Traum? Hast du auch etwas, das du schon immer wolltest?«

»Du darfst aber nicht lachen.«

»Jan Ole!«

»Weißt du, was ich mir schon immer mehr als alles andere gewünscht habe? Ich wollte auf Læsø bleiben und hier arbeiten ...«

»Aber du lebst doch auf der Insel, und eine gute Arbeit hast du auch!«

»Warte, das war noch nicht alles. Ich wollte auf Læsø arbeiten und leben, und ich wollte ganz altmodisch heiraten und am liebsten ein paar Kinder bekommen und ein ganz normales glückliches Leben führen. – Findest du, dass ich verrückt bin?«

»Ich finde, das ist ein schöner Traum.«

Was wollte er ihr damit sagen? Sie kannten sich doch kaum. War es nicht viel zu früh, um vom Heiraten zu sprechen? Sich verlieben war eine Sache, doch heiraten und Kinder bekommen eine ganz andere.

Sie gab sich einen Ruck. »Komm, wir gehen zu den anderen zurück, lass uns den Abend und das Fest genießen.«

***

Die nächsten Stunden vergingen wie im Flug.

Britta tanzte mit Jan Ole, sie beobachtete glücklich, wie er mit ihrem Vater und Ida scherzte und sich mit ihnen blendend verstand.

Sie wünschte sich, dieser Abend würde nie zu Ende gehen, doch dann kündigte der Sänger der Band das letzte Lied an.

Auf der Tanzfläche zog Jan Ole sie eng an sich. Langsam und beinah schwerelos folgte Britta seinen Bewegungen. Seine Lippen waren ganz dicht an ihrem Ohr. Sie spürte seinen warmen Atem auf der Haut. »Kommst du mit zu mir nach Hause? Ich will nicht, dass dieser Abend schon zu Ende ist.«

Britta schloss die Augen, genoss den Rhythmus der Musik und horchte in sich hinein. Was wollte sie?

Ungebeten stahl sich eine alte Gewohnheit in ihren Hinterkopf.

Memo an mich:
1. Du kennst Jan Ole kaum.
2. Du musst übermorgen wieder nach Frankfurt zurück.
3. Du musst ...

Sie fuhr zusammen, verscheuchte die Gedanken. Schluss damit! Musste sie denn immer vernünftig sein, alles in nummerierten Listen organisieren? Sie brauchte nicht länger zu überlegen, denn sie kannte die Antwort längst, hatte sich vor Stunden schon draußen an der Mole entschieden.

Sie schmiegte sich an Jan Ole. »Ich glaube, das würde ich sehr, sehr schön finden«, erwiderte sie mit heiserer Stimme.

***

Ein Sonnenstrahl fiel durch einen Spalt zwischen den weißen Leinenvorhängen. Britta blinzelte verschlafen in die Morgensonne. Es war nicht das Licht, das sie geweckt hatte, sondern ein leichter Schatten, eine Bewegung im Raum.

»Guten Morgen, Liebste.«

»Jan Ole.«

Er setzte sich neben sie auf die Bettkante und schaute sie fragend, fast schüchtern, an. Britta lächelte glücklich und noch ein bisschen müde zurück.

»Das war die schönste Nacht meines Lebens.« Sie rutschte hoch und lehnte sich an das Kopfteil des Bettes.

Er lächelte, setzte sich neben Britta und legte den Arm um sie. Zusammen saßen sie da, genossen die Wärme des anderen und schwiegen eine Weile.

Schließlich flüsterte er: »Die schönste Nacht deines Lebens? Das höre ich aber gern. Mir geht es nämlich genauso.«

Er suchte nach Worten. »Wie konnte ich nur so lange ohne dich leben? Ich habe immer gedacht, Liebe auf den ersten Blick sei nur eine Erfindung aus dem Kino.«

»Mmh«, murmelte Britta, »das kann nicht stimmen. Denn siehst du, ich liebe dich. Und ich bin hier. Und echt. Guck mal.«

Sie schlug die leichte Sommerdecke zurück, rückte ein wenig zur Seite und klopfte einladend auf das Kissen neben sich. Doch Jan Ole ging nicht auf ihren scherzhaften Ton ein. Er wandte sich zu ihr, sah ihr tief in die Augen und sagte schlicht: »Britta Hoffmann, ich liebe dich. Mehr als du dir vorstellen kannst. Mehr als alles auf der Welt.«

Und dann versanken sie in eine weitere, nicht enden wollende Umarmung …

Wir chartern die Ane Læsø

Sie liebte die kurze Strecke von der Bushaltestelle zu der großen Jugendstilvilla. Nie empfand sie den Fußweg als unangenehm oder störend. Und doch … während Britta beschwingt unter den knorrigen Bäumen der Allee entlangging, fiel ihr zum ersten Mal auf, wie eng es hier in Frankfurt war. Immer noch strahlten die alten Villen für sie etwas Ehrwürdiges aus, doch in diese Ehrwürdigkeit mischte sich auch Trauer und Wehmut über eine längst vergangene Zeit. Britta sah die Straßen zum ersten Mal mit anderen Augen. Wie gern wäre sie jetzt am Strand oder auf der kleinen Bank vor Jan Oles Haus. Wie gern würde sie seinen warmen Körper beim Aufwachen neben sich spüren.

Der Abschied von Læsø, ihrer Familie und Jan Ole war tränenreich gewesen. Sie hatte allen versprechen müssen, bald zurückzukommen. Als die Ane Læsø abgelegt hatte und Jan Ole ihr vom Ufer aus zuwinkte, hätte sie die Fähre am liebsten sofort wieder verlassen. Mit Tränen in den Augen hatte sie die Insel am Horizont verschwinden sehen.

Doch von den Erlebnissen auf Læsø durfte sie sich jetzt nicht ablenken lassen. Heute gab es nur eines, das wichtig war: Sie musste mit Dirk über Andy Wilsons Pläne sprechen.

Das Laufen tat ihr gut. Ein schwül-heißer Sommertag kündigte sich an, für den Abend hatte der Wetterbericht Gewitter vorhergesagt. Hier in der Stadt fehlte Britta der frische Wind vom Meer, die Luft stand wie eine Wand.

Britta blieb vor dem großen, schmiedeeisernen Tor stehen. Der Rasen rechts und links des Wegs brauchte dringend Wasser, braune Flecken verunstalteten das Grün. Von den Osterglocken des Frühlings waren nur noch verdorrte Halme zu sehen. Zum ersten Mal ging ihr bei diesem Anblick das Wort «trostlos« durch den Kopf. Entschlossen öffnete sie das Tor. In diesem Moment klingelte ihr Handy.

»Guten Morgen, Sandra.«

»Britta, wo steckst du?«

»Ich steh am Tor vor der Agentur. Keine Sorge, ich komm jetzt rein.«

»Dirk wartet schon auf dich.«

»Warum? Wir haben doch gerade erst acht …?« Britta vergaß, dass sie nur wenige Meter von Sandra entfernt war und blieb wie angewurzelt stehen.

»Ja, genau, du hast für halb acht ein Meeting angesetzt, das hat Daniel gestern in deinem Namen ausgerichtet.«

»Daniel war gestern in der Agentur?«

»Natürlich, und er war stundenlang bei Dirk. Ich sag dir, da ist irgendwas im Busch. Das zeigt mir schon dieses selbstgefällige Grinsen in Daniels Gesicht. Hast du den unterwegs befördert, oder was?«

»Sandra, ich leg jetzt auf und komme rein.«

Britta spürte, wie es in ihr zu kochen begann. Von wegen freier Montag. Was hatte Daniel vor?

***

»Guten Morgen, Britta. Ich muss schon sagen, ich bin einigermaßen erstaunt über deine Verspätung. So was kenne ich gar nicht von dir.«

Britta war direkt ins Büro von Dirk Strehlau gegangen, stellte ihre Tasche ab und zog ihren Sommermantel aus. Sie warf Daniel einen wütenden Blick zu, während sie sich zu den beiden an den Besprechungstisch setzte.

»Guten Morgen, Dirk, hier gibt es offenbar ein Missverständnis. Ich habe Daniel nicht darum gebeten, ein Meeting anzusetzen, wie auch – ich dachte schließlich, dass er gestern noch frei hätte.«

»Ich weiß, dass das so abgemacht war, aber ich bin ganz froh darüber, dass wenigstens einer im Team pflichtbewusst ist. Angesichts der drängenden Aufgaben ist es schön, dass Daniel ein Gespür dafür hat, wann man besser auf Freizeit verzichten sollte.«

Britta schluckte eine Erwiderung hinunter. Was war hier los? Erst vor drei Monaten hatte Dirk ihr die Leitung eines großen Projekts übertragen, ihr sein volles Vertrauen ausgesprochen, und jetzt sollte sie sich von ihm abkanzeln lassen wie eine junge Anfängerin?

»Vielleicht fangen wir von vorn an, Dirk. Offenbar bist du noch nicht vollständig informiert.«

Dirk Strehlau beugte sich vor, und seine Augen bekamen einen harten Glanz. »Daniel hat mir bereits alles erzählt. Ich bin entsetzt über dein Verhalten in den letzten Tagen.«

»Moment! In der letzten Woche hat sich herausgestellt, dass die Zentrale von Bradford International ein ganz mieses Spiel ...«

»Ich hätte nicht gedacht, dass du es zugibst. Also ist es tatsächlich wahr.«

Britta schaute Dirk fragend an. Der wechselte einen Seitenblick mit dem zufrieden lächelnden Daniel, der immer noch schwieg.

»Was soll ich zugeben?«

»Womit fange ich an? Vielleicht damit, dass meine hoch geschätzte Projektleiterin sich offenbar vertrauliche Unterlagen angeeignet hat. Andy Wilson hat sich beschwert, dass ein verschlüsselter USB-Stick aus seinem Besitz entwendet und ausgelesen wurde.«

Britta schluckte nervös. Mist! Also hatte ihre Oma doch etwas übersehen, oder Wilson hatte schlicht Verdacht geschöpft und ihr die Geschichte mit dem verlorenen und wiedergefundenen Stick nicht abgekauft. Fakt war, er hatte sich bei Dirk beschwert.

»Diese Dateien, die ich angeblich ›gestohlen‹ habe, belegen, dass unser Kunde, Paul Satzmann, von seiner eigenen Firmenzentrale ausgebootet wird.«

»Und? Wo ist das Problem? Sollen wir uns als Beratungsagentur in Firmeninterna einmischen? Nein, natürlich nicht. Wir erledigen unseren Auftrag, für den wir bezahlt werden.«

»Aber das ist es ja gerade. Auf Læsø soll eben nicht das Projekt entstehen, das wir geplant haben«, verteidigte sich Britta aufgebracht.

»Ob ein Kunde unsere Fachkompetenz annimmt oder verwirft, liegt ganz bei ihm; das ist mir vollkommen egal, solange er unsere Rechnung begleicht. Nicht egal ist mir, wenn meine Mitarbeiterin zusammen mit ihrer Familie einen öffentlichen Feldzug gegen unser Projekt anzettelt und damit einen der lukrativsten Aufträge unserer Agentur in Gefahr bringt. Glücklicherweise hat mich Daniel gestern schon informiert.«

Britta schluckte. Daniel, diese linke Bazille, hatte also den Montag genutzt, um sie bei Dirk anzuschwärzen. Woher aber wusste er von ihrer Familie?

Dirk war mit seinen Vorwürfen noch nicht am Ende.

»Ich bin froh darüber, dass wir mit Bradford International einen Kunden haben, der mit Weitsicht neue Konzepte umsetzen will. Konzepte, die uns als Agentur einen satten Gewinn versprechen. Natürlich nur, wenn keine unselige Bürgerinitiative alles zunichtemacht. Wie konntest du mir nur verschweigen, dass deine Familie auf dieser Insel lebt?«

»Ich habe überhaupt nichts verschwiegen. Ich habe erst in der vergangenen Woche meine Familie dort kennengelernt. Und ich kann weder meiner Schwester noch meiner Tante verbieten, eine eigene Meinung zu haben. Das hat doch nichts mit meiner Professionalität zu tun.«

Dirk griff in einen Umschlag und zog mehrere Fotos heraus. Er warf die Abzüge vor Britta auf den Tisch. »Wo wir gerade beim Stichwort Professionalität sind. Ist es professionell, wenn unsere Projektleiterin mit einem der Handwerker, die wir eventuell beschäftigen wollten, anbändelt? So ein Ferienpark ist schließlich ein Großauftrag, da konntest du bestimmt einiges an Entgegenkommen erwarten. Wie weit ist er gegangen – nein, wie weit musste er gehen, damit er bei der Auftragsvergabe von dir bevorzugt wird?«

Britta starrte fassungslos auf die Bilder. Jemand hatte sie und Jan Ole auf der Tanzfläche und an der Mole heimlich fotografiert. Sie fühlte, wie sie rot wurde. Die Scham, vor allem aber die Wut über diesen Eingriff in ihr Privatleben schnürten ihr die Kehle zu. Gepresst sagte sie: »Woher kommen diese Fotos?«

Zum ersten Mal meldete sich Daniel zu Wort. »Eine Bekannte hat mir die Bilder geschickt. Ich hatte sie gebeten, dich im Auge zu behalten, wenn ich nicht mehr auf der Insel bin. Mir scheint, das war auch sinnvoll, vor allem, weil du immer so großen Wert auf Professionalität legst. Offenbar aber nur bei anderen. Meine Bekannte spricht übrigens ausgezeichnet Dänisch; von ihr habe ich bei der Bürgerversammlung dann endlich erfahren, welche Rolle deine Schwester bei der Bürgerinitiative spielt.«

Eine Bekannte – das konnte doch nur die junge Frau mit dem nabelfreien T-Shirt gewesen sein, die bei der Versammlung mit Daniel in der Reihe hinter ihr Händchen gehalten hatte.

»Dann hat deine kleine Freundin sicher viel Spaß beim Spionieren gehabt«, zischte Britta.

Daniel ließ sich nichts anmerken und verzog lediglich das Gesicht zu einem schmalen Lächeln. »Ich hatte mich schon gefragt, warum du in der gesamten Woche so wenig Zeit für unsere Teamarbeit hattest; immer musste ich die wichtigen Dinge erledigen, und du wolltest nur das Nötigste tun. Warst wahrscheinlich zu beschäftigt.«

Am liebsten wäre Britta aufgesprungen und hätte ihm mit einer Ohrfeige sein dämliches, anzügliches Grinsen aus dem Gesicht gefegt. Stattdessen wandte sie sich wieder Dirk zu.

»Bradford International arbeitet mit ganz üblen Methoden. Sie sind sogar so weit gegangen, den Chef der Inselverwaltung zu bestechen. Wollen wir wirklich damit in Zusammenhang gebracht werden?«

»Ich bitte dich, Britta. Du glaubst offenbar wirklich das wirre Zeug, das deine Familie verzapft. Jens Sønderstrand hat Geld für seine Maklertätigkeit bekommen. Er hat mehrere Grundstücke vermittelt und dafür eine Provision erhalten. Alles ganz legal und belegt«, erklärte Dirk.

»Du warst ja nicht dabei, als er von seiner eigenen Frau zur Rede gestellt worden ist. Legal und belegt – dass ich nicht lache.«

Dirk schlug mit der flachen Hand auf den Tisch, und Britta zuckte bei dem Knall zusammen. »Nein, ich war nicht dabei. Leider! Wäre ich dabei gewesen, hätte ich dich wohl früher wieder nach Hause geschickt.«

»Um selbst zu verhindern, dass auf der Insel kleine Plastikhäuser, eine Karaokebühne und Clubs gebaut werden?«

»Warum sollte ich das verhindern wollen? Das sind neue, innovative Konzepte. Zum Glück hat Daniel einen klaren Kopf bewahrt und bei Bradford International das Schlimmste verhindert, indem er Andy Wilson eine Reihe guter Einfälle geliefert hat. Ihm verdanken wir, dass wir noch einen zufriedenen Kunden haben. Und nebenbei hat Daniel auch noch den Mut aufgebracht, seine neuen Ideen nicht aufzugeben, obwohl er von dir kaum Unterstützung erhalten hat. Diese Art von Engagement ist genau das, was ich bei diesem Projekt erwarte.«

»Neue Ideen? Welche denn, bitte schön? YouTube-Zugang in den Schlumpfinchenhäusern und Hobbithöhlen?«

»Wir chartern die Ane Læsø«, sagte Daniel gelassen. »Die Fähre liegt doch die ganze Nacht ungenutzt im Hafen vor Anker. Wir mieten sie, fahren raus und bieten Bootpartys an, einen Club auf dem Wasser, Tanznächte. Dazu kommen Partybühnen im Park und ein kostenloser Transfer zur Fähre und zurück.«

Daniel redete sich richtiggehend in Fahrt. So lebhaft hatte er in der ganzen Woche auf Læsø nicht mit Britta gesprochen, richtig aufgeregt klang seine Stimme. »Das wird ganz neue Zielgruppen ansprechen. Ballermann war gestern. Die Spanier machen da sowieso gerade Stress. Dabei ist Spanien bei den Deutschen als Ferienziel enorm beliebt. All das, was die Spanier auf Mallorca abschaffen wollen, werden wir in Dänemark etablieren.«

»Ihr wollt allen Ernstes auf Læsø Sangria-Saufen und Partymeilen anbieten?«, fragte Britta empört.

»Warum nicht?«, erwiderte Daniel. »Læsø ist das künftige Mallorca für unsere Kunden. Wir chartern die Ane, in dem Waldgebiet, wo der Ferienpark entstehen soll, gibt es keine Anwohner, die meckern können, und die wenigen Häuser im Hafen sind schnell gekauft. Wenn die Landebahn des Flughafens verlängert wird, haben die Leute die Möglichkeit, auf direktem Weg anzureisen. Læsø kann die größte Partymeile Europas werden.«

Fast hätte Britta laut gelacht, doch sie sah Daniel an, dass er das todernst meinte. Und noch viel schlimmer: Dirk wirkte, als fände er diese Ideen hervorragend, denn er nickte wohlwollend.

»Læsø als das neue Mallorca? Ihr spinnt doch«, empörte sich Britta. »Zum Glück hat diese wundervolle Insel Bewohner, die eure verrückten Pläne verhindern werden. Das kriegt ihr nie durch.«

»Das müssen wir auch gar nicht durchkriegen, denn wir sind nur die Berater, schon vergessen?«, sagte Dirk Strehlau kühl. »Daniel wird morgen nach London fliegen und die weiteren Gespräche mit Andy Wilson führen. Er übernimmt erst einmal die Projektleitung. Ich muss jetzt zu einem Kundentermin, aber ich möchte mich heute Mittag noch einmal mit dir unterhalten, Britta. Bitte übergib inzwischen Daniel alle Unterlagen und die gesamte Korrespondenz.«

***

»Diese verlogene Ratte. Ich hatte mich schon gewundert, dass er gestern bereits wieder in der Agentur war. Ihr hattet doch ursprünglich geplant, den Montag noch freizunehmen. Ist ja auch verständlich, nachdem ihr zwei Wochenenden unterwegs wart. Du hättest ihm den freien Tag nicht geben wollen, hat er mir gesagt. Das kam mir gleich komisch vor, und dann diese ewig lange Besprechung mit Dirk.«

Sandra machte ihrer Empörung über Daniels Verhalten lautstark Luft. Ihre wütende Stimme brach sich als Echo an den gekachelten Wänden der Damentoilette. Nachdem Dirk gegen halb neun die Agentur verlassen hatte, um zu seinem Kundentermin zu fahren, wollte Sandra natürlich alle Einzelheiten wissen. Britta hatte allerdings keine Lust, im Vorzimmer ihres Chefs mit ihr zu sprechen. Und der übliche Treffpunkt, die Kaffeeküche, fiel diesmal ebenfalls aus, weil Daniel jederzeit dort auftauchen konnte.

So weit ist es jetzt also gekommen, dachte Britta verbittert; ich muss mich mit Sandra heimlich im Waschraum treffen, weil niemand unser Gespräch mithören soll. Natürlich tat es gut, dass Sandra auf ihrer Seite war, aber Daniel hatte seine Karten geschickt ausgespielt, da half auch Sandras Loyalität nicht weiter.

»Und was ist das für eine Familiensache? Das habe ich nicht verstanden.«

In den nächsten fünf Minuten fasste Britta grob die Ereignisse der letzten Woche zusammen. Sandra schüttelte immer wieder ungläubig den Kopf. Als Britta schließlich von Jan Ole berichtete – die Nacht in seinem Haus unterschlug sie -, stieß Sandra einen leisen Pfiff aus. »Echt? Das gibt es doch sonst nur im Kino. Ich meine, wer reist denn für wenige Tage auf eine winzige dänische Insel, trifft dort auf seine halbe Familie und auf seinen Traummann?«

»So klein ist Læsø gar nicht.«

»Du weißt ganz genau, was ich meine. Was willst du denn jetzt tun?« Sandra schaute auf ihre Uhr. »Ewig können wir uns nicht hier in der Damentoilette verstecken. Hast du eine Idee?«

Britta seufzte resigniert. »Nein, habe ich nicht. Es hat mich wirklich überrascht, dass Dirk unser Konzept eines familientauglichen Ferienparks völlig egal ist. Ihm geht es nur um den Verdienst.«

»Na ja, verstehen kann ich das schon, die Agentur kann den Umsatz wirklich gut gebrauchen.« Als Sandra Brittas Gesichtsausdruck bemerkte, schob sie schnell nach: »Das heißt aber nicht, dass ich es toll finde, wie sie mit dir umspringen, versteh mich nicht falsch.«

»Nein, ich weiß ja, wie du das meinst. Und ich habe mich selbst in diese Lage gebracht. Ich hätte mir nie die Daten auf dem USB-Stick ansehen dürfen. Jan Ole war übrigens schon lange vor meinem Besuch auf der Insel als Handwerker angefragt worden, aber unter den neuen Voraussetzungen wollte er am Bau des Feriendorfs gar nicht mitarbeiten. Insofern ist der Vorwurf, ich hätte Geschäftliches mit Privatem vermischt, absurd.« Britta lachte freudlos auf. »Ich habe sogar kleine Holzmodelle mitgebracht, um Dirk die irrsinnigen Pläne der Londoner Zentrale bildlich vor Augen zu führen. Jan Ole hat sie mit mir zusammen gebastelt. Die Zeit hätten wir uns auch sparen können.«

»Du konntest ja nicht wissen, wie sich alles entwickeln würde.«

»Nein, aber ich kann mir auch nicht vorstellen, dass Dirk mich heute Mittag zurück an meinen Schreibtisch schickt und ich dann demnächst ein anderes Projekt bekomme.«

Sandra stieß sich von der Fensterbank ab und nahm Britta in den Arm. »Nur die Ruhe, so schlimm wird es schon nicht kommen. Oder willst du einfach aufgeben und die Segel streichen?«

Ja, was wollte sie eigentlich? Zusehen, wie Daniel mit seinen hirnrissigen Vorschlägen weiter Lob erntete? Von ihrem Schreibtisch aus miterleben, wie ein Immobilienunternehmen mithilfe ihrer Agentur Læsø in eine Partyhölle mit Komasaufen, Schlagerpartys und Technobühnen verwandelte? Læsø, die Insel, auf der ihre Familie zu Hause war? Nein! Ganz sicher nicht! Wenn sie dabei stillschweigend zusah, nur um ihren Job in Frankfurt zu behalten, würde sie sich nie wieder im Spiegel in die Augen schauen können.

»Uhh, jetzt solltest du mal dein Gesicht sehen, Britta. Du guckst, als wolltest du Daniel gleich seinen dürren Hals umdrehen.«

»Auch eine Möglichkeit, aber keine gute.« Britta atmete einmal tief durch. »Nein, ich werde jetzt an meinen Schreibtisch gehen und das tun, was Dirk verlangt hat: eine gute Übergabe vorbereiten. Ich werde mir nämlich nicht nachsagen lassen, dass ich schlampig mit meinen Unterlagen umgehe.«

***

»Britta, ich bin verärgert und sehr enttäuscht. Ich hatte eigentlich geplant, dich nach dem erfolgreichen Abschluss des Læsø-Ferienpark-Projekts in die Geschäftsleitung aufzunehmen.«

Britta saß mit durchgedrücktem Rücken und unbewegtem Gesicht vor dem Schreibtisch ihres Chefs. Dieser resignierte Tonfall traf sie mehr als der Wutausbruch heute früh.

»Ich weiß, ich habe Fehler gemacht. Aber das ändert nichts an der Tatsache, dass bei diesem Projekt vieles in die falsche Richtung läuft.« Britta schluckte. Wie viel von ihrem Privatleben wollte sie preisgeben? »Das Zusammentreffen mit meinem Vater und meiner Familie hat mich tief bewegt. Ich habe plötzlich viele Dinge mit ganz anderen Augen gesehen.«

Dirk zeigte alle Anzeichen von Ungeduld. Er drehte seinen teuren Kugelschreiber zwischen den Fingern.

»Britta, das klingt jetzt vielleicht hart, aber wir reden hier von beruflichen Dingen, von geschäftlichen Entscheidungen.

Deine privaten Gefühle spielen dabei wirklich überhaupt keine Rolle, das darf nicht sein. Und sie entschuldigen unter keinen Umständen dein mangelndes Gespür für die Erfordernisse des Projekts.«

»Bei allem Respekt, Dirk. Ich habe nicht vor, meine persönlichen Gefühle als Entschuldigung, wie du es nennst, für irgendwas einzusetzen. Ich möchte lediglich klarstellen, dass ich gegen die absurden Pläne der Londoner Zentrale von Bradford International bin.«

Hätte sich Dirk Strehlau bei dem Ausdruck »absurde Pläne« nicht mit einem kühlen Lächeln zurückgelehnt, vielleicht wäre das Gespräch anders verlaufen.

So aber platzte Britta der Kragen. Sie war wütend, richtig wütend.

»Wenn du diese bekloppten Ideen von Daniel tatsächlich gutheißt, nur weil danach der Umsatz stimmt, habe ich sowieso kein Interesse daran, Teil der Geschäftsleitung zu werden. Denn das ist nicht die Agentur SE&P, wie ich sie kenne. Bislang dachte ich nämlich, dass wir Konzepte erarbeiten, die die Zielregionen nicht kaputtmachen, sondern den Menschen vor Ort einen Gewinn bringen.« So laut war sie gegenüber ihrem Chef noch nie geworden.

»Nun, immerhin bist du ehrlich.« Dirk Strehlau atmete tief durch und lehnte sich in seinem Sessel zurück. Er ergänzte nachdrücklich: »Aber du verstehst sicher auch, dass wir so nicht weiter zusammenarbeiten können. Ich habe durch dein Verhalten auf der Insel das Vertrauen in dich verloren.«

Britta nickte. In den letzten vier Stunden hatte sie genug Zeit zum Nachdenken gehabt. Hatte sie wirklich geglaubt, sie könnte in diesem Unternehmen glücklich werden?

»Ich habe die kompletten Unterlagen für Daniel auf unseren Server hochgeladen. Alle anderen Projekte sind so dokumentiert, dass du sie übernehmen und weiterdelegieren kannst.«

»Es tut mir leid, dass es so gekommen ist.«

Sein Bedauern nahm Britta ihrem Chef sogar ab.

»Ich werde dir noch heute meine Kündigung auf den Schreibtisch legen. Ich habe noch drei Wochen Urlaub und jede Menge Überstunden.«

»Dann schlage ich vor, dass du ab morgen freigestellt wirst und für diesen und den nächsten Monat noch dein Gehalt bekommst.« Dirk fuhr mit einem Tastendruck seinen Rechner hoch, ein klares Zeichen dafür, dass es nichts mehr zwischen ihnen zu sagen gab und die Besprechung zu Ende war. Britta stand auf und ging zur Tür.

»Ach, Britta, eines noch: Ich muss dich nicht daran erinnern, dass du auch nach deinem Ausscheiden bezüglich der Projekte der Schweigepflicht unterliegst.«

»Nein, Dirk, daran musst du mich nicht erinnern. Aber wenn ich dir einen Rat geben darf, dann schau dir besser sehr genau an, was dein neuer Projektleiter so alles vorhat. Und sollte Daniel mit seinen Ideen wieder nach Læsø kommen, kann er sich darauf einstellen, mit einem Fußtritt von der Insel gejagt zu werden.«

Britta wartete Dirks Antwort nicht ab, sondern verließ ohne weiteren Gruß das Zimmer.

Charlotte

Ein Donnerschlag ließ Britta zusammenzucken, Regen klatschte gegen die Fenster ihrer Dachwohnung – Weltuntergangswetter in Frankfurt. Das passte ja richtig gut zu ihrer Stimmung.

Eine halbe Stunde nach ihrem Gespräch mit Dirk hatte sie einer fassungslosen Sandra ihr Kündigungsschreiben auf den Tisch gelegt. Ihre Freundin wollte unbedingt weitere Einzelheiten wissen, aber weil Dirk im Büro nebenan arbeitete, hatte Britta sie vertrösten müssen. Die wenigen persönlichen Dinge, die sie im Büro hatte, passten in einen Karton. Beim Anblick der leeren Blumenvase, der zwei Bilderrahmen, ihres persönlichen Schreibzeugs und einer kleinen Tischuhr hätte sie im Bus am liebsten losgeheult. Noch vor einer Woche war sie das aufstrebende Talent bei SE&P gewesen.

Doch seit heute war ihre berufliche Existenz nur noch ein Scherbenhaufen. Natürlich hatte sie im Bus nicht geweint, sie hatte auch keinen Schreikrampf bekommen, nachdem sie die Wohnungstür hinter sich geschlossen hatte. Sie hatte nur wütend ihre Pumps von den Füßen geschleudert, sich ein großes Glas Weißwein eingegossen und es in einem Zug ausgetrunken. Danach fühlte sie sich kein bisschen besser. Britta war ohnehin nicht der Meinung, Alkohol könnte ihr dabei helfen, zu vergessen. Sie wollte auch gar nichts vergessen, denn sie war immer noch der festen Überzeugung, dass eigentlich Andy Wilson derjenige war, der einen Karton mit seinen Habseligkeiten aus dem Büro tragen müsste. Andy und Daniel, um es genau zu sagen. Daniel hatte sie doch tatsächlich noch scheinheilig gefragt, ob es stimme, dass sie gekündigt habe. Sie hatte ihn einfach wortlos im Flur stehen lassen. Britta war sich sicher, dass es Daniel nicht gelingen würde, seine Ideen tatsächlich umzusetzen. Und dann wäre er möglicherweise der Nächste, der seinen Hut nehmen musste. Schade, dass sie das nicht mehr miterleben konnte.

Entgegen ihrer Gewohnheit goss sich Britta noch ein zweites Glas Weißwein ein und nippte daran. Sie überlegte, ob sie sich eine Tiefkühlpizza in den Ofen schieben sollte. Aber eigentlich hatte sie keinen Appetit. Nach einem weiteren Schluck schüttete sie den Wein in die Spüle. Er schmeckte bitter und viel zu herb. Ein Blitz erhellte die kleine Küche. Was für ein Wetter! Gut, dass ich es noch rechtzeitig ins Trockene geschafft habe, dachte Britta. Beinahe hätte sie wegen des anrollenden Donners die Türklingel nicht gehört. Sie erwartete keinen Besuch. Wer konnte das sein? Es klopfte an der Wohnungstür, offenbar hatte jemand die Haustür unten offen gelassen. Britta legte die Sicherheitskette vor und öffnete die Tür einen Spalt breit.

Als sie sah, wer draußen im Flur stand, stieß sie entnervt die Luft aus und entriegelte die Tür.

»Guten Abend, Mama. Du hättest doch einfach anrufen können, um mit mir zu reden. Dann hättest du es dir erspart, bei diesem Unwetter draußen unterwegs zu sein.«

»Hallo, Britta, darf ich reinkommen? Ich hatte gehofft, dass du zu Hause bist. Ich hab in der Firma angerufen; eine Kollegin hat mir gesagt, dass du dich schon auf den Heimweg gemacht hast.«

Charlotte folgte Britta in das gemütliche Wohnzimmer, das einen Großteil der Dachwohnung einnahm. Ein Architekt hatte das Dachgeschoss ursprünglich für seine Tochter entworfen und ausgebaut. Britta gefiel der hohe Raum mit seinen großen Fenstern, die einen spektakulären Blick über Frankfurt gewährten. Die Tochter hatte die Anstrengungen des Vaters nicht zu schätzen gewusst, schon nach einem Jahr war sie nach Berlin gezogen, und Britta hatte diese Traumwohnung günstig mieten können. Unschlüssig blieb Charlotte mitten im Raum stehen.

»Ich hatte ganz vergessen, wie hübsch dein Wohnzimmer ist. Du hast ja sogar einen Kaminofen.«

Britta hatte keine Lust, mit ihrer Mutter belangloses Geplauder auszutauschen. Zu tief saß der Zorn, der sich in den vergangenen Tagen in ihr aufgestaut hatte.

Sie erwiderte scharf: »Du bist doch sicher nicht vorbeigekommen, um mit mir über die Inneneinrichtung meiner Wohnung zu sprechen. Außerdem fehlte dir ja immer die Zeit, mal vorbeizuschauen, wundere dich also nicht, wenn du hier einiges zum ersten Mal siehst.« Schließlich jedoch gewann ihre Höflichkeit die Oberhand. »Willst du dich nicht zumindest setzen? Ich hatte noch keine Gelegenheit, einzukaufen, aber wenn du etwas trinken möchtest …«

Charlotte war bei Brittas feindseligem Tonfall zusammengezuckt, nun setzte sie sich jedoch und schüttelte den Kopf. »Nein, mach dir keine Umstände.«

Britta nahm gegenüber ihrer Mutter in einem Sessel Platz – so konnte sie den größtmöglichen Abstand halten. Noch lieber hätte sie das Wohnzimmer ganz verlassen.

»Hör zu, Britta, ich bin nicht hierhergekommen, um mich mit dir zu streiten. Weißt du, die letzten Tage, nach unserem Telefonat, waren nicht leicht für mich.«

Britta lachte bitter. »So, die Tage waren nicht leicht für dich. War es das, was du mir sagen wolltest? Ich frage deshalb, weil die letzten gut dreißig Jahre auch nicht ganz leicht für mich waren, so ohne Vater. Aber ich hatte mich damit abgefunden. Es ist eben ein großes Unglück, wenn der eigene Vater vor der Geburt bei einem Unfall stirbt. Da kann man nichts machen, das ist Schicksal. Dann aber zu erfahren, dass mein Vater lebt, das war ein Schlag ins Gesicht. Nein, das war, als hättest du mich dreißig Jahre lang ins Gesicht geschlagen.«

Britta war immer lauter geworden. Charlotte hob abwehrend die Hände. »Bitte, ich weiß, dass ich dich zutiefst verletzt habe, und du hast alles Recht der Welt, wütend auf mich zu sein. Aber hör mir wenigstens kurz zu.« Dass Britta nur stumm die Lippen aufeinanderpresste, nahm Charlotte als Aufforderung, weiterzusprechen.

»Du weißt selbst, wie jung ich war, als ich erfuhr, dass ich schwanger bin. Ich habe nicht einen Augenblick darüber nachgedacht, die Schwangerschaft abzubrechen. Du warst für mich das größte Geschenk meines Lebens. Und damals wollte ich unbedingt Mads an diesem Geschenk teilhaben lassen. Ich weiß noch genau, wie ich in meiner kleinen WG-Küche gesessen habe und fest vorhatte, ihn anzurufen. Doch dann war genau an dem Tag diese Karte in der Post, mit einem Foto von seiner Hochzeit. Hatte ich das Recht, Mads um sein Glück zu bringen? Was hätte er getan, wenn er erfahren hätte, dass ich ein Kind von ihm erwartete? Ich war fest davon überzeugt, dass Mads zu seiner Verantwortung stehen würde. Aber wie wäre danach unsere Beziehung weitergegangen? Ich habe eine Entscheidung getroffen. Eine Entscheidung, die mir damals richtig erschien: Ich habe ihm nichts von meiner Schwangerschaft gesagt.« Ein langer Seufzer verriet, dass es für Charlotte nicht leicht war, diese Erinnerung wachzurufen. »Mit den Jahren beschlich mich die Furcht, dass mein Entschluss möglicherweise falsch gewesen sein könnte. Aber für mich gab es kein Zurück mehr. Es ging ja auch um dein Leben. Da waren schon so viele Lügen ausgesprochen. Wie hätte ich das einem Kind erklären können? Und doch – mit Mads hatte ich die Liebe meines Lebens verloren, das hat mich lange sehr traurig gemacht.«

Britta sah die Tränen in den Augen ihrer Mutter. Vielleicht würde sie eines Tages Charlottes Gründe verstehen. Vielleicht würde sie ihr dann vergeben können. Jetzt aber fehlte ihr einfach die Kraft dazu.

Bevor sie nachdenken konnte, rutschte ihr schon heraus: »Bist du fertig? Gut!« Sie schlug sich erschrocken die Hand vor den Mund. Hatte sie das gerade wirklich gesagt? Ihre Mutter schaute sie sprachlos an, Brittas gehässige Bemerkung hatte Charlotte tief getroffen.

Britta beeilte sich, fortzufahren. »Ich hatte heute nämlich einen schlimmen Tag.« Ihre Stimme zitterte. »Ich habe meinen Job gekündigt. Nein, um ehrlich zu sein, ich war ganz kurz davor, dass man mir gekündigt hätte, dem bin ich nur zuvorgekommen. Ich weiß nicht, wie es weitergehen soll, wovon ich leben werde, wo ich leben werde.«

Charlotte sprang auf und wollte ihre Tochter in den Arm nehmen, aber Britta wehrte sie ab. »Nein, bitte lass. Ich bin auf eine Art froh, dass du hergekommen bist. Ich rechne dir das hoch an, dass du einen Schritt auf mich zu machst. Aber versteh bitte, dass ich jetzt allein sein muss. Ich muss mir selbst erst einmal über viele Dinge klar werden. Heute Abend kann ich einfach nicht mehr. Du selbst hattest schließlich dreißig Jahre lang Gelegenheit zum Nachdenken, Ich brauche Zeit, gib mir eine Chance, mich zu beruhigen. Am Ende sage ich sonst noch lauter Sachen, die mir nachher leidtun. Ich bin deine Tochter und werde es immer sein, aber ich … ich … muss, ach, ich weiß doch selber nicht, was ich tun soll.« Britta spürte, wie die Tränen in ihren Augen brannten.

»Britta, ich …«

»Bitte, Mama, geh jetzt!«

Charlotte wischte sich mit der Hand eine Träne von der Wange, dann stand sie entschlossen auf. »Du musst mich nicht zur Tür begleiten, ich finde den Weg raus. Bitte lass mich wissen, wenn du so weit bist, dass wir miteinander reden können.«

Britta nickte stumm, und beim nächsten Donnerschlag hörte sie, wie ihre Mutter die Tür hinter sich ins Schloss zog.

Allein oder zusammen?

»Und, Schatz, was möchtest du essen? Ich weiß nicht, sollen wir mal nach einer Empfehlung fragen? Meinst du, die verstehen hier Englisch?«

Das ältere Ehepaar schaute sich unsicher um. Britta hatte gerade am Nachbartisch ein paar Getränke serviert und wandte sich nun lächelnd den beiden zu.

»Guten Tag, schön, dass Sie bei uns sind. Ich empfehle Ihnen heute die Fischplatte. Wir haben vor zwei Stunden fangfrischen Fisch aus dem Hafen bekommen, und unser Koch würde Ihnen dazu Bratkartoffeln und einen gemischten Salat zubereiten.«

»Sie sprechen ja Deutsch! Das können Sie aber gut, wo haben Sie das gelernt?«

»Bei meiner Mutter. Ich komme aus Frankfurt.«

»Ach, ein Mädel vom Main. Wir kommen aus Kronberg im Taunus. Wie klein doch die Welt ist! Der Besitzer hier kann aber froh sein, Sie engagiert zu haben, wo doch so viele Deutsche auf der Insel sind. Ist es nicht schwer, so ganz allein im Ausland zu arbeiten?«

»Aber nein, alle hier im Team sind sehr nett, und außerdem ist der Chef mein Vater.« Britta zwinkerte den beiden verschwörerisch zu. »Das hilft auch. Also, was meinen Sie? Zweimal die Fischplatte?«

Das Paar nickte zustimmend, und Britta nahm ein paar Tische weiter beschwingt die nächsten Bestellungen auf.

»Na, du hast aber gute Laune, Töchterchen.« Mads kam aus dem Keller und wuchtete ein neues Fass unter die Zapfanlage auf der Theke.

»Aber klar. Das Wetter ist wunderbar für September, die Gäste sind glücklich, und wir haben genug Tischreservierungen für die nächsten Tage.«

Mads strich sich zufrieden die Haare aus dem Gesicht.

»Ehrlich, ich hätte nie gedacht, dass du Spaß daran haben könntest, bei mir zu kellnern.«

»Ich bin ganz froh, dass ich bei dir arbeiten kann. Aber du weißt ja, sobald ich eine Zusage für einen neuen Job bekomme, musst du dir eine neue Servicekraft suchen.«

»Hoffentlich dauert das noch sehr lange, ich beginne mich gerade daran zu gewöhnen, dass immer eine meiner Töchter in der Nähe ist«, grinste Mads.

Britta warf ihrem Vater eine Kusshand zu und beeilte sich, die Bestellungen in der Küche abzugeben.

Noch zwei Stunden, dann war ihr Dienst zu Ende. Gegen halb vier wollte Jan Ole sie abholen.

Sie würden einkaufen und in aller Ruhe etwas kochen. Heute war ihr freier Abend.

Seltsam, dachte Britta, als sie nach draußen auf die Terrasse ging und sich umschaute. Wie schnell man sich doch an einen neuen Tagesablauf gewöhnen konnte. Vor gerade mal drei Wochen war sie zurück nach Læsø gekommen.

Noch an dem Abend, als ihre Mutter sie besucht hatte, hatte sie lange mit Jan Ole telefoniert. Natürlich hatte er sofort gefragt, ob sie nicht zu ihm auf die Insel kommen wolle. Wenigstens vorübergehend, bis sie einen neuen Job gefunden hätte. Britta hatte, ohne lange zu überlegen, das Angebot angenommen.

Sie brauchte nur eine Woche in Frankfurt, um alles zu regeln. Ein gutes Dutzend Bewerbungen brachte sie auf den Weg. Schweren Herzens verkaufte sie das Cabrio. Ohne ein festes Gehalt war der Sportwagen einfach zu teuer, und – so schön er war – sie fand ihn plötzlich unpassend.

Einen Teil des Geldes legte sie aufs Sparkonto, vom Rest kaufte sie sich einen gebrauchten Golf Kombi. Und schneller, als sie es je für möglich gehalten hatte, stand sie wieder an der Reling der Fähre und wartete sehnsüchtig darauf, dass Læsø am Horizont auftauchte.

»Hallo, Sie. Ich würde gern etwas bestellen.«

Britta schreckte aus ihren Gedanken hoch und lächelte den neuen Gast an. »Natürlich, ich bin gleich bei Ihnen. Darf ich Ihnen die Speisekarte bringen?«

***

Britta schaute nervös auf ihre Uhr. Es war mittlerweile Viertel nach vier, und von Jan Ole fehlte jede Spur. Sie hatte versucht, ihn auf seinem Handy zu erreichen, ihm eine SMS geschrieben, über WhatsApp nachgefragt, wo er denn bliebe – Fehlanzeige.

»Wartest du immer noch?«, erkundigte sich Mads besorgt. Ihm war natürlich nicht verborgen geblieben, dass seine Tochter seit einer Dreiviertelstunde auf der Bank vor dem Restaurant saß. »Soll ich dich nach Hause fahren, wenn Tina kommt? Dann kann sie sich um die Bar kümmern.«

»Nein, lass nur, Papa. Jan Ole hat versprochen, um halb vier hier zu sein. Ihm wird doch nichts passiert sein? Er hat nicht angerufen und geht auch nicht ans Telefon. Das ist echt blöd, heute ist schließlich mein freier Abend, ich hatte nicht vor, den bei dir zu verbringen.«

»Ach, schade.«

»Hör auf, Papa, du weißt genau, wie ich das meine.« Britta lächelte ihren Vater an, obwohl ihr gar nicht nach Lächeln zumute war. Sie machte sich Sorgen um Jan Ole, und in diese Sorgen mischte sich ein leichter Ärger darüber, dass er sie warten ließ.

Ein Hupen ertönte, und sie fuhr herum; Jan Oles Transporter bremste mit quietschenden Reifen auf dem Parkplatz des Restaurants.

»Hej, Mads. Hallo, liebste Britta. Da bin ich. Wartest du schon lange?« Ein Zwinkern seiner blauen Augen und ein strahlendes Lächeln genügten, und Brittas Stimmung hob sich merklich.

»Ob ich schon lange warte? Na ja, du wolltest um halb vier hier sein.«

»Um halb vier? Oje, da habe ich wohl die Zeit vergessen. Mein Handyakku ist leider leer, und ich habe das Aufladekabel zu Hause liegen lassen. Und dann hat es doch noch ein bisschen länger gedauert, denn ich hab noch Martin, Christian und Henrik getroffen, die drei wollen sich für ihre Band ein paar Transportkisten bauen lassen. Wir haben uns für heute Abend verabredet, um das bei einem Bierchen zu besprechen. Das ist dir doch recht – oder?« Endlich fiel ihm auf, dass Britta noch gar nicht geantwortet hatte. »Was ist denn los?«

»Ich hab mir Sorgen gemacht! Ich konnte dich nicht erreichen. Und ich dachte, dir ist vielleicht was passiert.«

Jan Ole küsste Britta auf die Wange. »Ach komm, was soll mir schon passieren? Wir sind auf Læsø, ich weiß gar nicht, wann es hier zuletzt einen Unfall gab.« Er versuchte, Britta an sich zu ziehen, bemerkte aber ihre Anspannung. »Okay, ich habe mich etwas verspätet, aber sei mir doch bitte nicht böse.«

»Wir wollten einkaufen gehen«, betonte Britta, »weil wir den Abend gemeinsam verbringen wollten. Du weißt doch bestimmt, dass ich mich auf den gemeinsamen Abend mit dir gefreut habe.«

»Ja klar, geht mir auch so.«

»Und warum verabredest du dich dann mit deinen Freunden auf ein Bier?«

»Ach, wir können das doch miteinander verbinden. Du kommst einfach mit, das dauert höchstens ein, zwei Stunden, und danach haben wir immer noch Zeit für uns.«

***

»Und dann ist der alte Thorben auf seine Weide gegangen und hat alle Rinder mit einer Wurzelbürste sauber geschrubbt.« Henrik grinste breit, während Christian, Martin und Jan Ole losprusteten.

Jan Ole wischte sich Lachtränen aus den Augen. »Oh Mann, Thorben und seine grünen Rinder, die Geschichte hatte ich ja ganz vergessen.«

»Wir können froh sein, dass die uns niemals erwischt haben«, warf Martin ein.

»Ihr wart also so etwas wie die Bad Boys der Insel?«, fragte Britta. Die Männer zuckten unschlüssig mit den Schultern. Was Britta richtig gut gefiel, war der Anflug von Verlegenheit in ihren Gesichtern.

»Na ja«, räumte Christian ein, »wenn man hier auf der Insel viel Zeit hat, kommt man schon auf ein paar verrückte Ideen. Aber so richtig schlimm waren wir nie. Die Rinder beispielsweise haben wir mit Lebensmittelfarbe gefärbt, weil wir ganz sichergehen wollten, dass den Tieren nichts passiert.«

Jan Ole trank einen Schluck Bier, bevor er ergänzte: »Aber cool sahen die schon aus. Vor allem, weil wir zweien auch noch alte Nachthauben von Henriks Oma auf den Kopf gesetzt hatten.« Die Erinnerung an die Rinder mit ihren spitzenbesetzten weißen Hauben führte zu einem weiteren Lachkrampf innerhalb der Runde. Britta schaute die vier Männer an. Sie hatte anfangs Schwierigkeiten gehabt, Henrik, Christian und Martin auseinanderzuhalten, so ähnlich sahen sich die drei mit ihren verstrubbelten hellblonden Haaren und den braungebrannten Gesichtern.

»Ich habe übrigens vor ein paar Tagen Tina getroffen«, sagte Martin.

»Uhh, Tina, hat die nicht auf dem Festland bei einer Versicherung angefangen?« Henrik schaute die anderen fragend an.

»Wer ist Tina?«, erkundigte sich Britta. Noch während sie die Frage stellte, sah sie, dass Jan Ole ein wenig rot wurde.

»Also, Tina ist eine … äh … frühere Bekannte«, druckste er herum, während die anderen Mühe hatten, weiter ernst zu bleiben.

»Du hast doch sicher schon von Tina gehört? Vor allem nach der Geschichte mit Erik?«, fragte Martin.

Nein, hatte Britta noch nicht. Die vier Männer an ihrem Tisch wechselten bedeutungsvolle Blicke, und sie hatte das Gefühl, das fünfte Rad am Wagen zu sein.

Während die Männer über frühere Bekannte und aktuelle Ideen redeten, fühlte sich Britta mit einem Mal sehr alleine. Ja, sie vermisste ihre Freundin Sandra, und noch mal ja: Sie hatte auch alte Bekannte, Studienkollegen, Menschen, die früher für sie einmal wichtig gewesen waren. Aber die waren alle nicht auf der Insel, sondern weit weg in einem anderen Leben. Hier auf Læsø lebte sie praktisch ohne Vergangenheit. Sie war sozusagen nur noch die neue Begleitung in Jan Oles Leben.

Henrik, Christian und Martin waren nett, ganz ohne Zweifel, aber sie waren Jan Oles Freunde. Sie teilten gemeinsame Erinnerungen. Es würde lange dauern, bis es so weit war, dass auch sie, Britta, an Anekdoten anknüpfen konnte, um mitzureden.

»Liebling, alles in Ordnung bei dir?« Jan Oles Frage holte Britta zurück an den Kneipentisch.

»Äh, ja, klar«, versicherte Britta hastig.

Ich fühl mich nur gerade sehr einsam, inmitten von netten Menschen, fügte sie im Stillen hinzu.

***

Der Abend in der Kneipe hatte dann doch ziemlich lange gedauert. Jan Ole war anschließend sofort schlafen gegangen, Britta dagegen war noch kein bisschen müde. Sie goss sich ein Glas Rotwein ein und fuhr ihren Laptop hoch. Jan Ole hatte für sie einen kleinen Tisch in einer Ecke des Wohnzimmers aufgestellt, damit sie einen eigenen Arbeitsplatz hatte. Still war es hier im Haus. Durch die großen Fenster hatte sie einen weiten Blick über die mondbeschienene Heidelandschaft, die in den Sandstrand überging. Noch immer konnte sie minutenlang einfach nur aus dem Fenster schauen und den Himmel über dem Meer bestaunen. Jan Oles Haus war wunderschön, er hatte es liebevoll saniert und erweitert. Sie mochte das skandinavische Design, die hellen Holzregale mit Büchern, CDs und alten Schallplatten, die Sitzgruppe aus dunkelbraunem Leder und den großen Kaminofen.

Britta warf einen Blick auf die silberne Tischuhr und seufzte unzufrieden. Sie hatten einen netten Abend verbracht, länger als geplant, aber doch schön. Jan Ole war nicht der Typ, der peinlich genau auf die Uhrzeit achtete, wenn er mit seinen Freunden zusammen war. Nun, als sie allein in Jan Oles stillem nächtlichem Haus saß, kamen die nagenden Zweifel wieder, die sie schon seit Tagen plagten.

Ihre Zukunft machte ihr Sorgen. Natürlich würde ihr Vater sich darüber freuen, wenn sie auch weiterhin bei ihm als Servicekraft arbeitete. Aber das war nicht das, was sich Britta vorstellte. Sie hatte kein Problem damit, andere zu bedienen, das war ihr in den letzten Wochen klargeworden. Doch als Kellnerin bei ihrem Vater zu arbeiten, war ganz sicher nicht die Verwirklichung ihrer Träume. Ein eigenes Restaurant oder eine kleine Pension, ja, das konnte sie sich gut vorstellen, aber das würde wohl ein Traum bleiben. Sie hatte weder das Geld noch die Möglichkeiten, so etwas umzusetzen. Ich muss realistisch sein, dachte Britta. Sie hatte sich auf der Insel umgehört, doch hier benötigte niemand ihre Fachkenntnisse. Das Turistbüro war voll besetzt, sie hätte allenfalls einen Aushilfsjob bei Læsø-Salz bekommen können, aber in dem Fall konnte sie genauso gut weiter bei ihrem Vater kellnern.

Sie musste der Tatsache ins Auge blicken, dass es im Moment weder auf Læsø noch in Frederikshavn eine freie Stelle für sie gab. Zu all ihren Bewerbungen hatte sie, bis auf fünf Absagen, nichts mehr gehört. Es wurde langsam Zeit, dass sie sich um ihre Zukunft kümmerte.

Britta rief ihre E-Mails ab. Sie hatte nur zwei neue Mails bekommen. Eine davon war von Sandra.

Liebe Britta,
die Tage sind ohne unsere Gespräche in der Kaffeeküche ganz schön einsam. In den letzten vier Wochen hat es hier richtig gekracht. Paul Satzmann hat ordentlich den Hammer kreisen lassen. Ich sag Dir, der war überhaupt nicht glücklich darüber, dass sich unsere Agentur, ohne mit ihm Kontakt aufzunehmen, sofort auf die Seite der Londoner Zentrale gestellt hat.
Satzmann hat genau dasselbe gesagt wie Du: Es sei kein guter Stil, dass sich Andy Wilson direkt an die deutsche Consulting-Agentur gewendet hat, ohne sich vorher mit ihm in Verbindung zu setzen. Das macht man einfach nicht.
Vor allem aber hat er Daniels Ideen in Grund und Boden gestampft. Dirk konnte ihm nur die ganze Zeit versichern, dass er das Beste für das Projekt wolle. Satzmann hat so laut gebrüllt, dass ich draußen im Vorzimmer jedes Wort verstehen konnte. Er hat nach Dir gefragt und hat Dirk vorgeworfen, er habe leichtfertig die einzige Person mit Verstand gehen lassen.
Ich glaube, Dirk ist zum ersten Mal klar geworden, dass Du vielleicht doch recht hattest. Außerdem stellt er fest, was Du hier alles geleistet hast. Ich habe ihm gesagt, dass ich nicht bereit bin, bis morgens um drei Uhr seine PowerPoint-Präsentationen vorzubereiten. Entweder, er gibt mir die Unterlagen so, dass ich das in meiner Arbeitszeit erledigen kann, oder er muss sehen, wie er sie fertigbekommt. Natürlich habe ich das nicht so

ausgedrückt, aber die Botschaft ist dennoch angekommen, das kannst du mir glauben. He, muntert Dich das auf?
Anderseits – wozu brauchst Du Aufmunterung, wo Du doch den ganzen Tag am Meer bist? Mann, bin ich neidisch. Wir überlegen schon, ob wir nicht mit den Kindern in den Sommerferien nach Dänemark fahren sollen. Aber die Sommerferien sind ja noch weit entfernt. Hab ich schon geschrieben, dass die Arbeitstage ohne Dich ganz furchtbar sind?
So, ich hör jetzt auf zu jammern. Schick mal ein paar Fotos und melde Dich, Deine Sandra.

Britta las die Mail zweimal. Auf der einen Seite freute sich ein kleiner Teufel in ihr darüber, dass Dirk und Daniel Probleme bekamen, auf der anderen Seite verspürte sie einen Anflug von Anteilnahme und Loyalität. Schließlich hatte sie sich über Jahre für die Agentur eingesetzt. Da tat es schon weh, von solchen Schwierigkeiten zu lesen.

Britta schloss Sandras Nachricht und hätte die zweite Mail um ein Haar ungelesen in den Spam-Ordner verschoben. »For Planet will dich« – was war denn das für eine Betreffzeile? Doch irgendetwas an der Absenderadresse kam ihr bekannt vor. Sie öffnete die Mail nach kurzem Zögern und las.

Sehr geehrte Frau Hoffmann,
wir möchten Sie gern kennenlernen. Ihre Bewerbung und Ihre bisherige Berufserfahrung haben uns überzeugt.

Britta lehnte sich zurück und dachte nach. »For Planet« – wer zum Teufel war das? Eine Firma, eine Stiftung? Sie konnte sich nicht erinnern, sich dort beworben zu haben. Die Absenderin der Mail, eine Claudia von Rillenkamp, bat um ein Gespräch, wenn möglich in den nächsten zwei Wochen.

Weiter unten in der E-Mail gab es einen Link. Britta klickte ihn an, und eine Website öffnete sich. Überrascht holte sie Luft. »For Planet« war ein ausgegliedertes Start-up der Tourismuszentrale Schleswig-Holstein. Dort hatte sich Britta beworben, weil es von Kiel nicht allzu weit nach Læsø war. Sie scrollte weiter. Je mehr sie las, umso begeisterter wurde sie. »For Planet« hatte sich zum Ziel gesetzt, Projekte für einen sanften, ökologischen Tourismus umzusetzen – also das genaue Gegenteil des hier auf Læsø geplanten Ferienparks nach Ballermann-Art. Die Website sah professionell aus. Britta googelte nach weiteren Informationen. Ja, das Ganze hatte Hand und Fuß, vor allem war es für die nächsten fünf Jahre vorfinanziert.

Sie schaute sich die Zahlen an und stieß langsam die Luft aus. Das könnte ihre Chance sein. Alles, was sie las, klang wie auf sie zugeschnitten, und diese Frau von Rillenkamp schien wirklich sehr interessiert zu sein.

Für einen kurzen Moment zögerte Britta. Die Anfrage klang sehr konkret, so konkret, dass sie sich ein wenig davor fürchtete. Wie würde es mit ihrer Beziehung weitergehen, wenn sie in Kiel arbeitete? Was würde Jan Ole dazu sagen? Natürlich wussten sie beide, dass Brittas Aufenthalt auf der Insel irgendwann enden würde. Aber es war so, wie Mads gesagt hatte: Man konnte sich daran gewöhnen, hier zu sein.

Auf der anderen Seite hatte Jan Ole sein eigenes Leben, seinen Beruf, seine Freunde. Und was habe ich?, fragte sich Britta. Sie gab sich einen Ruck und antwortete auf die Mail.

***

»Gestern Abend hat sich ein Unternehmen aus Kiel gemeldet. Die haben großes Interesse an mir.«

»Mhhhm. Sag mal, hast du irgendwo das Aufladekabel von meinem Handy gesehen?«

Britta legte das angebissene Frühstücksbrötchen auf den Teller zurück. »Hörst du mir überhaupt nicht zu?«

»Was? Klar hab ich zugehört. Du hast gestern eine Mail bekommen.«

»Genau, und zwar von einem Unternehmen …«

»Ach du meine Güte, wir haben ja schon gleich halb neun. Du, Britta, sorry, aber ich muss los. Du musst mir das alles ganz genau heute Abend erzählen. Mach's gut.«

»Heute Abend muss ich arbeiten«, rief Britta Jan Ole hinterher.

»Fein, dann bis später«, erwiderte Jan Ole, der schon auf halbem Weg nach draußen war. Britta ließ das Brötchen auf dem Teller liegen, ihr war der Appetit vergangen.

Jan Ole nahm ihre Anwesenheit anscheinend als selbstverständlich hin. Er hatte sie mit offenen Armen willkommen geheißen, aber der Alltagstrott hatte sich viel zu schnell in ihre Liebesbeziehung eingeschlichen. Aus Romantik war ein bloßes Zusammenleben geworden. Dass das in nur drei Wochen geschehen konnte, machte Britta unglücklich.

Es war verzwickt: Gerade jetzt in der kalten Jahreszeit hatte Jan Ole unglaublich viel zu tun. Er hatte so viele Aufträge für Reparaturen an Ferienhäusern, dass er kaum hinterherkam. Britta dagegen hing in der Luft. Jan Ole hatte nicht so viel Zeit für Britta, aber genau das hätte sie jetzt gebraucht. Schließlich stand sie vor dem Nichts, hatte ihre Arbeit verloren, ihre Freunde waren weit weg in Deutschland – sie wusste nicht, wie es weitergehen sollte. Es musste doch etwas geben, was sie tun konnte.

Spontan beschloss Britta, ihre Oma zu besuchen, bevor sie später ihren Dienst im Restaurant antrat. Mit irgendjemandem musste sie jetzt reden, warum nicht mit Oma.

Glitzer auf dem Boden der Tatsachen

»Britta, komm rein. Das ist aber schön, dass du vorbeischaust. Hast du schon gefrühstückt?«

»Natürlich, Oma.« Britta folgte Anne ins Haus. Die hatte keinen Rollstuhl mehr nötig, sondern benutzte nun Krücken und bewegte sich mit einer erstaunlichen Geschwindigkeit.

»Aber eine Tasse Kaffee trinkst du doch sicher noch mit? Setz dich ins Wohnzimmer, ich bin gleich bei dir.«

Kurze Zeit später kam Anne zurück und schob dabei geschickt einen kleinen Servierwagen vor sich her. Mit einem Schnaufen ließ sie sich in den großen Sessel fallen. »Nach den Wochen im Rollstuhl bin ich froh, dass ich wieder allein zurechtkomme. Meine Krankengymnastin ist auch sehr zufrieden. Aber ich sag dir, mir geht das alles noch viel zu langsam. So, und jetzt verrate mir, was du auf dem Herzen hast.«

»Sieht man mir das so deutlich an?«

»Ich kenne dich mittlerweile ganz gut, und heute früh siehst du richtig unglücklich aus. Hattest du Streit mit Jan Ole?«

Britta schüttelte den Kopf. »Ich wünschte mir, er würde pünktlicher sein und besser zuhören, aber richtig gestritten haben wir uns nicht. Ich hab gestern eine Mail von einem Unternehmen bekommen, das großes Interesse an mir hat. Der Job klingt wirklich toll und spannend, aber der Firmensitz ist in Kiel.«

»Und jetzt bist du hin- und hergerissen, ob du hier auf der Insel bleiben oder nach Kiel gehen sollst.«

»Ganz genau, Oma. Ich kann ja nicht auf Dauer bei Papa im Restaurant arbeiten und in Jan Oles Haus leben, da fühle ich mich immer noch wie ein Gast.«

Anne lachte in sich hinein. »Ich gehe jede Wette ein, dass beide Männer das mittlerweile als gegeben ansehen. Ich kenne doch meinen Sohn, der freut sich, dass du da bist. Und Jan Ole ist sicher auch zufrieden mit dem Status quo. Die Frage ist nur, was du willst.«

Britta seufzte. »Das ist es ja gerade. Solange es keine Jobangebote gab, musste ich mir die nicht stellen. Aber die Mail aus Kiel hat mich auf den Boden der Tatsachen zurückgeholt.«

Anne beugte sich vor und streichelte teilnahmsvoll über Brittas Hand. »Nun mach mal halblang, Kind. Du willst dir ja nur ein Unternehmen in Kiel ansehen und nicht nach Amerika auswandern. Du musst auch an dich denken. Wenn du dir nicht anhörst, was dieses Unternehmen zu bieten hat, wirst du dir das nie verzeihen. Schlimmer noch, irgendwann wirst du möglicherweise Jan Ole die Schuld für eine verpasste Chance geben. Es ist ganz gut, wenn man mit beiden Beinen auf dem Boden der Tatsachen steht – allerdings kann es nicht schaden, wenn auch ein wenig Glitzer auf diesem Boden liegt.«

»Was meinst du denn damit?«

»Wenn ich eins gelernt habe in meinem langen Leben, dann ist es das: Dass wir Menschen nicht nur Tatsachen brauchen, sondern auch ein bisschen Glanz und Romantik. Sei so vernünftig, eine aussichtsreiche Stelle anzuschauen, und die Möglichkeiten ernsthaft zu prüfen, aber denk daran, dass Arbeit nicht alles ist.«

***

Memo an mich
Auf dem Boden der Tatsachen liegt zu wenig Glitzer.
1. Mit Jan Ole über Kiel sprechen, gleich morgen früh
2. Termin fürs Vorstellungsgespräch ausmachen, Papa Bescheid sagen, packen
3. Für mehr Glitzer sorgen, so schwer kann das doch nicht sein.

***

»Du hast *was* gemacht?« Jan Ole klang gleichzeitig überrascht und vorwurfsvoll.

»Ich habe für nächste Woche einen Termin für ein Bewerbungsgespräch in Kiel vereinbart. Das Unternehmen will mich kennenlernen, das ist ein guter Anfang.«

Jan Ole stieß ein missbilligendes Schnalzen aus.

»Bist du denn nicht glücklich hier bei mir? Ich dachte, wir lieben uns, und unser gemeinsames Leben gefällt dir, so wie es ist.«

»Ich möchte wieder arbeiten, und zwar in dem Beruf, den ich gelernt habe und in dem ich richtig gut bin. Aushilfskellnerin bei meinem Vater zu sein, ist jedenfalls nicht die Erfüllung meiner Träume. Du brauchst mich nicht so ärgerlich anzuschauen, es ist ja keine Aussage über unsere Beziehung, wenn ich mich auf Jobs bewerbe.«

Britta wollte sich nicht mit Jan Ole streiten.

»Dir ist aber schon klar, dass eine Bewerbung in Kiel bedeutet, dass man auch in Kiel arbeiten muss. Und Kiel liegt nicht gerade um die Ecke.« Jan Ole klang jetzt richtig gekränkt.

»Was soll ich denn tun? Hier auf Læsø gibt es keine passenden freien Stellen. Ich habe mich auch in der näheren Umgebung auf dem Festland umgehört, aber auch da ist nichts zu finden. Außerdem möchte ich nicht jeden Tag neunzig Minuten mit der Fähre fahren müssen und anschließend noch mit dem Auto.«

»Lisa, die Freundin von Henrik, macht das jeden Tag. Sie arbeitet in Jerup, und die beiden sind sehr glücklich.«

»Lisa arbeitet in der Verwaltung eines Baumarktes, das ist nicht das, was ich mir vorstelle. Dann kann ich auch weiterhin bei meinem Vater kellnern. Vielleicht ist Lisa am Ende eines Arbeitstages plus insgesamt vier Stunden Fahrzeit auch so geschafft, dass es ihr egal ist, ob Henrik den ganzen Abend mit seinen Freunden abhängt.«

»Ach so, daher weht der Wind. Du bist nicht bereit, ein paar Unbequemlichkeiten in Kauf zu nehmen, damit wir zusammen sein können.«

»Was soll das, Jan Ole! Du verstehst das ganz falsch. Ich habe hier in der Nähe bis jetzt keine angemessene Arbeitsstelle gefunden. Nichts, was auch nur annähernd so wie meine Arbeit in Frankfurt wäre. Dieses Angebot aus Kiel ist die erste interessante Rückmeldung, die ich seit Wochen erhalten habe. Ich weiß nicht, was mich dort erwartet, ob ich den Job überhaupt bekomme. Aber ich werde mir diese Chance nicht entgehen lassen.«

»Chance? Eine Chance worauf? Darauf, hier wieder wegzukommen?«

»Blödsinn. Ich liebe dich, ich will mit dir zusammen sein, aber dann müssen wir uns ein gemeinsames Leben aufbauen. Im Moment bin ich nur Gast in deinem Leben.«

»So siehst du das also? Du setzt unsere Beziehung leichtfertig aufs Spiel, weil dir deine Karriere wichtiger ist! Du bist überhaupt nicht bereit, einen Kompromiss einzugehen.«

Entsetzt bemerkte Britta, dass das Gespräch eine unschöne Wendung nahm. Bisher hatten sie sich noch nie ernsthaft gestritten. Sie versuchte einzulenken: »So funktioniert das nicht. Du musst auch Platz für mich in deinem Leben machen! Ich bin nicht die einzige hier, die etwas ändern kann. Ein gemeinsames Leben, das muss doch für beide funktionieren.«

»Na prima, dann solltest du wohl wirklich nach Kiel gehen, vielleicht findest du dort jemanden, der besser zu dir und deinen Vorstellungen von einem gemeinsamen Leben passt«, stieß Jan Ole hervor. »Reisende soll man ja bekanntlich nicht aufhalten.«

Er rannte aus der Küche, und Sekunden später knallte die Haustür ins Schloss.

»Mist, Mist, Mist!«, murmelte Britta. Sie schlug mit der Faust auf den Küchentisch.

Der erste Punkt auf ihrer Liste, mit Jan Ole zu sprechen, war ja wohl voll danebengegangen. Aber das lag nun wirklich nicht allein an ihr. Was stellte er sich denn vor? Natürlich gefiel es ihr mit ihm auf Læsø, aber sie hatte doch auch eigene Träume – zählten die denn gar nicht?

Britta schaute auf die Küchenuhr. In drei Stunden würde die nächste Fähre die Insel verlassen. Zeit genug, um ihren Koffer zu packen, bei Mads und Oma vorbeizufahren und sich zu verabschieden. Ihr Vater würde ziemlich unglücklich sein, dass er so kurzfristig auf ihre Hilfe verzichten musste, aber das konnte sie auch nicht ändern. Jetzt geht es erst mal um mich und nicht darum, was andere von mir wollen, dachte Britta. Ich fahre nach Kiel, nehme mir ein Hotelzimmer und schaue mir die Stadt an, dann habe ich schon mal einen ersten Eindruck. Und nach dem Vorstellungsgespräch? Britta blickte sich um und sah ihre wenigen Habseligkeiten auf dem kleinen Tisch im Wohnzimmer. Sie wirkten wie ein Fremdkörper im Raum, und plötzlich vermisste sie ihre Wohnung in Frankfurt, ihre eigenen vier Wände mit ihren eigenen Möbeln, Büchern und CDs.

Es müsste sich einiges ändern, damit mehr Glitzer in mein Leben kommt, dachte Britta traurig.

Es wird Herbst in Frankfurt

Es klingelte. Das musste Sandra sein. Sie hatten sich für halb acht verabredet. Britta warf einen prüfenden Blick auf den Nudelauflauf im Backofen, trocknete sich die Hände ab und lief zur Wohnungstür.

»Hallo, meine Liebe, ich komm doch nicht zu spät?«

»Hallo, Sandra, nein, du bist ganz pünktlich. Komm rein, häng deinen Mantel auf. Ich war gerade dabei, den Salat zu waschen. Ansonsten ist alles fertig. Geh doch schon mal ins Wohnzimmer, ich bin gleich bei dir.«

Als Britta mit der Salatschüssel ins Wohnzimmer kam, stand Sandra vor dem brennenden Kaminofen und hielt die Hände in die Wärme, die dieser ausstrahlte.

»Um den Kaminofen beneide ich dich ja. Vor allem bei diesem schmuddeligen, nasskalten Wetter.«

Ja, das Wetter war seit Tagen grau und kalt, die Fenster boten tagsüber nur einen Ausblick in eine dichte Nebelsuppe. Britta war ganz froh, dass sie in den letzten drei Wochen viel unterwegs gewesen war. Die ganze Zeit allein hier oben in ihrer Dachwohnung zu sein, mit Blick in die trüben Wolken, hätte sie ganz schön runtergezogen.

»Ich hab mich richtig gefreut, dass du dich bei mir gemeldet hast, Britta.«

»Ich hatte doch versprochen, dich anzurufen, sobald ich aus Lübeck zurück bin.«

»Und wie waren Hamburg und Lübeck?«

»Muss ich dir gleich in Ruhe erzählen, aber sag mal, magst du ein Glas Wein?«

»Zu einem Weißwein würde ich nicht Nein sagen – ich hab den Bus genommen. Jochen hat sich bereit erklärt, den Elternabend in der Kita allein durchzustehen. Wahrscheinlich werden die wieder endlos über die Weihnachtsfeier, den nächsten Töpfer-Anfängerkurs und die musikalische Früherziehung diskutieren. Wenn er danach noch keinen erschlagen hat, wird er wohl gegen halb elf hier vorbeikommen, um mich abzuholen.« Sandra kicherte.

»Dann habe ich ja genau das Richtige kalt gestellt. Ich hol schnell den Wein aus der Küche.«

Fünf Minuten später hatte Britta Kerzen angezündet, Wein eingeschenkt und das Essen serviert.

»Jetzt erzähl mal, Britta. Kiel war klasse, so viel weiß ich ja schon. Aber die haben sich noch nicht zurückgemeldet? Wie waren die Gespräche in Hamburg und in Lübeck? Du bist offensichtlich heiß begehrt.«

Britta nickte. Die letzten Wochen waren wie im Zeitraffer vorbeigerauscht.

»Ich verstehe es ja selbst kaum. Nachdem ich im Sommer so viele Bewerbungen abgeschickt hatte, kamen mehr als einen Monat lang überhaupt keine Rückmeldungen. Dann bin ich zu dem Gespräch nach Kiel gefahren, und danach haben sich die beiden Agenturen in Hamburg und der Tourismusverband in Lübeck gemeldet. Es war, als wäre ein Knoten geplatzt.«

»Und wie geht es jetzt weiter?«

»Das hängt davon ab, von wem ich zu einem zweiten Gespräch eingeladen werde und wer mich letztendlich haben will. Wobei mir die Stelle in Kiel schon am besten gefallen hat. Bei beiden Angeboten in Hamburg würde ich wieder in einer Agentur arbeiten, und der Job in Lübeck – na ja, die suchen jemanden, der europaweit die Messeaktivitäten koordiniert. Auch spannend, aber nicht das, was mich am meisten interessiert.«

»Dann drücke ich dir für Kiel die Daumen. Hast du noch mal was von Jan Ole gehört?«

Nachdenklich trank Britta einen Schluck Weißwein und schüttelte traurig den Kopf. »Ja und nein. Zuerst war Funkstille. Außer einer kurzen SMS, dass ich mich doch mal melden soll, kam nichts. Irgendwann haben wir dann wieder angefangen, miteinander zu telefonieren. Aber das war ganz komisch, als würden sich zwei Fremde unterhalten. Wir haben über gar nichts Wichtiges gesprochen.« Nachdenklich schwieg Britta für einen Moment und fuhr dann fort: »Weißt du was? Ich liebe Jan Ole, aber ich kann es ihm nicht einfach so am Telefon sagen.«

Sandra warf vorsichtig ein: »Und wenn du es einfach versuchst? Was hast du schon zu verlieren?«

»Ach, das hat doch alles keinen Sinn. Ich glaube, er ist immer noch sauer, weil ich nicht länger auf Læsø bleiben wollte. Und dann steht da auch immer noch dieser dumme Streit zwischen uns. Ich weiß gar nicht, wie wir da wieder rauskommen sollen. Ich muss doch auch eine Arbeit haben. Ob er das gar nicht versteht?«

»Fehlt er dir denn?«

»Ja, wie verrückt. Ich hab's nachgezählt, jetzt haben wir uns schon seit vierunddreißig Tagen nicht mehr gesehen. Es fühlt sich fast so an, ob es die Zeit auf Læsø nie gegeben hätte …«

Sandra nickte mitfühlend.

»Und dein Vater?«

»Ich telefoniere ab und zu mit ihm, und mit meiner Oma. Ida ruft fast jeden zweiten Tag an. Sie will zusammen mit unserem Vater ein großes Familienweihnachtsfest organisieren.«

»Ich kann immer noch nicht glauben, dass du auf Læsø eine komplette Familie hast. Ich dachte immer, solche Geschichten gibt es nur in Büchern. Was sagt denn deine Mutter dazu, dass du nun alle kennengelernt hast?«

Britta winkte ab. »Das ist ganz schwierig. Weißt du, wir haben uns deswegen heftig gestritten, und am Anfang war ich unglaublich wütend, vor allem aber … verletzt. Immerhin haben wir in den letzten Wochen ein paarmal telefoniert. Es wäre gut, wenn wir uns noch einmal treffen würden, um uns richtig auszusprechen. Aber neben den ganzen Vorstellungsgesprächen habe ich es einfach noch nicht geschafft, mich mit ihr zu verabreden. – Komm, lass uns von etwas anderem reden. Wie sieht es bei euch aus?«

Sandra lächelte und überlegte für einen Moment, mit welchem Gesprächsthema sie ihre Freundin am besten auf andere Gedanken bringen könnte. »Unsere Familienproblemchen sind kaum berichtenswert. Aber in der Firma gibt es den absoluten Knaller: Daniel hat gekündigt, weil er ein Angebot von Bradford International in London bekommen hat. Er ist mit seiner Freundin, die er im Sommer kennengelernt hat, nach England gezogen. Gleichzeitig wurde das Læsø-Projekt komplett auf Eis gelegt. Erinnerst du dich an diesen Verwaltungschef, der sich hat bestechen lassen?«

Und ob sich Britta an Jens Sønderstrand erinnerte. »Klar, ich war schließlich dabei, als meine Oma ihm vor der versammelten Bürgerschaft die Leviten gelesen hat.«

»Dirk hat versucht, im Auftrag von Bradford International mit Sønderstrand weiter über den Ferienpark zu verhandeln. Offenbar hatte Sønderstrand aber in der Zwischenzeit allen erklärt, dass er das Geld nur zum Schein angenommen habe, um die Machenschaften der Immobilienhaie aufzudecken.«

Britta schnaubte ungläubig. »Wer's glaubt. Der hatte doch den Karibikurlaub sogar schon gebucht. Seine Frau hat es Ida gezeigt, sie hat es in den Kontoauszügen mit eigenen Augen gesehen.«

»Aber er hat allen glaubhaft versichert, dass er das Geld von Bradford International nie antasten wollte. Das habe ich zumindest von Dirk gehört. Was aber entscheidend ist: Sønderstrand hat sich vom Saulus zum Paulus gewandelt. Er ist jetzt komplett gegen einen neuen Ferienpark, egal nach welchem Konzept.«

Britta zog spöttisch eine Augenbraue hoch. »Das ist ja mal interessant! Ich bin gespannt, was meine Oma zu diesem Thema zu erzählen hat. Ich rufe sie gleich morgen an.«

Sandra fuhr fort: »Bradford International plant statt des Ferienparks auf Læsø nun einen in Südschweden – das ist der letzte Stand, den ich kenne. Ohne Fähre, mit direkter Autoanbindung.«

Armes Schweden, dachte Britta. Sie fand die Vorstellung, was die Schweden wohl zu dunkelroten Plastikhäuschen sagen würden, ausgesprochen amüsant.

Sie hob ihr Weinglas und prostete Sandra zu. »Darauf trinke ich. Vielleicht finden Daniels Ideen zu einer Partymeile ja in Schweden Anklang. Kann man nicht wissen.«

»Ich denke, der muss seine eigenen Erfahrungen machen. Trinken wir lieber darauf, dass für dich alles gut läuft. Trinken wir auf Kiel.«

***

Der weitere Abend verging wie im Flug. Jochen stieß kurz nach zehn sichtlich genervt dazu, konnte aber mit einem Rest Nudelauflauf wieder in bessere Stimmung versetzt werden. Als sich Sandra und Jochen verabschiedeten, war es fast Mitternacht. Für einen kurzen Augenblick riss die dichte Wolkendecke auf, und ein silbriger Vollmond kam zum Vorschein. Der gleiche Vollmond, der im Sommer über dem Meer geleuchtet hatte, dachte Britta wehmütig, als sie allein vor dem Fenster stand und nach draußen schaute. Der gleiche Mond, aber eine ganz andere Geschichte.

Jan Ole braucht Rat

Jan Ole hatte einen Kloß im Hals, als er an der Haustür klopfte. Er wollte fast schon wieder umkehren, als er drinnen zaghafte Schritte und das Tappen eines Gehstocks hörte. Ein Riegel wurde zurückgeschoben, und Anne Rasmussen öffnete die Tür.

»Ja, wen haben wir denn da? Ich hab mir schon gedacht, dass du irgendwann mal vorbeikommen würdest. Hast dir aber Zeit gelassen.«

Jan Ole lächelte schief. »Du hattest angekündigt, mir den Hosenboden stramm zu ziehen, das hat mich abgeschreckt.«

Anne drohte Jan Ole mit dem Zeigefinger. »Mach dich nicht über mich lustig, Junge, sonst überlege ich es mir noch anders. Na, komm erst mal rein.«

Jan Ole folgte Anne ins Wohnzimmer. Unschlüssig blieb er stehen.

»Nun setz dich schon und steh nicht herum. Ich beiße nicht«, forderte Anne ihn auf.

Jan Ole ließ sich in einen der Sessel fallen und fragte: »Hast du etwas von Britta gehört?«

»Natürlich. Schließlich hab ich sie ja nicht aus meinem Haus vergrault.«

»Habe ich auch nicht«, verteidigte sich Jan Ole, »wir haben uns halt gestritten, und ein Wort hat das andere ergeben.«

Anne nickte ernst, wobei ein Lächeln in ihren Mundwinkeln zuckte. »Soso, du gibst also zu, dass du Mist gebaut hast.«

»Ja, habe ich«, gestand Jan Ole kleinlaut ein. »Ich hab gedacht, dass sie glücklich sei. Weißt du, was sie mir vorgeworfen hat? Sie sei nur Gast in meinem Leben. Damals habe ich das nicht verstanden, aber mittlerweile habe ich kapiert, was sie damit meinte.«

»Gut, das hat zwar ein Weilchen gedauert, aber damit muss man bei euch Männern anscheinend rechnen. Fragt sich nur, was du jetzt tun willst. Sag mir ja nicht, dass du gekommen bist, weil du eine Idee von mir brauchst.«

»Nein, Anne, ich habe schon eine Idee, aber ich bin mir nicht sicher … also, ich weiß nicht, wie ich es anfangen soll.«

Jetzt lächelte Anne breit. »Ein Mann, der seine Fehler einsieht und eine Idee hat, wie er den Karren aus dem Dreck ziehen kann – das lob ich mir. Was willst du dann von mir hören?«

»Britta ist nach unserem Streit so schnell abgereist. Ich bin nicht so gut mit Worten, aber ich würde so gerne mit ihr sprechen. Sie fragen, ob wir es nicht noch einmal versuchen können. Zuerst habe ich mich nur getraut, Britta eine SMS zu schicken. Und auf die hat sie nicht reagiert.«

»Und dann? Gar nichts mehr?«

»Doch, inzwischen haben wir ein paarmal telefoniert. Aber wir haben über nichts Wichtiges gesprochen. Es ist kompliziert, sie ist so weit weg. Und je länger wir uns nicht sehen, umso schwieriger wird es, am Telefon über Gefühle zu sprechen, mal richtig miteinander zu reden. Ich wünschte, wir hätten uns nicht gestritten. Ich wünschte, ich hätte Britta öfter gesagt, dass ich sie liebe.«

Anne setzte sich energisch auf. »Und gesetzt den Fall, ihr würdet miteinander reden? Was würdest du ihr sagen?«

»Weißt du, Anne, deine Enkelin hat einen Traum. Sie hat mir davon erzählt, damals beim Hafenfest. Und ich will sie davon überzeugen, dass sie sich mit mir diesen Traum erfüllen kann. Aber wie? Einfach nur reden ist zu wenig. Ich muss ihr irgendwie zeigen, dass ich eine Lösung weiß.«

»Jan Ole, du solltest Britta an deiner Idee teilhaben lassen. Bestimmt fällt dir etwas ein.«

»Ich brauche einen Plan.«

»Die Dichterin Mascha Kaléko hat einmal gesagt: ›Zerreiß deine Pläne. Sei klug und halte dich an Wunder.‹ Vielleicht reicht es, wenn du aufrichtig bist und genau das tust. Halte dich an Wunder.«

***

Als Jan Ole zu seinem Wagen zurückging, riss für einen kurzen Augenblick die dichte Wolkendecke auf, und ein silbriger Vollmond kam zum Vorschein. Der gleiche Vollmond, der im Sommer über dem Meer geleuchtet hatte, dachte er und hatte für einen Wimpernschlag das Gefühl, Britta würde neben ihm stehen. Der gleiche Mond wie damals. Jetzt lag es an ihm, wie ihre Geschichte weitergehen würde. Zerreiß deine Pläne. Sei klug und halte dich an Wunder.

Entschlossen stieg Jan Ole in seinen Wagen. Ganz ohne einen Plan würde es nicht gehen, aber er hatte da eine Idee. Es gab eine Menge zu tun.

Im Zug nach Kiel

Zum wiederholten Mal zupfte Britta an den Manschetten ihrer Bluse. Sie saßen eigentlich optimal, genau wie der neue Blazer, den sie sich vor ein paar Tagen gekauft hatte.

Was, wenn die Firma es sich in letzter Minute anders überlegt hatte?, ging es ihr durch den Kopf. Unfug, man wollte sie dort als neue Abteilungsleiterin haben. Den Arbeitsvertrag hatte man ihr schon vorab zur Ansicht zugeschickt, heute musste sie nur noch unterschreiben. Da ging schon nichts mehr schief! Nach der Zusage aus Kiel hatte Britta sowohl den Agenturen in Hamburg als auch dem Lübecker Unternehmen abgesagt. Für sie gab es jetzt keinen Plan B mehr, sie würde in Kiel Karriere machen. Irgendwo weiter vorn im Großraumabteil des ICE dudelte »Last Christmas« aus einem Lautsprecher.

Noch eine knappe Stunde bis zur Ankunft.

***

Ein leiser Dreiklang signalisierte den Empfang einer Nachricht. Neugierig zog Britta ihr Handy aus der Handtasche. Als sie las, wer ihr geschrieben hatte, schlug ihr Herz plötzlich schneller. Der Text war ebenso kurz wie rätselhaft: »Bitte lösch diese Nachricht nicht. Schau das Video an – bitte!« Kurz zögerte Britta, doch dann siegte ihre Neugierde.

»Hej, Britta. Du hast gesagt, dass du dich wie ein Gast in meinem Leben fühlst. Und mir ist mittlerweile klar geworden, was du damit gemeint hast. Ich vermisse dich!«

Jan Oles Gesicht wirkte ein wenig verzerrt, offenbar hatte er diese Videobotschaft selbst mit dem Handy aufgezeichnet. Aber sein Gesicht zu sehen und seine Stimme zu hören, versetzte ihr einen Stich ins Herz.

»Ich glaube, ich habe mich ziemlich blöd verhalten. Ich habe dich gar nicht verdient. Andererseits will ich mir überhaupt nicht vorstellen, wie ein Leben ohne dich wäre. Deine Oma hat etwas sehr Weises gesagt: ›Zerreiß deine Pläne. Sei klug und halte dich an Wunder.‹ Das versuche ich jetzt mit dieser Botschaft. Ich hoffe auf ein Wunder, aber vorher habe ich trotzdem einen Plan gemacht. Vielleicht ist es auch gar kein richtiger Plan, eher eine Idee – eine Idee, wie unser künftiges gemeinsames Leben aussehen könnte. Ein Leben, in dem du nicht nur Gast bist.«

Britta spürte, wie ihr plötzlich Tränen in den Augen brannten. Jan Ole konnte doch nicht einfach mitten in ihr neues Leben platzen. Sie wollte das Video schon stoppen, brachte es dann aber doch nicht übers Herz.

»Sieh mal.« Jan Ole drehte das Handy in eine andere Richtung. Ein großes, weißes mehrstöckiges Haus mit hohen Fenstern und kleinen Balkonen kam ins Bild. Ans Erdgeschoss war ein Wintergarten mit weißen Sprossenfenstern zwischen schwarzen Balken angebaut. Die Dachgiebel waren mit verschnörkelten, dunkelroten Holzverzierungen versehen. Vor dem Haus stand ein weißer Lattenzaun. »Das hier könnte uns gehören. Das Haus soll verkauft werden. Ich habe mir ein Vorkaufsrecht gesichert. Vor dreißig Jahren ist es mal ein Hotel gewesen, und wenn du möchtest, dann kann es auch wieder eins werden. Mit Blick aufs Meer, ganz so, wie du es dir immer erträumt hast. Weißt du noch, du hast mir von deinem Traum erzählt. Ich hab das nicht vergessen. Es hat nur eine Weile gedauert, bis ich begriffen habe: Ich liebe dich!«

Mads springt über seinen Schatten

»Wir könnten in den nächsten Wochen nach und nach Weihnachtsklassiker ins Repertoire aufnehmen, was meinst du? Mads, hörst du mir überhaupt zu?«

»Was?« Mads schreckte aus seinen Gedanken auf. »Ähm, ja klar. Ich hab nichts dagegen, wenn ihr Weihnachtslieder spielt. Sollte euer neuer Gitarrist und Sänger aber ›Last Christmas‹ anstimmen, fliegt er raus.«

»Keine Sorge, sollte er das wagen, schmeißen wir ihn direkt wieder aus der Band.«

Mads grinste: »Dann sind wir uns ja einig.«

Er schloss die Tür seines Büros. Für das, was er jetzt vorhatte, brauchte er Ruhe. Die Telefonnummer hatte er schon vor Tagen über das Internet herausgesucht, jetzt musste er nur noch anrufen … leichter gesagt als getan. Ich mache das auch für Britta, dachte er, griff entschlossen zum Telefonhörer und wählte.

Sie ging schon nach dem dritten Klingeln ans Telefon. »C-Hoffmann-Yogaschule, Sie sprechen mit Charlotte Hoffmann.«

Ihre Stimme hatte sich kaum verändert, er erkannte sie gleich wieder. Mads räusperte sich. »Ähm, ja, hallo. Ich bin's, Mads. Mads Rasmussen. Charlotte, wir müssen reden.«

Einfach weg, egal wohin

»Willkommen bei ›For Planet‹. Ich freue mich wirklich, dass Sie hier sind.«

Claudia von Rillenkamp begrüßte Britta mit einem herzlichen Lächeln im Foyer des Firmensitzes: ein flaches Gebäude aus Glas und Holz mit riesigen begrünten Flächen im Innenhof. Die Personalchefin trug die Haare modisch kurz, und angesichts ihrer Jeans und des legeren Rollkragenpullis kam sich Britta geradezu overdressed vor.

»Hatten Sie eine angenehme Anreise? Möchten Sie einen Kaffee oder Tee? Bis zu dem Termin bei unserem Geschäftsführer haben wir noch eine gute halbe Stunde.«

»Gern eine Tasse Kaffee«, erwiderte Britta.

»Wunderbar, dann kann ich Ihnen auch gleich unsere neue Kantine zeigen, die war bei Ihrem ersten Besuch ja noch im Umbau. Wobei unser Chefkoch den Begriff Kantine gar nicht gern hört, er betrachtet sie eher als Bistro.«

Damit hatte der Chefkoch durchaus recht, dachte Britta kurze Zeit später. Statt eines großen Raumes gingen in der Kantine mehrere kleine Räume verwinkelt ineinander über. Holzdecks vor bodentiefen Fenstern boten im Sommer Gelegenheit, draußen zu essen. Überall gab es große Topfpflanzen, Holzwände in hellen Farben und kleine Nischen, in denen man mit drei, vier Leuten zusammensitzen konnte.

Britta gefiel, was sie sah, und doch war sie nicht recht bei der Sache. Ein Hotel … mit Blick aufs Meer. Sie schluckte. Jan Oles Stimme klang in ihr weiter, als wäre er bei ihr. Was hatte er noch gesagt? Das hier könnte uns gehören.

»Gefällt es Ihnen?«

Britta riss sich aus ihren Gedanken und improvisierte eine Antwort: »Ja, sehr, ich finde, Ihr Chefkoch hat ganz recht. Diesen Raum darf man nicht einfach Kantine nennen.«

Claudia von Rillenkamp lachte. »Wenn Sie das Jan Ole sagen, haben Sie einen Freund fürs Leben gefunden.«

Britta blieb stehen. »Jan Ole?«, fragte sie vollkommen verblüfft.

»Ja, Jan Ole Moellers, unser dänischer Koch. Ach, ich habe in Ihrem Lebenslauf ja gesehen, dass Sie fließend Dänisch sprechen. Loben Sie seine Kantine auf Dänisch, und sein Glück wird perfekt sein.«

Britta kam sich sehr albern vor. Jan Ole war weiß Gott kein seltener Vorname. Zum Glück hatte die Personalchefin nicht bemerkt, wie aufgewühlt Britta war. Wie ihre Gedanken immer wieder zu Jan Oles Video abschweiften.

Sie konnte nicht aufhören, an das wunderschöne alte Haus mit seinem verzierten Giebel zu denken, an Jan Oles Blick, seine warme Stimme.

Wie aus weiter Ferne hörte sie zu, während Frau von Rillenkamp ihren neuen Aufgabenbereich beschrieb, den Zusammenhalt in der Belegschaft lobte und die Vorzüge der Stadt pries.

»Ich glaube, Sie werden wundervoll in unser Team passen, Frau Hoffmann. Kommen Sie, lassen Sie uns den Vertrag unterschreiben. Bestimmt hat unser Chef schon Zeit für Sie.«

Der Gang durch die Flure fiel Britta schwer. Es war, als hätte sie Bleigewichte an den Füßen. Was war nur los mit ihr? Das hier war ihr neuer Traumjob, seit Tagen freute sie sich auf diesen Moment der Vertragsunterzeichnung.

»Ah, Claudia, bringst du unsere neue Abteilungsleiterin vorbei? Großartig. Guten Tag, Frau Hoffmann, ich bin Michael Kröller, und ich möchte Sie ganz herzlich bei uns begrüßen.« Der Geschäftsführer von »For Planet« schüttelte Britta die Hand.

Britta lächelte ihn an. Als sie ihr Spiegelbild in der großen Glasfront sah, kam ihr das eigene Lächeln aufgesetzt und gequält vor. Doch niemand außer ihr schien das zu bemerken. Kröller dirigierte Britta zu einer Sitzgruppe in seinem Büro und schob ihr eine Ledermappe hin.

»Hier haben wir Ihren Arbeitsvertrag, Frau Hoffmann.« Aus seiner Sakkotasche zog er einen silbernen Füller. »Darf ich Ihnen für die Unterschrift meinen Füller anbieten?«

Britta nahm den Füller entgegen. Was war das? Die glatte Metalloberfläche schien sich für einen Moment glühend heiß anzufühlen. Sie schloss die Augen und atmete einmal tief durch. Mach jetzt keinen Mist, ermahnte sie sich, das ist ein wichtiger Schritt für dich. Als sie hochschaute, fiel ihr Blick auf ein großes Poster: tiefblaues Meer mit Wellen und kleinen Schaumkrönchen. »Manchmal muss man einfach weg. Egal wohin. Hauptsache ans Meer«, las Britta.

Hauptsache ans Meer.

Es war, als hätte jemand in ihr einen Schalter umgelegt. Keine inneren Memos mehr, kein Abwägen, keine Argumente für oder gegen etwas.

Manchmal muss man einfach weg.

Britta lachte laut auf, sah die irritierten Blicke Claudia von Rillenkamps und ihres künftigen Chefs … der wohl nie ihr Chef werden würde. Denn eines war ihr gerade klar geworden: Zum ersten Mal in ihrem Leben würde sie ganz spontan ihrem Herzen folgen. Sie steckte die Kappe auf den Füller und gab ihn einem sichtlich überraschten Michael Kröller zurück.

»Ich muss mich entschuldigen. Sie werden das nicht verstehen, und wenn ich ehrlich bin, verstehe ich es selbst noch nicht ganz. Aber ich habe mich geirrt. Es tut mir unendlich leid, denn ich finde Ihr Unternehmen großartig, ebenso wie Ihr Angebot – aber ich kann hier leider nicht arbeiten.«

»Sie können bei uns nicht arbeiten? Aber wieso?«, fragte Frau von Rillenkamp verdutzt.

Britta sah in die erstaunten, verwirrten Gesichter und hätte die beiden am liebsten vor lauter Glück umarmt. Sie sprang auf. »Ich muss los, ich habe noch eine ziemlich lange Fahrt vor mir.«

Sie lief aus dem Büro, rannte den Flur entlang, durch das Foyer nach draußen. Der graue Himmel war in ihren Augen nicht mehr grau, er hatte die Farbe einer dunklen Möwe. In der Luft lag ein Hauch von Meer. Sie holte tief Atem – zum ersten Mal seit Wochen. Sie wusste genau, wo sie hinmusste.

Weihnachten auf Læsø

Britta versank in dem großen Sessel und hatte die Augen geschlossen. Jeder, der sie dort sah, musste annehmen, dass sie kurz eingenickt war, aber Britta war hellwach.

Sie saß einfach da und lauschte auf all die Stimmen und Geräusche, die aus scheinbar jeder Ecke des Hauses ihrer Oma kamen. Idas helles Lachen, ein paar gebrummelte Ermahnungen ihrer Oma, das Klirren der Gläser, Jan Oles Anweisungen an Mads, um den Weihnachtsbaum gerade auszurichten. Britta hätte vor Glück laut jubeln können. Sie schnupperte. Der Duft von Gløgg, dieser Mischung aus Rotwein, Aquavit, Gewürzen, Mandeln und Rosinen, vermischte sich mit dem Bratengeruch aus der Küche und dem der Zimtplätzchen, die neben ihr auf dem Tisch standen.

Sie feierten Weihnachten, alle zusammen, ihre ganze Familie. Nur eins trübte ihr Glück. Sie würde Weihnachten mit ihrer dänischen Familie verbringen; ihre Mutter aber würde nicht dabei sein. Britta machte sich Vorwürfe. Ja, sie war zu harsch gewesen. Hätte sie nicht mehr auf ihre Mutter zugehen müssen? Der Gedanke versetzte ihr einen Stich. Britta hatte lange Gespräche mit ihrem Vater geführt. Mittlerweile verstand sie, dass die junge Charlotte damals eine richtige Entscheidung getroffen hatte. Sie hatte Mads vor einem schwierigen Gewissenskonflikt bewahrt. Durfte sie, Britta, darüber urteilen?

Sie seufzte fast unhörbar.

Plötzlich berührten Lippen ganz zart ihr Ohr. »Schläfst du, Schatz?«

Jan Ole hatte sich zu ihr auf die Sessellehne gesetzt. Britta öffnete die Augen.

»Nein, ich bin nur unendlich froh, hier zu sein.«

»Zum Glück sind gestern die Maler fertig geworden, ich hatte schon befürchtet, an Heiligabend noch arbeiten zu müssen.«

»Wir machen erst nach den Feiertagen weiter, so viel Zeit muss sein.«

Britta strahlte Jan Ole verliebt an.

»Wir haben alle Zeit der Welt«, sagte Jan Ole sanft.

Was natürlich nicht stimmte, wie Britta wusste. Sie hatte mit ihm zusammen das Haus gekauft. Die Bank hatte ihnen einen großzügigen Kredit gewährt. Im Frühjahr wollten sie die ersten Gäste empfangen. Sandra und Jochen hatten sich mit ihren Kindern für den Sommer angemeldet.

»Du siehst glücklich aus«, unterbrach Jan Ole ihre Überlegungen.

Britta reckte sich und küsste ihn zärtlich. »Weil ich glücklich bin, mein Lieber.«

»He, in meinem Wohnzimmer wird nicht geknutscht«, tönte Anne von der Tür her, »spart euch das auf, bis ihr irgendwann mal heiratet.«

Ida trat von hinten an ihre Oma heran und umarmte die alte Frau. »Komm, Oma, lass die beiden doch, die haben noch Nachholbedarf.«

Britta streckte ihrer Oma und Ida die Zunge heraus, bevor sie Jan Ole noch einmal demonstrativ auf den Mund küsste.

In diesem Moment klingelte es an der Haustür.

»Erwartest du noch Besuch, Oma?«, fragte Britta.

»Um die Zeit? Ganz sicher nicht. Britta, bitte geh und mach auf.«

Britta stemmte sich aus dem Sessel hoch und lief zur Tür.

Es war zwar erst kurz nach fünf Uhr am Nachmittag, aber schon so dunkel, dass die Außenlampe brannte.

»Hallo Britta, dürfen wir hereinkommen?«

Charlotte Hoffmann lächelte ihre Tochter zaghaft an. Hinter ihr trat Bernd verlegen von einem Fuß auf den anderen.

Britta war sprachlos.

»Da seid ihr ja, ich hatte schon befürchtet, die Fähre würde uns einen Strich durch die Rechnung machen.« Mads kam in den Flur. Er drückte Britta von hinten einen Kuss auf die Wange. »Überraschung. Ich habe mir gedacht, es wäre an der Zeit, dass du Weihnachten zusammen mit deiner Mutter und deinem Vater feierst.«

»Ist dir das recht, Britta?«, fragte Charlotte vorsichtig. Britta lief eine Träne über die Wange. Rasch wischte sie sie mit der Hand weg.

»Ach, Mama!«

Mit einem Aufschluchzen umarmte sie ihre Mutter und drückte sie ganz fest an sich. Charlottes Freudentränen vermischten sich mit ihren eigenen.

»Nun kommt alle mal rein, oder soll die ganze Wärme nach draußen ziehen?«, brummelte Anne, die gerührt die Wiedersehensszene beobachtete.

Dann zwinkerte sie ihrem Sohn zu.

»Das hast du gut gemacht, Mads. Richtig gut, Junge. Und jetzt lasst uns feiern. Frohe Weihnachten!«

ENDE

Danksagung

Wir möchten uns an dieser Stelle bei Anna-Lena Meyhöfer bedanken, die als Ansprechpartnerin im Verlag in den zurückliegenden Monaten vieles möglich gemacht hat. Ohne sie wäre dieses Buch nicht so geworden, wie es jetzt ist. Und das Wort »miniwinniwenig« wird für immer zu unserem Sprachschatz gehören.

Unsere Agentin Anna Mechler sorgte dafür, dass wir uns in aller Ruhe auf das Buch konzentrieren konnten, weil sie sich um die Absprachen, die Verträge und den ganzen Rest gekümmert hat. Lieben Dank, Anna!

Einen wunderbaren Sommerurlaub lang durften wir die dänische Insel Læsø kennenlernen. Bereitwillig hat man uns auf der Insel mit Informationen versorgt und unsere Fragen beantwortet. Es war sicher nicht das letzte Mal, dass wir hier an den einsamen langen Stränden entlangspaziert sind.

Unsere dänischen Freunde Bodil und John Berg haben uns in den letzten 25 Jahren mehr als einmal bewiesen, was dänische Gastfreundschaft bedeutet. Von ihnen haben wir auch gelernt, dass man bei der Einladung zu einer dänischen Kaffeetafel mit mehr als nur einem Tortenboden rechnen sollte … mit viel mehr!

In diesem Buch haben wir verschiedene Zitate verwendet. Da, wo wir eine Quelle ermitteln konnten, haben wir sie natürlich in den Text eingebaut. Lieben Dank für die wundervollen, lustigen und manchmal nachdenklichen Anregungen.

Lesejury